民大律师

邱苏滨◎著

时代文艺出版社

图书在版编目（CIP）数据

平民大律师 / 邱苏滨著 . —长春：时代文艺出版社，2018.3（2021.5重印）

ISBN 978-7-5387-5531-2

Ⅰ. ①平… Ⅱ. ①邱… Ⅲ. ①报告文学－中国－当代 Ⅳ. ①I25

中国版本图书馆CIP数据核字（2017）第197369号

出 品 人　陈　琛
责任编辑　徐　薇
装帧设计　孙　利
排版制作　隋淑凤

平民大律师

邱苏滨 著

出版发行 / 时代文艺出版社
地址 / 长春市福祉大路5788号　龙腾国际大厦A座15层　邮编 / 130118
总编办 / 0431-81629751　发行部 / 0431-81629755
官方微博 / weibo.com / tlapress　天猫旗舰店 / sdwycbsgf.tmall.com
印刷 / 保定市铭泰达印刷有限公司
开本 / 710mm×1000mm　1 / 16　字数 / 245千字　印张 / 19
版次 / 2018年3月第1版　印次 / 2021年5月第4次印刷　定价 / 59.80元

主人公的话

尊敬的读者：

您好！

我就是您正在翻阅的这本书的主人公。说实话，我不想出这本书，所以接受采访和提供资料都有些勉为其难。现在书既然已经完稿并出版，我也就借机跟读者朋友说几句心里话。

我就是一介平民，一个普通的律师，不是什么大律师，只是年龄大点儿而已，我今年已经六十三岁了。书中所写的故事，都是我亲身的经历，是我正常的工作状态和生活方式。我相信我所做的一切，每一位律师都能做到。当然，每个人的价值观不同、人生目标各异，也就决定了每个人不同的生命品质和生活追求。我不是完人，但我会凭良知努力做好每件案子。像这本书中呈现的那样，是非功过，由您评说。

一个人来到这世上，除了对自己的父母和生长环境无法选择，一切都要靠自己，在家靠父母、出门靠朋友是古语。一个人一生能有多大的造就，关键是能不能管好自己的言和行。每个人最大的敌人不是别人，而是自己，也就是说，一个人的自我约束能力决定着你的未来和一切。

我一直信奉着父母和我常说的一句话：对父母不孝的人不能交。遵从父母的教诲，我才有了众多朋友对我的认可。我获得了很多的荣誉，但我最看重的，是被评为"江城百名孝子"。这是我生活的城市赋予我的最高赞誉，但至今想起来我还是内疚不已，因为母亲临终时我还是没能守在床前。讲孝道，是做人最起码的准则；重友情，是为人的基本素质。在注重养生保健的当下，能有一位医生做朋友，是幸事；同样，在法制时代，能有一位律师相伴同行，更是美好生活的保障。我愿意成为您的好朋友。

做律师，首先要做好一个人。一个人做一件好事、善事并不难，难的是面对挣钱的案子和平民百姓需要义务法律援助时，能永远选择后者。一个好律师就应该敢仗义执言，依法为平民百姓伸张正义。

我偶尔也会想想自己到底图个什么。但每当看到那些愁眉苦脸来求得法律保护的平民百姓、在我的义务咨询或代理后能笑着说声谢谢离开时，在节日和平时收到众多平民百姓发来的祝福短信及感恩电话时，在我走进人民大会堂接受荣誉奖项时，我都会感到很值得。回顾近三十年的律师生涯，能为成千上万的平民百姓和当事人依法维权，特别是能与志同道合的同行们义务为涉法信访民众维权，让他们感受到社会的温暖和法律的公平正义，我觉得，这应该是一个律师最大的人生价值。

2017.12.25

目　录

引　子

在动笔写这部纪实作品之前，我一直犹豫。我在虚构写作还是纪实写作之间徘徊，不是怕把握不住文体，而是怕把人物写虚了，说白了是怕读者怀疑人物的真实性、可信性。凭人格还有一个作家的良知来说，当我确定要写这样一部纪实作品之时，我保证写的都是真实的人物真实的事件。问题是，我的主人公在当今这个社会其实属于另类，所作所为令人难以置信，若是心胸偏狭之人更是无法理解。这就容易让人怀疑作者是否虚饰和编造。我的担心不无缘由。有关律师题材对于一个写作的人来说太有吸引力，尤其我还是写小说的，而且是搞戏剧出身，我擅长虚构，擅长想象，也擅长夸张，若写小说或者电视剧发挥起来自然会引人入胜。但在我接触了我的采访对象，而且有很长一段时间跟随他一起出庭办案，一起接待上访户，一起走访普通民众，亲眼看着他的为人处事、脾气秉性之后，我发现我根本不用虚构，他的身上有太多精彩的故事，是我难以想象出来的；他的经历中有太多的戏剧性是我无法编织出来的；还有，他的心态、情感如此丰富是我穷尽笔墨也不能诠释完备的。

所以，除了保证行文流畅、耐读，表述准确，别写病句，少出笔

◎ 修保律师

误之外，我不需要任何的加工和虚饰，我只真实地记录，然后如实地展示，平实地描述。我的目的只有一个，带你去认识一个人，一个真实的人。

我首先得告诉你他是谁。他叫修保，是一名律师。他的自然情况，可以上网查询。在百度上输入"修保律师"，立即与这个名字有关的信息扑面而来目不暇接，由此可见他的知名度。浏览这些条目会对他有个大致的了解，我相信已经足够引起你进一步认识他的兴趣，那么我告诉你如何能找到他。

修保是吉林保民律师事务所主任。该律师所位于吉林市的一条老街上。吉林市曾经是吉林省的省会，往更远了说，清朝的时候它曾经是东北地区的政治、经济中心，专设了吉林将军衙门，所辖地区辐射东北地区，包括今天辽宁省的部分地区。当然这都是历史。现在它只是吉林省的第二大城市，是全国唯一一座省市同名的城市。我说这些只是想告诉你这座城市的特殊和古老。这座城市曾经有过很多传奇故事、传奇人物，暂且不去说它，还是说修保和他的律师事务所。律师事务所所在的这条叫作北京路的街道曾经是这座城市的主干道，从火车站始发的1路公共汽车就穿行在这条街上，可见这条街的历史和重要。当然，随着城市的发展和扩延，老街已经不再是主干道，但它仍然是这座城市的重要通道，市委、市政府、市公安局、市中心医院、市实验小学等许多重要单位和部门都在这条街上，古老却依然繁华的商业街也离此不远，而且向南穿过一条胡同，走上五六分钟，便能看见著名的松花江了。

我的描述，已经清清楚楚地告诉了你保民律师事务所的位置。对于本地人不用多说，就是外地人来了，按图索骥也会很容易找到。事实上也真的有很多外地人专程来到吉林市，他们慕名而来，带着各种各样的案情、各种各样的诉求、各种各样的心态，找保民律师事务所，找修保律师。

保民律师事务所所在的楼房是一幢老楼，没有一丝现代高楼的气派和时尚。进了楼门，沿着狭窄的楼道走上三楼，每个缓步台都醒目地挂着一块牌匾，书写着保民律师事务所的宗旨："诚信执业，勤勉尽责，保护当事人的合法权益；维护公平正义，促进社会和谐稳定，是中国律师的神圣职责。"进到大厅接待处，正面醒目处悬挂着一个牌匾，上书"吉林保民律师事务所·全国文明单位"，这是中央精神文明办公室颁发的，牌匾起着广而告之的作用，更有着一种心理慰藉。因为每一个因事走进来的人，都怀着惴惴不安的心，他们大多是遇到了天大的难题才来求助，但凡自己有一点能力也不会来找律师。中国老百姓就是这样，他们宁愿相信组织、相信政府、相信人情、相信金钱也不愿意惹上官司，但是，实在没有办法了，在四处奔走求告无门的时候，才会想起法律，于是，有的主动有的被动，他们走进了律师事务所，走近了律师修保。

第一章　平民律师：从上访之路走来

作者手记：

　　若从 1906 年清末修律大臣沈家本、伍廷芳主持拟定的《刑事民事诉讼法》，第一次专列"律师"一章算起，中国有真正职业律师的历史满打满算也才是一百多年间的事。这期间历经清末、民国，直至中华人民共和国，虽历朝历代都有关于律师的法条出台，律师制度也一步步完善，但中间的起起落落业内人都一清二楚。即便是新中国成立后，律师制度已是有了完备的法律支撑，但由于长期的"法大还是权大""人治还是法治"的问题没有从根本上得到解决，对于律师这一行业的曲解、误解甚至别有用心的理解，使得律师制度虽有法可依，却并未真正从法律意义上得到执行。到了 1957 年，中国的律师制度终于在一片"资本主义专有""丧失阶级立场""替坏人说话"等喧嚣声中夭折。个中曲折和多舛的命运不是本文的写作任务，恕不赘述。我只想交代出一个时代的背景。

　　20 世纪 80 年代初，刚刚从"文革"阴霾中走出来的中华人民共和国，一边清洗着满身的尘埃，一边唱响了改革开放的前奏曲。尽管旋律还不够完整完美，但创作者和歌者却都是心潮澎湃，那久已被压抑的激情一旦找到释放的出口，便如潮水般浩荡奔流。但其时，正是新旧交替的节点，历史遗留与现实矛盾的碰撞，传统观念与创新思维的博弈，计划经济与市场经济的混杂，信仰迷茫与人生价值的纠结，人心不古与道德重建的挣扎、人权意识与自由民主的交集等等，构成了社会的万千气象。时代从来没有过这般的激情澎湃，社会从来没有过这般的光怪陆离，而生活也从来没有过这般的诡异多变……彼时彼刻，建立一个法治国家，用完善的法律制度保障改革开放的中国这条大船顺利航行，已成为最高层和全社会的共识。于是，旧有的法律被重新修订补充，曾经被搁置的法律又再次拾起加以完善，一部部适应新时期、新生活的新法律相继出台，一个法治国家的框架已经构建成型。当人治与法治、情与法、权与法、法盲与枉法的杂糅撞击已成为撕裂国家法律体系的魔爪时，除了国家在政治体制的改革中不断重力推进之外，一部具有保障法律有序实施的《律师法》的重新拾起和修订，已是迫在眉睫。

1980 年 8 月，第五届全国人民代表大会常务委员会第十五次会议正式通过《中华人民共和国律师暂行条例》。该条例是当代中国第一部有关律师制度的"基本法"，它规定了律师的性质、任务、职责和权利、资格条件及工作机构，于 1982 年 1 月 1 日起施行。1986 年 7 月 5 日至 7 日，第一次全国律师代表大会在北京举行，通过《中华全国律师协会章程》并正式成立中华全国律师协会。

这个时候，修保还不是律师，甚至，他还不知道律师是何物。

第一节　堂姐被杀了，公理在哪儿？

1980 年，二十五岁的修保只是吉林市红阳煤矿基建队的一名工人，正奔波在上访的路上，一次又一次地走进省城，走进京城，他要为自己的亲人讨个公道。

　　修保的堂姐修凤云被杀害了。杀人者竟是她的丈夫张泽东，他们结婚十七载，育有二子一女。刚结婚时张泽东还只是个工人，自从当了技术员之后，他自视地位提高了，只是普通家庭妇女的妻子已经配不上他，便开始喜新厌旧，千方百计地逼着修凤云离婚，打、骂，各种不堪的羞辱，已是家常便饭，甚至竟残忍地用菜刀将修凤云右手的无名指剁下了一节。修凤云是个传统的农家妇女，她勤劳善良，朴实敦厚，视家庭和儿女为自己的生命。没有了家，她的生命和生活还有什么意义呢？她宁愿将就这个已经没有了爱和一丝感情的丈夫，只要能守在儿女身边，守住这个家。何况，那个时代的中国世俗观念中，离婚还是个不被人理解和接受的事情，尤其作为女人，一旦离婚，不管理由是什么，过错在哪方，都要承担被人非议、蔑视、嘲笑的后果，一辈子都抬不起头来，那是一种无形的重压。修凤云害怕这个局面，她没有那么强的承受力，但她有耐力，有毅力，妄想靠着自身的柔韧来缓解丈夫施加给她的重击。她只是想不明白，结婚十七载的丈夫怎么会变得如此丧心病狂？完全不念及多年的夫妻情分，也不顾及儿女的感受，这还是当初定亲时还有结婚时那个让人觉得可以依赖、可以信任的丈夫吗？人都是怎么了？这个世道怎么了？我没做过亏心事没有非分之想，只想相夫教子老老实实平平安安地过日子，老天为什么要惩罚我？修凤云百思不得其解，她一个普通女人没有那么宽敞的胸襟，她不会往开了想，除了向人哭诉，便是自己憋屈。终于，她那根多年绷得紧紧的神经被撑断了，修凤云精神失常了。而此时的张泽东竟然没有半分的收敛，连起码的为人之道都不顾及了。法律规定精神病人不能离婚，张泽东为达到目的，更加的不择手段了。

　　张泽东最后一次对妻子如何施暴没有人看见，绝命的修凤云已经无法向人们哭诉她受到了怎样的摧残。修家的亲人们看到的修凤云已陈尸太平间，七窍流血遍体鳞伤，其状惨不忍睹。而尸检报告更报出一个令人瞠目的鉴定结果，修凤云的喉咙里竟然塞着一个三厘米大的纸团。可以想象，当百般殴打、折磨都无法让修凤云咽下最后一口气时，张泽东将贴在门上的画纸撕下来，塞进了修凤云的喉咙。这致命的一招，已非常人能想出来，只能说，此时的张泽东已完全丧失了人性。

杀人后的张泽东并未有一丝的忏悔，竟然到医院以修凤云病亡为由让医生开具火化证明，幸亏那是一位有心而且正直的医生，他及时报了案。张泽东被抓捕归案。

愤怒的亲人和邻居们恨不得将张泽东撕碎，但理智告诉他们，要相信法律。杀人偿命，古之天理。法医的鉴定，确凿的证据，证人的证言，还有张泽东漏洞百出的辩解，让人们毫不怀疑一纸判决书下来，等待张泽东的只有一个结果：判处死刑，立即执行。

然而，判决结果却令人瞠目结舌。判决书上赫然写着：

经查被告人张泽东，肆意杀人，手段残忍，后果严重，已构成杀人罪……依据《中华人民共和国刑法》第一百三十二条规定，……判处有期徒刑十二年。（刑期自一九八一年六月二十四日至一九九三年六月二十三日止）。

那个时期全国正在进行所谓的"严打"，连抢个军帽或者所谓的流氓罪都有可能被判处死刑，而对张泽东杀人案，在没有任何可以从轻、减轻处罚理由的前提下，法院竟做出了这样的一纸判决，显然无法让人信服，死者的亲人们更是震惊和愤怒。而更让人无法容忍的是，张泽东竟倚仗着"朝里有人"，不服判决提出了上诉。由于公诉机关没有抗诉，所以二审法院又维持了原判。修家人知道这个判决不公，他们猜想哪道环节出了差错，可是法律没有赋予被害人家属上诉权，修凤云的父母只是一对老实本分的农民，他们痛不欲生也唯有哭天喊地。修保的父亲修文明是小学教师，也是修凤云的叔叔，他为被害的侄女修凤云写了申冤书，递交给吉林省高级人民法院。在修家人想来，只要法官们能认认真真地听他们的陈述，只要法官们能平心静气地梳理案件的前前后后，就会有一个正常的判断，自然会做出正确的判决，从而改变那个显失公允的裁判结果。但事与愿违，申冤书没有得到回应，法院的判决已经生效。修家人真的不甘心杀人犯被重罪轻判，更不忍心让修凤云死不瞑目。无奈之下，他们开始上访。一次次的上访，一次次地被敷衍推诿回来，几次三番之后仍毫无结果。他们只是最底层的百姓，没有高远的眼光和宽广的视角，也不知道内幕和隐情，就是想不出这问题到底出在了哪儿，那个年代一个显而易见杀人偿命的公理，为什么却没有人来主持公道？

亲人们悲痛欲绝，没有钱没有人脉也没有精力了，他们还得生活劳动，还得养家糊口。修保的父亲不可能撇下学生不管，也只得抱憾地回到学校、回到讲台上。他们已经为死者尽了力，接下来还得为活着的人活着。他们拥有着中国老百姓最朴素的生活观、处世法则，当胳膊拧不过大腿时，只好沉默，只是沉默，不低头。

修保不肯沉默，说："我要为堂姐申冤……"

修保眼看着自己的父亲和大伯一次次失败的申诉和上访，看着他们无奈的泪水和叹息，看着他们那被悲痛和绝望折磨得萎靡的身体和精神，他无法沉默。

陈尸间里的修凤云已不会说话，曾经美丽鲜活的面庞苍白如雪。修保无法相信，曾经照看他、护着他、总是笑呵呵待人的堂姐，现在却死于非命已经变成了一具冰冷僵硬的尸体。阴森的空间让人透不过气，浑身一阵阵颤抖。这种感觉很长时间里一直缠绕着修保，让他觉得窒息、觉得压抑，仿佛心上压着沉甸甸的巨石。父亲和大伯在为堂姐申冤

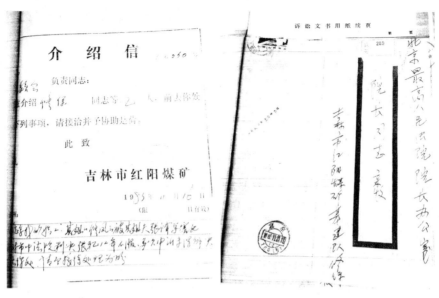

◎ 红阳煤矿为修保开具的介绍信　　　◎ 修保写给最高院的申诉信信封

奔走之际，他默默地祈祷苍天在上公道自在人心。但是，他把事情想得简单了。眼看着亲人们在上访的路上一步一坎儿，因而当他决定走上上访之路时，是下了义无反顾的决心的。

修保是国营煤矿的一名工人。好不容易才得到的工作机会，他非常珍惜，可为了给堂姐申冤，他也不得不经常请假，上市里、上省城或者进京上访。好在领导知道他在做什么，出于同情和理解，每次都会给他开张介绍信，那个年代没有单位介绍信出门寸步难行。但一次次的外出，最终都是无果而返。

写申诉信，成了修保日常的状态。从 1981 年 7 月到 1984 年 6 月间，他写了数千封的信，投给所有能想到的有可能帮到他的部门和人，各级公检法司，各级新闻媒体，还有各级人民代表大会。他甚至把信寄给国家篮球队的一名著名运动员，只因为她跟他一个姓，也姓修，叫修瑞娟。那一时期，到底写了多少封信寄给了多少个部门和人，连他自己也说不清楚了。八分钱的邮票每次都要买回上百张，挂号信存根标记

◎ 修保写给全国人大的申诉信信封

◎ 省高院关于修保申诉信的处理函（复印件）

的邮费就有数百元，这在那个以"万元户"为致富目标的年代，称得上是笔巨款。一封又一封的申诉信寄了出去，却都如石沉大海。这一封封受到冷遇的申诉信让修保感觉到了现实的冷酷，而相关部门和人员的衙门做派、机械操作、公务面孔甚至冷血语态，这一次次上访中的际遇无疑更是让他感觉寒彻骨髓。

只有一次，那一次的上访令他今天回忆起来，仍然感觉到了温暖。1982年7月的一天，修保走进了吉林省妇女联合会的大

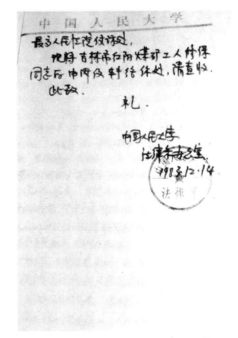

◎ 中国人民大学法律系关于修保申诉书的处理函

门，走进了维权部，一个瘦瘦的、个子不高的女干部接待了他，请他坐下，给他倒了一杯热水。就这一杯水和一个座位，令修保未及说话就已抑制不住长泪双流。那是积聚了一年的委屈和悲愤啊！他奔走了一年多，别说能得到一个座位和一杯热水，其实他从来没有能真正走进过那些有卫兵把守的大门，更见不到一张笑脸，也没有人耐心听过他的冤诉。更多的时候，他只能站在高高的围墙外，或者冰冷、坚固的铁栅栏门外，高声地喊上几嗓子"冤枉"！这几声用尽了全力的嘶喊，却被一层层的空气稀释了，撞到围墙或者铁栅栏上时已是悄无声息，没有人能听得到。那个时候，修保还不知道能拉一条横幅或者举个高音喇叭吸引群众，就如同现今的上访者做的那样，修保只是凭着自己的韧性和勇气，一次又一次地站在希望的边缘，锲而不舍地守望。

省妇联干部申彩云不仅给了他温暖，也给了他理解和同情。修保如同受了委屈的孩子终于找到了亲人，满腹的委屈裹着眼泪一起涌出来。申彩云很耐心地听着他的哭诉，仔细询问一些细节，认真地记录着。修保一口气说了两个多小时，到了该吃午饭的时候了，申彩云都没有打断他的话头，而是吩咐同事从食堂给修保打回了饭菜。那是修保此生吃过的最令人回味的一顿饭，至今他还记得那只装着饭菜的老式的铝制饭盒，记得那顿饭菜的香味。那是一种刻骨铭心的记忆。

下午，申彩云亲自领着修保进了省某司法机关的大门，领着他见了一位领导。那是修保一直渴望走进却从没有走进去的门，一直想见而不得见的领导，他内心的兴奋可想而知。他激动着，诉说着，把自己的诉求一股脑地说出来，申彩云坐在一旁，不时地替他解释、补充两句。这是他自上访以来，最痛快、最畅快的一次倾诉，也是他自上访以来最大的一次成果。那天，他千恩万谢地与申彩云道了别，走出大门时，心情已经轻松了很多。

尽管自此以后的两年时间里，修保仍然奔波在上访的路上，但这一次申彩云的礼遇，足以温暖他那颗已经渐渐冷却的心，让他相信世上还是好人多，有好人就有希望。

第二节　拦"轿"喊冤，世上果然有青天

1984 年的秋天，修保又一次来到了北京，来到了中央某机关的大院外。东西南北四道门，他来来回回地转着，却仍然不得其门而入。他去求站岗的士兵，求士兵允许他进门，或者，把他的申诉信递进去。那个士兵是个老兵，四川人，已经多次见过他，知道他是从外地来上访的。士兵拒绝了修保，士兵说他不能违犯纪律。修保不怪他，修保知道一旦士兵放他进去或者帮他转了信，士兵的前途就完了。他不勉强士兵，他跟士兵说起上访的理由，他没想得到什么结果，他只是无处可去也没有别的事情能做，也许他只是想找个人说说话，便跟士兵唠叨起来。士兵很同情他，可他只是个战士，没有能力帮他。最后士兵指着南边的一条路，跟他说了一番话。尽管那士兵的四川口音很难懂，但修保还是捕捉到了关键的意思：每天早上七点五十分，从那边都会开来三辆轿车，是红旗轿车，那是彭真委员长的车队。

修保几乎一夜未眠。他栖身在一家小旅店，那是一家地下室，一天的宿费仅收八角钱，他身上带的钱也仅够住这个条件的旅店。他不知道这样的上访还要多久，每月三十多元的工资无力支撑他长年的奔波，他只能委屈自己，住最廉价的旅店，吃最便宜的饭菜，有时甚至饿着肚子。上访将本来正常的日子打乱了，把他的青春年华耽误了，也给他对生活的憧憬蒙上了一层阴影。阴冷、潮湿的地下室泛着霉味，四面墙壁上流淌着一道道的水渍和霉斑，粘着蚊子的血和尸体。肮脏得透着酸腐味的被子让人无法挨身，狭窄得仅容一人转身的屋地和低矮的屋顶仿佛

一起挤压着他，闷得喘不过气来。这不是他想要的生活。他必须做出抉择。

天刚一亮，修保就起床了，赶到了昨天那位士兵指给他的那个路口，躲在街边的柳树后边。秋天的清晨，天气透着凉意，可修保却觉得浑身燥热；附近的钟楼报出整点的时辰，每一次钟声都把他的心刺激得怦怦乱跳。他不知道会不会等到那三辆轿车，他不知道能不能靠上前去，他也不知道这样做的后果是什么。他只是下了决心，他要拦住彭真委员长的坐轿，像古书里讲的那样，拦轿，喊冤！

终于等到了七点五十分，南边的路口果然出现了三辆轿车，黑色的红旗轿车。修保紧紧地盯着那三辆轿车，生怕错过了机会。他眼中的那三辆车很大，很威风，朝着他隐蔽的方向急驰而来。修保判断车队离他还有四五十米的时候，突然从路边冲了出去，当街跪下，将手中的申诉材料高高地举过头顶，嘴里胡乱地喊着："冤枉，我姐死得冤啊！"

修保被带到附近的一个警卫亭里，一个领导模样的人对他说："你的材料已经递上去了，首长已经签批了，很快就会有结果的，你放心回家吧。"那人还很关心地问："有没有回去的路费？"

修保什么也没敢多问，只说自己有路费，便兴奋地走了。一切都仿佛做梦一样，他难以相信眼前发生的都是真的，是自己亲身经历、亲自做过的事。那当街的一跪，那拦"轿"喊冤的情景，分明是他从古戏里、从电影里看到的情节，如今，却真真切切地发生在了他的身上。古戏里拦轿喊冤的人最终都会有个皆大欢喜的结果，可那毕竟是戏，是舞台上、电影里的事，而他，会遇到为他做主的青天吗？

回程的路上，修保做出了决定，如果这一次的拦"轿"喊冤还是没有结果，他就再也不上访了。

一个多月之后，修保接到了法院的电话，让他去一趟法院。这还是自他上访以来，法院主动打电话找他。他不知道是什么事，但他知道肯定有新的事情发生了。他按时赶去了，见到了审监庭的一位法官。

法官长时间地看着眼前这个个子不高、眉目清朗的小伙子，问道："你就是修保？总是写信上访的那个修保？"

得到确定的答复后，法官当着他的面拉开了身后木制卷柜的门，满满两卷柜的信件"哗"地淌了下来，堆在了地上。

法官说："看看吧，这都是你写的申诉信。我成天就处理你这些上访信了，我都不用拆开，一看信封上的字迹就知道是你。"

修保看着堆在地上的信，这都是他耗着血泪写出的申诉信，一封封地寄往了市里、省城和北京，又一封封地被转到这里，有的都没有拆开，原封不动地就转了回来。修保木木地看着，他不知道该如何形容自己的心情，他只知道这么些年来，他所有的精力、所有的希望都在这些信里，可眼下，这些信就这么冷冰冰地躺在地上，躺在他的眼前，毫无声息。

法官看看发呆的修保，拿起桌上的一张纸，说："看看吧，你告赢了！"

修保拿起那张纸，一张薄薄的、轻轻的纸，上面写着：

吉林省高级人民法院函

(84) 刑二审批字第六号

吉林市中级人民法院：

你院报批的张泽东杀人一案，经本院研究，同意你院对

张泽东以杀人罪判处无期徒刑的意见。

一九八四年九月十八日

这是一份改判张泽东为无期徒刑的判决书。修保看着，感觉既熟悉又陌生，相同的法院、相同的判决事实、适用的是同一条法律，但是

判决书的文号、法官的姓名和判决日期不同，更为重要的是，判决结果不同！

修保拿着判决书的手是抖的，他的心怦怦地跳着。他告赢了。他四年来的奔波终于有了结果，他含冤地下的堂姐终于能够瞑目了，他可以面对父亲和大伯哀痛询问的目光了。他绷紧的神经一下子放松了下来，蹲下身子，把堆在地上的信封一件一件地拾起来，也任着眼泪一滴一滴地掉落在那些拆开或者没有拆开的上访信上……

修保再一次去了省城，再次走进省妇联，去找申彩云，这一次不是上访，只是为了表达他的谢意。他拿不出什么贵重的东西，身上背着母亲亲手包的黏豆包。他知道申彩云不会嫌弃这种土得掉渣的礼物，他要告诉申彩云，他的申诉赢了，案子改判了。不管申彩云当初领着他去见那位领导是否起了作用，他都永远记得申彩云为他递上的那杯水，为他让出的那张座儿，给他打回来的那一顿午饭，还有，那一场两个多小时的耐心倾听。

修保因为对申彩云的感激，进而对妇联组织有着格外的好感。成为律师以及后来事业做大后，二十九年里，他一直为吉林省、市两家的妇联做义务法律顾问，并在保民律师事务所成立了全省第一家妇女儿童维权中心。他还为省妇联注册了"吉林省女工维权基金"，他自己拿了三万元现金作为第一笔捐助款，这是全国首个妇女维权基金，至今这个机构仍在运转着。

修保很清楚，他申诉的案子之所以被重新提起复查以至改判，起决定作用的还是那一次拦"轿"喊冤。至今他也不知道那一天他拦住的是不是彭真委员长的车，但后来，他的确看到了有彭真委员长亲笔签批的那一份材料，上面清清楚楚地写着："此案需认真查处。彭真。"

毫无疑问，彭真委员长看到了他的申诉材料。

第三节　当个好木匠，曾经理想的生活目标

修保的爷爷修富绝对想不到，当年纯粹出于农民意识的选择，为他的儿子和孙子们奠定了一个最底层的生活基点。

修富是最传统的中国式农民。关东的黑土地好养活人，这正是他的父亲修洪喜当年拖儿带女不畏艰辛闯关东时的信念。父辈落脚在了吉林这片土地，看好的也是这个地方的好山好水，这是个能养活人的地方，只要不偷懒不耍滑，没有天灾人祸，靠着勤劳就能养活一家人。这是一个农民最本能的选择，是几千年来的生存智慧种下的基因。果不其然，辛苦劳作多年后，到了修富这一代，已经挣下了几垧地，家里养了大车，还有牲口，日子真的开始殷实起来。拥有了土地，生活安稳了，还有儿女绕膝的天伦之乐，对于一个农民来说，这是一种最大的满足。对于荣华富贵，命里有时终须有，命里无时不强求。修富正是抱着这样一种生活态度，守着属于自己的土地，还有老婆孩子热炕头。试想一下，当屋外大雪滔天时，坐在烧得热热的火炕上，丰衣足食的一个老农，捏着小酒盅，眯着半醒半醉的眼睛，一边品味着往昔的生活，一边等待着春暖花开，那该是一种多么惬意又有盼头的日子？除此，别无所求，哪管他世外风云变幻改朝换代！

有一天，村里来了一个人，这人穿着解放军军装，骑着高头大马，身边还跟着两个警卫。村人们已经知道了村外的世界变了模样，国民党被打跑了，共产党坐了江山。那这穿着一身解放军军装、骑着高头大马的人，想必也是共产党的大官了。很快，村人们的好奇心就被惊讶代替了，他们认出了这个骑马的人，这不是在修富家扛活的修玉章吗？

看到修玉章，修富自然也很惊讶。修玉章离开他家与当初来到他家时一样，都是那么突然。这次又突然回来，而且是这样一个姿态和身份，更是让他惴惴不安了。修玉章当初来时，带着老婆孩子，说是从关

里逃难出来的，来投奔本家。修玉章只求修富能收留他一家人，他有力气能干活不偷懒，只要给一家人安置个住的地方就行。那时正是乱世，逃难的人多，修富是个心地善良的人，看人落难总是不忍，何况修玉章是本家，还能干活看着也老实，便答应了。从此修玉章一家就住了下来。修玉章的确肯干活，话还不多，也不东走西串，不招灾不惹事地在修家干了一年。不久后吉林市解放了，修玉章也带着一家人离开了。修玉章一家走时也没什么异样，至于要上哪儿去投奔谁人家没说，修富也不会介意，他只是在能帮人的时候帮了一下。他哪里知道，修玉章竟是一名共产党员，因为在山东老家搞地下工作时暴露了，组织上便安排他转移到东北，继续开展地下工作。至于修玉章在修家的这一年除了给他扛活还干了什么，又是如何与外界联系，修富一概没有察觉。也难怪，若是被他察觉出了异样，那修玉章也就不是搞地下工作的了。修富暗暗地还有些庆幸，幸亏当初修玉章没有被人发现疑点，不然自己全家就成了"窝藏共党"的罪犯了。好在修玉章并没有伤害或者说影响到修富一家安稳的生活。当然修富也没有亏待修玉章一家，当亲戚一样地待着，所以修玉章对修富一家也是充满感激，当他可以公开身份堂而皇之地走在光天化日之下时，便想着回来感谢修富一家了。

修玉章已经是吉林市公安局的领导了，这身份可是脑袋别在裤腰带上干出来的，不能不令人钦佩。他相中了修家老四修文明，这个十九岁的小伙子聪明而且念过"老国高"，带好了将来肯定会有出息。修玉章直接跟修富提出，要带修文明进城参加工作，给他当个秘书或者警卫员，也就是跟着他当警察。这在刚刚解放的时候，尤其还是乡下，家里能有一个干公事的，而且是当警察，那真是修来的福气了。修文明也是乡下少有的念过高中的年轻人，刚刚解放不久的东北到处都需要这样有文化的人，并且好多人后来都随军南下，参加了解放全中国的战斗。修文明若是跟着修玉章走出乡村，他的未来真是无法估量。当然那时候的人还想不到这么远，如果那时跟着修玉章走了，起码修文明会是个拿工资的人，再也不用家里养活了。

可惜修富不同意。修富不在乎儿子是否大富大贵，他只是不想让儿子离家在外，尤其还是跟着修玉章走，老修这人干的是大事，弄不好就掉脑袋，虽说解放了，共产党坐了天下，可当警察终归也是个舞枪弄刀的悬事，修富不想让儿子出去冒险。就这样，修富拒绝了修玉章的好意。不仅这样，那时东北解放了，还得解放全中国，解放军急需补充兵员，按着"二抽一"的政策，修家四个儿子就得出两个。让现代人感到不可思议而且好笑的是，修富为了不让自己的儿子参军，土改时，竟然多给自家报了几垧地，硬是给自己要了顶富农的帽子，富农的子弟是没有资格参加解放军的，就这样，修家的孩子全都留在了修富身边。

修保的父亲修文明没有走出农村，后来在永吉县大口钦镇和缸窑镇当了一名小学老师，也算跳出了农门。然而，他的性格太直率了，说话也不会转弯，加之他的富农出身，在后来的反右运动中就被戴上了右派的帽子，被下放了，举家迁到了乌拉街公社的大郑村。好在，那时候教师紧缺，修文明虽然被下放了，但还被允许留在了教师岗位。

1955 年 11 月 8 日，修保降生在大郑村。本来可以随着父亲进城里的修保，因为父亲被下放，不得不蜗居在乡下。家运如此，不能说是一种宿命，但却是无法抗拒的。从此，大郑村的山水，大郑村的土地，大郑村的乡亲，就是修保一生的印记。

大郑村的村中有一条河，是著名的松花江的"小支流"。相邻着一个朝鲜族村——阿拉底朝鲜族村。每年春天，大量的江鱼随着稻田的排水沟逆流而上，游到大郑村。跳进小河沟里抓鱼，便成了修保和小伙伴们的最大乐趣。贫困，伴随着他的童年，身上穿的，是姐姐们穿过的衣服，冬天穿着妈妈编的草鞋上学，夏天就光着脚……

几十年过去了，如今回味起来，那些镌刻在血液里的成长记忆，仍然清晰如昨。一间低矮的土坯房，似乎是半塌陷在地里，进门便是厨房灶台，堆着过日子的杂物；后山墙上仅有的一扇窗透进了幽暗的光线，照在两铺对面炕上。家里一共是十口人，肩挨肩的八个兄弟姐妹饥一顿饱一顿地相伴着长大成人。窘困的日子里有许多苦涩的滋味，修保跟所有乡村孩子一样按着原生态的模式成长着，不同的只是他有一个城镇户口，还有一个当老师的父亲。父亲在学校里教书育人的同时，也没有放松自家孩子的学习，所以修保一直没有中断念书。

父亲修文明是一名非常优秀的老师，不仅书教得好，对自己的学生也是关爱有加。哪个学生交不上学费了，哪个学生没有饭钱没有鞋穿了，他都看在眼里，从微薄的工资里挤出养家的钱，一次又一次地资助。更让修保记忆深刻的是父亲的早出晚归。修文明后来调到了永吉县的缸窑煤矿子弟学校，每天去学校必须坐火车通勤。于是，每天早上六点准时从家里出发，步行一个小时赶到大口钦火车站，乘坐七点十分的火车，区间行车时间是一个多小时，到达丰广站，再走到学校。晚上再按相反的顺序回来，到家时已经是晚上八点钟。父亲的善良和敬业，对修保是潜移默化的熏陶，耳濡目染间修保学会体察世态人情。修保眼看着父亲一天天地这样奔波，整整十四年，无论春夏秋冬；十四年间，父亲一天天见老，修保一天天长大了……

十七岁时，修保初中毕业了。毕业后的修保无处可去只能在家务农。生产队大帮轰似的农田劳作，一年干到头也挣不了几个工分，靠父亲仅有的那一点儿工资，根本无法改变家里的贫困现状。面对窘境，修保不可能无动于衷。他以涉世未深的眼光寻找着可能改变家庭现状的机会，但在那个年代，这实在是一种妄想，尤其对于修保这样出身不好的年轻人，几乎是没有可能。有一天村里来了一个木匠，姓贾，是河北来的"盲流"，邻居请来帮着打家具的。贾师傅手艺不错，走村串屯地帮着人家做家具做农具，甚至做棺材。按着活计多少难易程度所需时日挣点儿手工钱，雇主还给提供食宿。一开始修保只是像别的村人一样看热闹，看着看着，他开始入心了。他发现这是一门不错的手艺，若是能学到手，将来也可像贾师傅一样凭手艺挣钱养家，最起码能混一顿饱饭吃。修保便跟贾师傅说了想拜他为师的想法。不料贾师傅却一口回绝了。或许贾师傅怕教会徒弟抢了自己的饭碗，或许没看好修保那又小又瘦的身体，反正，贾师傅没收这个徒弟。但修保不甘心，他看准要干的事情，就有着一股子不达目的不罢休的劲头。他开始天天跟在贾师傅身边，贾师傅走到哪儿他就跟到哪儿，帮他打下手，替他出苦力。到了吃饭的时候，雇主只给贾师傅预备一个人的饭菜，修保便躲在一边吃自己从家里带出来的干粮，或者假装放不下手头的活计。一开始贾师傅还直往回撵他，一个月后，见他执意跟着，便也由着他，何况修保还是个肯出力气认真干活又不要工钱的好帮手。时日久了，贾师傅开始认可这个聪明、肯干、认学的小伙子，虽然没有正式收为徒弟，也有意无意地指点一些。修保是个聪明人，肯用心琢磨，往往一点就明白，还能触类旁通。他学艺的速度令贾师傅都惊讶不已，不仅很快掌握了木匠的基本功，使起刨、锛、斧、锯来也是得心应手，而且能独自完成一件家具，活儿做得还很精。可惜这样的日子只过了半年多，修保就不得不被知识青年上山下乡的潮流裹挟着，到永吉县缸窑镇公社前丰村插队落户去了。好在他从小在农村长大，干农活或者过苦日子，都习以为常，知青生活对他来说并没有实质性的改变，只是换了个环境而已，只是他苦心钻研的木匠手艺没有用武之地了。

开始有了招工回城的机会了。一个集体户里，几乎都是同学，家庭出身好、"根正苗红"的，都排在了前面，修保眼巴巴地看着他们纷纷被抽调回城。一年后，终于轮到了修保，招工单位是吉林市缸窑煤矿。修保清楚，以他的家庭出身和背景，能抽调回城得到一份工作已实属不易，他没有资格挑挑拣拣。修保被抽调到了缸窑煤矿，分配到一线井口做了绞车工。这不是他理想中的职业，但毕竟能挣一份工资，又是国企职工，他很珍惜这份来之不易的工作。

绞车工就是在井口开升降车，每天将上下井的矿工和木料等运下去，再将工人们在千尺地下采挖的煤炭运上来。矿工们下井的时候还是干干净净的，眉眼清晰，上来时便是黑头土脸只有一口牙是白的。绞车工跟下井挖煤的矿工比起来，还是轻松了许多，可也无聊至极。

工间休息的时候，修保会跑去井口的木工班看热闹，他对当木匠一直有个心结，自然对木工班感兴趣。这天，几个木工师傅正在做一块画图用的大排板，长三米五、宽一米五、厚三厘米，需要将十几块长木板用刨子刨直后，用胶水将十几块木板对缝粘成一块，然后再刨光成型。这活技术含量挺高，那长近四米的木板首先得把边刨直了，对缝才能严实，否则就粘不上。何况又是这么大一块料，必得几个人配合着才能操作。工期要求三天，可几个木工师傅连着做了几天都失败了，还废了几块料。这是井口技术室用来设计井口平面图的大图板，正急着要，领导一连几天催活儿，催得班长孟师傅一筹莫展。修保一连看了几天，看着木工师傅们的一次次尝试，他看出了门道。他很想指点几下，或者亲自操作，但他不敢冒失。他只是个绞车工，他的工作不属于这里，而且这几个师傅哪个都比他年长又都是干了多年的木工活。那天，当领导面对着又一块废品大发其火的时候，修保终于忍不住说话了："我来试试吧。"

修保说得很谨慎，很低调，却也很有底气。领导和几个木工师傅难以置信地看着他，看着这个刚刚十九岁，还是满脸稚气的绞车工。领导大概是急着按时交差，见有人主动请缨，虽是满腹怀疑，却是抱着死马当活马医的态度，同意让修保试试。第二天，正是修保的休息日，他回家拿来了自己的工具，全套的，锛、刨、锯、斧、墨斗、角尺什么的，要多专业有多专业。看着这一套木匠家什，几位师傅知道这小伙子不是空口说大话了，但还是心里不舒服，也不相信他就能比他们干得好。既然领导把活计给了修保，他们也乐得轻闲，便相约一起出去办事了。几个小时后他们回来了，却见修保悠闲地坐在一旁抽烟，粘贴好的图板立在木架上，用胶的地方严丝合缝，周边横平竖直，尺寸不差毫厘。

几位木工师傅心服口服了，领导更是心花怒放。

还有一件事可以证明修保的木匠手艺超群出众。

这时的修保已经调到了吉林市红阳煤矿，先是做了一线采煤工，毕竟有一技在身，半年后就被从井下调到了基建科，当了一名真正的木匠。有一年，木工班只有一个百分之三涨工资的指标，这是多少年未有的好事了。都是干了多年的师傅，给谁涨不给谁涨很是让基建队领导伤

◎ 当木工时的修保

脑筋，最后想出一招，考试，看谁做的活又好又快，胜出者便可得到那唯一的涨一级八块钱工资的指标。修保没想能得到这个机会，他最年轻，在班组里是资历最浅的。可领导让所有的人都参加考试，凭活儿好坏说话，其他的条件都可忽略。这是个最公平的方法，谁也没话说，大家一致同意。

考试科目是做三扇相同规格的木窗，看谁能完成得又快又好。这是很能考察木工手艺的项目，不能用钉，也不用胶，看刨子是否走线直，榫卯结合是否牢实，窗框是否横平竖直规整划一。厂院里，二十几名木工按位置排开，准备好了木工家什，每人面前都支起了操作台，放好了木料。矿领导和基建队的领导们都来了，现场当评委。考试开始，木工们紧张而有序地操作起来，斧、锛、刨、锯轮番上阵。大家其实争的不仅是一个涨工资的指标，还有脸面，没有谁甘居人后。修保干得很踏实而且有条不紊，他没有心理负担，对自己的技术更是心里有数。推刨子手下轻重有度，吊线一搭眼就准，开榫和镶卯不差分毫，全程操作下来，他几乎没有多余动作。考试结果，修保仅用了三十三分钟第一个做完了三扇木窗，全部合格；获得第二名的师傅用时一小时二十六分钟，最后一名用了六个多小时。

修保当之无愧地赢得了这一个涨工资的机会，月工资从三十九点九五元涨到了四十七点四三元。

修保的木匠手艺声名大振，全矿区都知道基建队木工班有个小木匠活儿做得好。那个年代流行打家具，炕柜、炕桌、立柜、沙发等等都要请木匠来家里做。修保就成了大家争相约请的对象，几乎所有的业余时间都消耗在给别人打家具上，偶尔也可利用工作时间给领导家打家具，但所有的劳动都是出于友情的付出，没有工钱，供几顿饭几包烟而已。虽然很忙很累，但修保乐在其中。手艺能被众人认可，这能满足他那颗小小的虚荣心；手艺在身，无论生活或者工作有何变故，他都可以凭着这身本事吃饭，这是立世之本。他为自己设计好了人生的走向，他有把握再干几年，就能评上八级木匠，这是木匠行当里的最高职称，技术大拿，工资自然也会拿到最高了。

第四节　机遇，如何能降临在小人物头上

若不是因为上访，修保的人生，本来是应该沿着既定之路走下去的。那也是一个向上的角度，虽然不平坦，有坎坷，但是一条寻常的路线，是大多数像他一样的年轻人都会经历的人生过程。只不过因为性格，因为机遇，抑或是上天冥冥中的安排，他的成长有了更多阴差阳错的意思，个中滋味唯有他自己知道，至今回味起来，都是五味杂陈，难以言尽。

年轻的修保因为木工手艺精湛，成为基建队的骨干，又因为他有文化，做事认真，被领导委以材料员的重任，领料、保管、发料等等，每天的工作琐碎而又忙碌。他非常珍惜这份责任，一心一意要把事情做好；他又太过于认真、固执，超常规越规矩的事在他这儿一概不肯通融，时不时地就要得罪人。

一天，一位副矿长拿着一个空玻璃瓶来到基建队，找到修保，让他给灌一瓶子油漆，说是家里刷窗框用。修保告诉他，只有列入翻修的矿工家属住宅才给刷新漆，你住的那栋房是矿上最好的，又是新房，不能刷新。副矿长问他："知不知道我是谁？"修保说："知道，你是李矿长。"李矿长一脸尴尬，气哼哼地走了。不一会儿队长来了，劈头就训："你咋那么死性？不就是一罐头瓶子油漆吗？也犯不上得罪领导啊，你还想不想干了？！"

队长训完了修保，拿着一整桶的油漆走了。

　　修保意识到这份材料员的工作干不长了。尽管涉世不深，尽管知道自己做的没错，但他得罪了领导，这其中的说道他是清楚的，他只是一个普通的工人，一个小人物，一个无法把握自己前途也无力安排自己命运的人，而领导就是能决定他人生起浮的那个人。

　　1984年12月，也就是这件事后不久，修保接到了调离基建队的调令，然而，结果却是出人意料——出任红阳煤矿百货商店经理。那年他二十九岁。

　　事后他才得知，矿领导班子在讨论调整商店经理时，对于人选颇费心思，因为这个商店连续八年亏损，最多时一年竟亏损五万多元，商店就三十来个人，有时连每月人均三十七元的工资都发不出来，几次换人都无法扭转局面。最后，那位李副矿长想起了修保，他说，那小子能行，他有责任心，办事认真，敢得罪人。他说起了自己遇到的尴尬，更是对修保的褒扬。就这样，由于有李副矿长的"现身说法"，矿领导班子一致通过了对修保的任用。

　　如今说来，不能不承认那位李副矿长的胸怀。正是因为他的大度，他的出以公心，他的知人善任，才为一个匍匐在生活底层的小人物提供了改变命运的机遇。

　　修保难以置信，但调令上确确实实写着他的名字。他兴奋了，觉得自己有了用武之地。领导找他谈话时，他提出的唯一条件就是要说了算，矿领导不能干涉他的决策。

　　正式报到前，抱着一种特殊心理，他独自去了一趟商店。此前修保经常来商店买烟或者日用品什么的，与站柜台的营业员都很熟悉，营业员们也愿意与这个总是笑呵呵的小伙子聊天开玩笑。可这次却一反常态，没有人搭理他，更没人愿意接近他。显然，营业员们也听说了他将接任商店经理的消息，都抱着一种异样的眼神瞧着他。煤矿的百货商店可是个好单位，能在这里当营业员的，也都不是等闲之辈，都是有些背景的，至少也得是某科长的亲属或者女儿，他们根本没把这个小木匠放在眼里。修保讨了个没趣，很尴尬地走了。

更没想到的是，商店里从上到下都对他抱着一种蔑视，一种不信任，甚至是敌视。商店内外弥漫着对他的猜测和怀疑：他是从哪儿冒出来的？他那么年轻凭什么当经理啊？他有什么背景？职工们仿佛串通好了，采取了不合作的态度，甚至干脆给他来个下马威。

上班迟到、中途离岗、下班早退，职工们依然沿袭着以往的习惯，仿佛没有他这新上任的经理一样。

修保不是个见硬见难就回头的人，或许越是难事麻烦事，才越能激起他的斗志。上任三天，他没做出什么大举动，他在观察事态，观察人心，也在观察商店的环境。修保知道，他得拿出点儿真章程，不然无法服人，他这个经理就得像几个前任一样灰溜溜地滚蛋。

修保开始有动作了。首先强调出勤纪律，他指着墙上的规章制度宣布："迟到、早退者，罚！"

第二天，按时到岗的，除了修保，只有一名副经理和一名营业员。

修保让值更的师傅把正门锁上，只留下一个傍门，他亲自掌握钥匙，守在那道必经之门内。二十多个人慢慢悠悠地陆续来了，看着站在门旁的修保，却都是一副不以为然的态度，显然谁也没拿他的政令当回事。

修保把罚款单子交给财务人员，让她照章扣款，每人罚三元，包括这位财务人员。

没过两天，修保竟然也迟到了。他公开道了歉，认罚，当众从兜里拿出三元钱交给财务。他说："既然定下规矩，就必须遵守，谁都不能例外。"

其实，修保是故意迟到的，是他的计策。这一招儿果然见效，职工们知道他是认真的，说话算话。从此，再没有迟到早退的现象了。

修保做出的第二个动作，为他带来不小的麻烦和风险。他收缴了公然跟他对抗的财务人员的办公室钥匙，并宣布将其开除。敢跟自己的经理叫号的财务人员，来头自然是不小，不然哪有那个底气？修保无疑捅了马蜂窝，有些不自量力了。接下来的日子，打电话说情的，上门谈判的，背后说狠话的，语重心长劝说的，令修保不胜其烦。修保就是一个态度，已经做出的决定不能改变，要么就把我这个经理拿下来！

领导们还是想起了当初调修保出任经理时的许诺，让他说了算。其实更重要的，是领导们相信了修保的能力，指望着他改变商店长年亏损的局面。

修保挺过了这一关。

营业员的服务态度和质量，也是长期被顾客诟病的现象。可他在场时，营业员们却都是一副微笑服务的表情。为了摸准最真实的情况，他掏钱买了几包烟，请他在木工班的朋友在修保外出采购进货时，以顾客身份上商店来探虚实。过后，他再讲评工作时，批评的每件事每个细节，都让人无言以对心服口服。

更棘手的问题又摆在他面前。修保发现库存积压商品太多，既然卖不出去为什么还进？为了搞明白问题所在，他亲自到各批发站进货，这才知道，要想从批发站进点好烟好酒，就得搭配带购那些滞销的商品，而这些好烟好酒竟被商店的大采购等个人留下处理了。问题找到了，修保无法容忍这样的人继续留在采购员的位置。大采购被开除了，他揣着一把尖刀走进了修保的办公室，将尖刀掼在了修保的办公桌上……

修保仍然没有被吓住。

修保树立了绝对的权威，再没有人敢向他挑战。商店的秩序走上正常，经营也开始走上了正轨。他又在经营上想出了各种办法，在责任划分、服务态度、货源组织等方面都建立了规章制度。当年，商店就实

◎ 任商店经理时的修保

现了扭亏为盈，相应地，职工的收入和待遇也明显提高，职工们高兴
了，心气也上来了，都把商店当作了自己的事业，从心里珍惜这一份
工作。

　　修保只是个小商店的经理，他没有正规学过经营管理，没有学过
经济学、市场学、营销学，他只是凭着自己的见识，凭着直觉，凭着一
颗责任心，踏踏实实地做着自己分内的事。他坚信一点，要干就干好。
就为了这一个信念，他常常在经营上想些奇招儿，竟也收到意想不到的
效果。

　　临近春节前的几天，矿领导突然接到市政府办公厅电话，让他火
速带上修保去见市领导。矿领导不知出了什么事，忐忑不安中叫上修保
上路了。修保也不知原因，又不敢多问，坐在车后座上闷声不响。一路
上，矿领导疑虑重重，百思不得其解，不明白市长为何要召见他们。要

见他可以理解，毕竟他是一个大矿的领导，是有机会跟市长对上话的，可修保一个小小的矿区商店经理，跟市长能有什么瓜葛？他知道修保的胆子比较大，敢想敢做，常常有些异想天开的念头。是不是修保惹下什么乱子了？矿领导终于忍不住，把他的担心说了出来。

此时的修保似乎想起了什么，在心里琢磨了好一会儿，终于还是说了出来。他曾经给市长发过一封电报，想请市长批个条子，特别供应他的商店一些吉林啤酒和"大参好烟"。那时吉林啤酒厂生产的吉林啤酒凭票供应，市面上根本买不到，小小的矿区商店更是难以弄到这样的紧俏货。修保在电报上说，他想在春节时让生产一线的矿工们也能喝上吉林啤酒，矿工们一年到头太辛苦了，他们应该受到特殊的关照。这封电报发出去几天了，一直没有回音，春节前太忙了，他早已把这事儿忘记了。此时跟领导提起来，也拿不准这是不是市长要召见他的原因，可除此之外，他再也没有能跟市长沾上点儿关系的事情了。矿领导生气了，埋怨说："你小子胆子太大了，就这么点儿小事你敢给市长发电报？市长有工夫管你个小商店的事啊？你这不是添乱吗？"这话里包含了两层意思，修保不仅是给市长添乱，也是给矿里添乱呢！

果然就是因为这一封电报。令矿领导意外的是，市长并没有生气，见了面，问了问矿里和商店的情况，确认修保真是想给一线矿工谋福利后，爽快地批了张条子。

那是两卡车的啤酒啊，还有十箱好烟！拉回商店那天，闻讯的矿工和家属奔走相告，在商品供应不是很充足的年代，能在过年的时候喝上吉林啤酒，那确实是很令人期待的。修保亲自处置这两车的啤酒和十箱烟。他手里掐着矿区一线矿工的花名册，每人按三瓶啤酒两盒烟发票，余下的分给公亡矿工的家属，他自己和亲属以及营业员们，谁都没有份，连矿区招待所拿着矿长的批条来，都没领走一盒烟、一瓶酒。

那一个春节，红阳煤矿的每一名一线矿工都喝上了吉林啤酒。

那一个春节，修保受到许多没有喝到吉林啤酒的人的埋怨。

修保倒是过得很自在，他凭心做事，问心无愧。他把一个小小的商店搞得风生水起。1985年，商店盈利达五万元，员工月工资最高时开到一百五十元。要知道，当时的一线采煤工人也拿不到这么高的工资。修保赢得了人心，也得到领导的认可。他的敬业，有目共睹；他在经营和管理上的突破和创新，有口皆碑。修保成了矿区远近闻名的能人。

1985年的冬天，吉林市煤炭管理局在红阳煤矿召开年终工作总结会，局长也来了，住在矿区招待所。局长有早晨散步的习惯。那天他正在散步，忽然见几个女人疾步奔向一个方向，不由得心头一紧。在矿区，人们是最怕看见女人奔跑的，那就意味着有可能发生了矿井事故，有在井下作业的矿工的家属一听说井下出事便会不顾一切地奔向矿井。局长连忙拉住一个人询问情况。人家告诉他，是商店赶着上班的女营业员，怕迟到才连跑带颠的。局长惊讶了，悄悄去商店考察了一番，但见店容整洁，营业员们笑脸迎客，一切都有条不紊，和他过去了解的商店大不一样。局长很有感慨，又把所有参会的领导引到商店"视察"了一番，就地开了个现场会。会后，局长对修保也做了一番调查，知道他正学习法律，念的是函授大学。局长有心了，这样的管理人才，应该让他有更大的用武之地。

不久，修保接到吉林市煤管局调令，调任吉林西关热电厂保卫科，做专职法律顾问工作。后来，该厂成立法律顾问办公室，修保被任命为主任。

作者手记：

修保的申诉材料能够直达彭真委员长的案头，还真是他的幸运。新中国成立以来，彭真委员长曾长期领导、主持中华人民共和国的民主与法制建设工作，由他参与主持、制定的一系列社会主义法律制度，也在摸索中一步步完善。然而，却在1966年开始的"文革"动乱中、在"砸烂公检法"的"红色造反"运动中遭遇灭顶之灾。十年间，且不说普通百姓的基本权利得不到保障，贵如彭真这样的国家领导人，亦会因为"莫须有"的罪名被关进监狱长达九年半。他曾对人感叹："新中国成立前，我在国民党监狱坐了六年牢；新中国成立后，我在自己人的监狱里坐了九年半牢。这是我们党不重视法治的报应啊！"（见《中华网社区·中华论坛》）有着这样切肤之痛的经历，并且平反后已经主持、修订了包括"82宪法"在内的八部大法的彭真，当他看到修保的申诉材料后，又该有着怎样的心态、怎样的感慨？当他提笔签批意见并签上大名的时候，作为国家领导人，他所关注的便不只是一件普通的刑事案或者上访案，当是一个国家的法律建构，更应该是作为国家公器的公检法机构的执行力与公信力。

而对于修保，如果说一开始他走上为堂姐申冤之路，还只是抱着求公理、讨公道的信念，那么，当他经历了一次次的挫折、一次次的困惑和一次次的失望后，他的思考便不再困围于个人的感受，不再单单是求得一个结果，而是追问，怎么会这样？是求解心中的谜团，这到底是"为什么"？上访的这几年里，他报考和攻读法律专业，他用这些法条来衡量堂姐被杀的案子，他只是想在向人陈述堂姐的冤情时说得更明白些，让人相信那个案子是判错了。问题是，他懂法了，他能说得清楚，可他无处诉说，他没有申诉的机会。当他的学习越来越深入、越来越系统时，当现实的遭遇不断颠覆他的传统思维时，他开始关注个体之外的世界。如何才能避免冤案、错案的发生？怎样保证当事人的申诉权利和维护当事人的合法权益？他懂得了法律的意义和法律的力量，也看到了刚刚走上改革开放之路的社会法律的缺失和建设法治国家的必然。只是，他还不知道如何能为自己的抱负找到一个施展的平台。

这一场旷日持久的上访申诉，改变了修保的人生轨迹和格局。

机遇总是在不经意间来临，而对于一个有准备的人来说，机遇是攀登人生高度的奠基石，问题是看你能否抓得住每一次机会。不能说修保有预见，但他是有准备的，并为此付出了相当大的辛苦和精力。

1986 年，我国开始实行全国范围内的律师资格统一考试，每两年举行一次（从 1993 年起，改为每年举行一次，并改为司法资格考试）。已经有了切肤之痛和深刻思考的修保看到了新的希望，他为自己定下明确的目标——考律师。这不是一个容易实现的目标。被称为"天下第一考"的律师考试每年的通过率仅在百分之六至百分之八，远低于高考和考研的录取率。《律师法》规定，具有高等院校法学专科以上学历或者同等专业水平，以及高等院校其他专业本科以上学历的人员，经律师资格考试合格的，由国务院司法行政部门授予律师资格。这是获得律师资格的途径之一。对于没有系统学习和专门进修过法律的修保来说，他只能争取"同等专业水平"的资格，这也是修保可以选择的唯一途径。

不管怎么说，这为像修保这样因为各种历史原因沦落在生活底层的有志青年提供了向上的阶梯和改变人生际遇的机会。20 世纪 80 年代初的那些年，我们常常看到这些青年如饥似渴的学习场景：白天上班，晚上熬夜复习；参加各种函授班；熟人间互相串借油印或者复写的考试资料；跟单位编出各种理由请假去短期进修班恶补知识……

修保就是这样走过来的，他抓住了全国第二次统考的机会，以总分三百二十八分的成绩通过了全国律师考试，1988 年 11 月，他如愿拿到了律师资格证书，而当吉林市煤管局领导偶然发现了他这个管理人才时，他的律师证又成全了他，那么由一个商店经理进入一家大型国有企业的保卫科，进而担任法律顾问室主任也就毫不奇怪了。

第二章　执业律师：好律师是如何炼成的

作者手记

我国的律师制度有着独特性。当我们称一个律师为"大律师"的时候，多半是为了表示对律师职业的尊重或者是对律师本人的恭维，并非是职级上的称谓。因而所谓的大律师、小律师，也完全是靠人们的口碑和印象了。一个初出茅庐的年轻律师的成长，自然是要靠时间的磨砺。经手的案子多了，未必会赢得大律师的口碑，但如果一场官司打得漂亮，就会在业界名声大振。当然，这不是撞大运，需要精神和体力上的付出，扎实完备的法律修养，头脑和心机超越常人，甚至，在法律允许的框架内行事超越常规。

第一节　小律师招惹上的大麻烦

修保考取了律师资格，在司法行政机关审批后办了兼职律师证，但他主要的工作还是吉林西关热电厂的法律顾问室主任。完善企业法规和规章，清理欠款，代理企业官司当原告也当被告。种种的经历对他来说都是历练，也是他施展本事的舞台。从履职的角度来说，修保尽心尽力，业绩突出，企业分配奖励了他一套三室一厅的住房，同时，他被列为副厂级后备干部人选，可谓前途有望。

1989 年，因为拖欠工程款，吉林西关热电厂被告上了法庭。原告要求热电厂偿还拖欠的工程款二百二十三万元。工程已经验收了，欠款单上有原厂负责人的确认签字，白纸黑字，证据确凿，官司只要一开庭，就等着给人家付钱了。

厂长孙世勋急得直冒火，如果真的付出这么大一笔款，对于效益并不算好的热电厂来说，等于是釜底抽薪了。孙厂长不甘心坐以待毙。

修保为厂里清理欠款，刚刚从外地回来，一进办公室，孙厂长就找上来了。孙厂长已经找工程科和财务科的人研究过了，谁都告诉他这官司必输无疑。现在，他唯一的一点儿希望就寄托在修保身上了。

修保听了孙厂长的陈述，也觉得这官司凶多吉少。看着厂长充满期待又掺杂着疑虑的眼神，他没有马上回复，他说："我看看案卷再说。"

修保知道，按照施工合同和欠款证据，想打赢官司是不可能的，必须摒弃常规思路。同样，在法庭上他必须出奇招，才能扭转被动局面。而这奇招绝不是凭空捏造，只能是实实在在的证据，那么证据在哪儿呢？从哪儿才能找到对自己有利的证据呢？

当晚，修保把所有与工程相关的文件、图纸等资料搬到了办公室。他把自己关在房间里，埋头翻查资料，寻找对厂里有利的证据或者根据。之后，他又多次走访建材市场，核查价格、工本……一遍遍走访，一遍遍计算，一遍遍核对，一个多月的时间，他全身心地沉浸在对这桩欠款案件的研究中，夜以继日，那是一个律师的本能，也是对企业的责任感使然。

法庭上，原告方言之凿凿，举证充分，胜券在握。轮到被告陈述了，作为代理人的修保巧妙地避开了拖欠工程款的问题，从工程款决算方面提出了质疑。这可谓独辟蹊径了，开庭前对方忽略了这一点，但这恰恰是修保寻找到的原告的软肋。他条理清晰地陈述着，一件件地举证，一笔笔地出示计算结果，最后得出结论，原告方高估、冒领工程款三百多万元，属于违规行为。他当庭请求法院聘请权威部门对该项工程造价进行重新鉴定，并提出反诉，要求原告返还冒领的工程款一百二十万元。

修保很清楚，通过鉴定确定实际工程款，才是最实实在在的证据；又因为工程合同中规定的工程款价格是执行国家工程预算规定，所以鉴定结果只有低于欠款全额才会有胜诉的可能。

修保的陈述和反诉，令原告方措手不及，毫无招架之力了。

三个月后，省级鉴定结果证实了修保的计算结论，原告确实多结算工程造价款达一百二十多万元。

再次开庭，法庭采纳了被告反诉原告方的意见，不但不应给付二百三十万元所谓的工程欠款，而且判决原告方返还冒领的工程款一百二十万元。

一场原本要输掉的官司来了个大逆转。在厂领导和职工们的眼里，修保就是个能人。厂长孙世勋在全厂大会上说："修保就是我们厂的大律师！"

1990 年年末的一天，一队警车开进了吉林西关热电厂，直奔厂办公大楼。车上下来数十名警察，着装整齐，一派威严。不知缘由的厂领导吓得躲了起来，惊慌失措地直叫法律顾问室主任修保赶紧出面应对。带队的警察是吉林市公安局一位领导，还真就点着名找厂长和修保。

市局领导认准了修保，问："是你给北京市公安局邮'职工进京游行示威申请书'吗？"

修保说："是。"

市局领导的眼睛瞪大了，问："是你写信申请要上街游行？"

修保坦然地说："是。"

修保知道这些警察为何而来了。那位市局领导的态度很是严肃，他随时有可能下令抓人。

修保本就不是一个怕事的人，他镇定地亮出自己的律师证，并说明此事是我们法律顾问室办理的案件，与厂长无关。那个年代尽管大多数人并不清楚律师证的用途，但警察肯定是知道的。查看了修保的兼职律师证后，让那位市局领导缓和了态度，冷静下来听着修保的陈述。

原来，吉林西关热电厂与黑龙江省的一家企业因煤炭价格发生了纠纷，修保已按双方购销合同的约定在吉林市中院起诉，要求确认合同中没有约定明确的吨煤价格。因近年底，此案尚未终结，对方又在当地法院违法重复立案，并先行申请法院冻结了西关热电厂的所有银行账户。正值寒冬供暖期，西关热电厂担负着吉林市西部城区的供暖任务，没有资金，生产就得停滞，那么这些用热单位和家庭就得挨冻，这是谁也无法承担的责任；此时又近年关，账户冻结，职工工资发不出来，职工们情绪激动，要进京去讨说法。厂领导上下协调，却无法解脱困局，急得坐卧不宁，无奈之下责成修保想办法。修保多次向对方和法院申请解冻，却不被回应；控告、申诉也毫无结果。面对全厂沸腾的民怨，修保提笔给北京市公安局和国家公安部各写了一封申请书，以西关热电厂工会的名义申请上街游行，并写明理由、时间、人数等，请予批准。这封信寄达国家公安部，公安部直接电告吉林省公安厅，又紧急传至吉林市公安局。

结果，几辆警车、数十名警察开进了西关热电厂。

修保说："宪法规定公民有上街游行的自由。我按照法律规定，提前写出书面申请，并等待批准。我们没有违法。"

市局领导当然知道修保没有违法，难能可贵的是，他听明白了事情的原委，并且对职工的心情很是理解，他只是对修保的胆大妄为和

"围魏救赵"的办法很是气愤，这可是惊动公安部的大事，得需要多大的勇气和胆量才能想出这个招？市局领导还是很清醒的，只要职工们没有上街游行，这事儿就可以大事化小、小事化了。那么如何避免职工们闹事？最根本的解决办法，就是让法院解冻热电厂被封的账户，恢复热电厂的正常生产。他可以客观地向上级汇报，陈明事情原委并表明自己的态度，避免事态扩大。

修保这一招见了奇效。当然，他不可能领着职工进京示威游行，北京市公安局也不会批准，即使真有职工要游行，他也会竭力阻止。他只是在无计可施的情况下才想出这个办法。他就是想把动静弄大，这样才有可能引起某些部门的关注，从大局着想，从而找到解决问题的途径。

修保如愿了。第二天，西关热电厂的银行账户就被解冻了。

危机平息下来，不过，也的确让人惊出一身的冷汗。

第二节　辞职，两份签字的代价

修保在热电厂的事业顺风顺水，已经做到了厂长助理，下一步的职位指日可待。就在这时，他接到了一个电话，是他非常敬重的一位大律师丁凤礼的电话。丁律师邀请他，一起开办律师事务所。

20 世纪 90 年代初，我国开始有条件地允许私人开办律师事务所，但必须是合伙制，要由三名有律师资格的人合伙，才能注册成立。丁凤礼原是吉林市船营区人民法院院长，后调至吉林市中级人民法院任经济庭庭长，是吉林市乃至省内司法界公认的专家型法律人才。他有魄力也有预见，他看到了我国律师事业发展的前景，因而当国家政策允许时，他便最先辞去法院公职，开始筹办律师事务所。只是他没有想到，原来

◎ 中年时的修保

答应跟他一起合伙的律师却因各种缘由都无法履行承诺了，没有了合伙人，律师所也就无法获得批准，已经辞职的丁凤礼没有回头路，只能继续寻找合伙人，他找到了修保。此时的修保还只是一名兼职律师，虽然为热电厂办了几桩漂亮的案子，但在业界仍然鲜为人知。丁凤礼想到他，也是缘于一份信任，他知道修保的能力，更知道修保为人的仗义。知道他遇到难处，修保一定会挺身相助。

　　修保果然答应了丁凤礼的请求。丁凤礼是他非常敬重的大哥，无论从学识、人品、业务水平还是业内影响，都是他效仿的楷模。虽然他此时并没有想自己出去做律师的念头，但大哥有求，他不能袖手旁观。他甚至都没有做过多的思考和考察，只在电话里就一口答应："辞职。"

　　辞职就意味着放弃所有从零开始。对于修保来说，这等于是破釜沉舟的选择，需要勇气和魄力。再者，修保的能力和他为热电厂做出的贡献，有目共睹，辞职需要热电厂批准。但从厂领导那就是不肯放他走。

而更大的阻力还是来自家庭。已经结婚生子的修保还有着家庭的责任。那个年代，辞职单干，等于扔掉了铁饭碗，前景谁也无法预料。修保每月上百元的工资收入，是家庭的经济来源，是养家的保障，若是辞职下海，一旦翻船落水，对于一个家庭来说，那将是灾难性的结果。在下海经商浪潮风涌的年代，这样的事例并非耸人听闻，而是随处可见。

这一切困难和可能，修保都想过，只是他在电话里答应丁大哥的时候，却没有想得更多，或者说没有来得及想，他只是为了回报丁大哥的信任和赏识。修保是个说到做到的人，从不拖泥带水也从不食言，即便是一颗苦果，他也会自己吞下。

厂领导不放他走，他就三番五次找领导谈，还托人跟领导说情。领导见他主意已定，也只好在他的请辞报告上签了字。

妻子不同意他辞职，于是吵架，怄气，冷战，无论如何都无法说服他，终于伤了心。最终，两个人在离婚协议书上签了字。

一个辞职的决定，代价是两份签字，修保换来了自由身，但是前路茫茫，他却一点儿也轻松不起来。

1993 年年末，修保加入了吉林丁凤礼律师事务所，成为一名执业律师。

第三节　法庭上，律师被法官禁言了

作为执业律师，没有当事人请托接不到案子恐怕是最难堪也最失落的事情。修保名不见经传，一开始很少有当事人直接找到他，好在有丁大哥罩着他。丁凤礼律师在业界大名鼎鼎，手里的案源也多，他会经常带着修保一起办案；或者有些适合修保办的案子，便转到他手里，由他独自办理。

一桩刑事案子转到修保手里。开庭前他做了充分准备，会见、阅卷，研究每一个细节，查遍相关法条，借鉴相似案例，认为定被告人有罪缺少重要证据。修保自信满满，他有把握为当事人争取到应享有的合法权益。

这是他作为执业律师独自承办的第一桩刑事案件。

开庭地点在某县法院。法庭无论大小总是庄严的地方，法庭上的法官不论职级高低也总是有权威的，而律师在法庭上与各方的关系是很微妙的，或不卑不亢，温文尔雅；或据理力争，寸步不让；或晓之以理，动之以情……需要审时度势，察言观色，随时应变，律师的目的只有一个，依法维护自己当事人的合法权益。

修保没有把握好这个度，他太情绪化也太冲动了。他以为有理，所以言辞便有些激烈，激烈的辩论引起法官的不满，便屡次打断他的辩护发言。这却越发地刺激了修保，他以理据争，并抗议审判长打断他的发言，终于惹恼了法官，当庭宣布，禁止他发言。

修保坐在辩护席上却不能说话，也只能生闷气。他拿出一把小梳子，一下一下地梳理着头发。一位当医生的朋友曾经告诉他，经常用梳子梳头，能够护发还有利于保护大脑，所以他的身上总是带着一把小梳子，闲下来的时候便会梳一梳头发，当然激动的时候也会梳一梳，这会让情绪平息下来。偏偏那天他遇到了一个也很情绪化的法官，法官怎么看他都不顺气，当庭警告他："不许梳头！"

这却有些过分了，没有哪一个法条规定，在法庭上不能梳理一下头发。那位法官也可能是第一次遇到这样不听话的律师，也是气极了，有些控制不住自己的情绪。修保刚刚平静下来的情绪又被刺激了一下，便干脆不理法官的警告，我行我素。

好在双方还都是有理智、有修养的人，没有在法庭上闹出更大的事态。法庭继续开庭，但显然，接下来的审理，不论犯罪证据是否充分，反正检察院起诉法庭就得判刑，判决结果：被告人有罪。修保作为被告方辩护律师显然是输了，不是输在能力和水平上，而是输在和法官的关系上。

过后，那位法官找到丁凤礼说："若不是看大哥的面子，我早就把修保撵出法庭了。"

作者手记：

不能不说修保有当律师的先天条件。他口才好，记忆力强，头脑灵活，思维缜密，更重要的是有胆量，敢担当。用一句通俗的话来说，就是不怕事，也不怕麻烦。试想，若是一个律师嫌麻烦怕惹事，那肯定也当不好律师。关键的问题是，他以什么样的境界去担当、去惹事，这

◎ 修保在自己的律师事务所大厅前

才是衡量一个律师的标尺。

　　这一次技术性的失败，让修保接受了教训，也让他成长。1997年，修保离开丁凤礼律师事务所，同几位志同道合的同仁开始组建自己的律师事务所。他要按照自己的意愿来经营管理。他为律师所起名为"保民律师事务所"。他用"保民"二字为自己的律师所命名，就是向社会传达自己的办所宗旨：保护平民百姓的合法权益。

　　而此时，八届全国人民代表大会常务委员会第19次会议修订通过了《中华人民共和国律师法》，并于1997年1月1日正式开始实施。这是新中国成立以来第一部完整的律师法典，表明具有中国特色社会主义律师制度的框架基本形成。该法第2条规定，律师是"依法取得律师执业证书，接受委托或者指定，为当事人提供法律服务的执业人员"。在此，律师性质被重新定位，由原来隶属行政机关的法律工作者转变为社会法律工作者。这可以解释为，去掉了律师的"公务性"，强调了律师的"社会服务性"。显然，这有利于律师把维护当事人的合法权益作为服务中心，促使律师提高业务和职业道德修养，同时获取合理的服务报酬，也更加体现了律师在辩护和代理过程中的私权性。《律师法》的颁布实施，对于我国律师制度的完善和发展来说，具有里程碑意义，它标志着一个新时代的到来。

　　可以说，吉林保民律师事务所的成立，恰逢其时。

第三章 情与法：代理小官司的大律师

作者手记：

　　保护每一位当事人的合法权益，是一名律师最起码的职业修养。而修保更加强调了保护平民百姓的合法权益，表明了他独特的执业观，显然有着更深的意义。修保是从底层走出来的律师，他品尝过平民百姓生活的苦涩与艰辛，也经历过平民百姓如草芥般的社会地位，有着浸入骨髓的平民百姓的情怀。他曾经走过的艰难的上访之路，更是让他有着刻骨铭心的体验。因而当他有机会也有能力做事的时候，自然而然地将为平民百姓服务作为他的一种社会责任。

　　律师是一种职业，律师也是个高收入的职业，案源多接到的大案多，律师代理费自然就可观，这也是每一个执业律师追求的。为富人或高层人士代理，代理经济大案，给企业做法律顾问，都是扬名又得利的事。这些修保都做过或者正在做，不然他也无法保障他的律师所的正常运转。几桩大案子做下来，他的名声大振，手里不缺案源。然而，他却从来没有冷淡过那些平民百姓的官司，很多都是当事人慕名而来，有些，则是他主动承担。也许在有些人眼里，这些不过都是些小案子，费时费力又不挣钱。但修保知道，再小的案子，对于平民百姓来说，那也是摊上了大事，一件足以改变命运的大事。

案例 1：一场七年的小官司，只为给女工讨回公道

这桩官司的当事人叫苑萍，吉林市某国有企业的女工。她平时工作很出色，但好管闲事，还经常给领导提意见，自然成了领导眼中的另类。厂里出现了匿名信，写了些对领导不利的事。领导追查不出来源，便怀疑到苑萍。于是，厂领导以诋毁他人名誉、扰乱生产秩序为由，在没有履行正常程序的情况下将她开除了。

苑萍是个做事爽快也很坦然的人，她曾写信向有关部门和领导反映过企业领导涉嫌腐败的问题，但署的都是真名。她给领导提意见也都是当面锣对面鼓，从来不背后捅咕。怎么能把写匿名信的事栽到自己的头上？她当然不服。更可气的是，厂里竟然不做调查不走程序，便将她开除了。苑萍本来就不是个逆来顺受的女子，面对"开除决定"，她选择了向劳动争议仲裁委员会申诉。

1995 年 6 月 14 日，苑萍向吉林市劳动争议仲裁委员会提出申诉，要求撤销企业做出的开除她厂籍的决定，恢复其工作，并补偿由此给她造成的经济损失。

1995 年 10 月 31 日，吉林市劳动争议仲裁委员会经审理做出裁决，维持厂方对苑萍开除厂籍的决定。苑萍不服裁决，依照法定程序向法院提起诉讼，要求法院撤销劳动仲裁裁决，撤销企业做出的开除决定，补偿经济损失。

1995 年 11 月 30 日，苑萍和丈夫慕名找到了修保。修保接受委托，为苑萍代理这场维护权益的官司，只象征性地收取了几百元的调查费用。此时的修保绝对没有想到，这一桩小小的维权案子，会让他付出七

年的时间和精力。

法院开庭前，修保作为原告方的代理律师，对案情经过及每一个细节做了充分调查和研究，他抓住了被告方几处违规违法的痛处：

第一，"除名决定"没有按照国务院规定的"职工奖惩条例"的法定程序进行，而是由厂领导班子做出的，其除名程序严重违法；

第二，被告方以苑萍"诋毁他人名誉"为由做出"除名"处理的做法，属于适用法律错误；假设匿名信真是苑萍所写，也应由民法或刑法调整，不属于企业处理权限；只有在苑萍的行为构成犯罪且被判处有期徒刑的前提下，企业才有权将其除名；

第三，职工或公民依法对国家机关和企事业单位有控告、举报和提出批评、建议的权利，企业对向领导提意见的职工做出"除名处理"，有借机报复之嫌，依法应立即纠正；

第四，公安机关对匿名信所做的字迹鉴定报告，并不能直接证明匿名信为苑萍所写。

修保是做了充分准备的。尽管这仅仅是一桩小小的维权案子，但修保也不敢掉以轻心，他要确保自己的当事人胜诉，而且他有把握能够打赢这场官司。

法院第一次开庭，作为原告方的苑萍胜诉了。1996年3月6日，

◎ 《法制日报》刊载的修保事迹

一审法院做出判决：撤销厂方开除苑萍厂籍的决定。

不久，被告方不服判决上诉。这也在修保的意料之中。作为被告方的企业为了打这场官司也是有备而来，哪能轻易认输？

令修保没有想到的是，官司进入二审程序之后，便进入了拉锯状态，二审撤销原判发回重审，重审企业方胜诉、苑萍不服上诉，终审裁决维持原判，修保代理苑萍又提出申诉。

再审期间，在一次庭审中，对方竟然提出对苑萍做精神鉴定的要求。修保当庭指出，这是对我的当事人人格的莫大侮辱，律师坚决反对。

再审判决，撤销原一、二审判决书，进入审判监督程序处理。

从第一次申诉到这次判决，时间已经过去了六年。几番折腾之后，苑萍已经心力交瘁。赖以为生的工作没了，名誉受到严重损害，如今又被诬为精神病，一个人得需要有多么强大的神经才能承受住这样的重压？苑萍只是一个普通女工，她无权无势，没有任何社会背景，她是以一介女子的单薄身躯，与一种集体的力量对峙，法律是她最后的屏障，若是法律都无法保护她，那她还有什么指望呢？

苑萍连寻死的心都有了。她哭着对修保说："修律师，我不告了，我一个小工人，告不赢他们！"

修保却不同意，他说："如果不把你的官司翻过来，我这辈子就不当律师了！"

作为律师，修保的思考更深刻，他知道此案多次反复的症结所在。在履行法律程序中，此案判决中的诸多疏漏都是显而易见的，适用法律错误，未经开庭便做出一审判决……法律是严肃的，来不得半点儿敷衍和搪塞。律师以法律为武器，保护当事人的合法权益，当法律被忽视被滥用甚至被扭曲时，律师是最应该也最敢仗义执言的人。

修保决定自己出钱为苑萍继续打官司。

此时已是1998年，保民律师事务所刚刚成立。修保有许多事要做，律师的招聘，与各相关部门的协调，正在进行中的案件代理，不断接手新案件……但苑萍这件案子仍然在他心中占着相当重的分量，他要为这个女工讨回一个公道，也要为法律正名。

1999年4月22日，修保作为苑萍的代理人，再次向吉林市中级人民法院审监庭提出申诉。

◎ 苑萍赠送给修保的特大号锦旗

2000年11月，保民律师事务所二十三名律师联名向吉林市人大呼吁关注此案。

同时，媒体以《女工到底该不该被开除》为题，面向全体市民进行了大讨论。

2001年1月8日，吉林市中级人民法院做出民事裁定：撤销吉林市中院及船营区法院原审裁定，本案发回船营区法院再审。

之后的再审一审、申诉及执行等法律程序走下来，时间已经到了2002年3月，虽然仍是令人备感煎熬的过程，但最终苑萍胜诉。

从1995年到2002年，七年时间，从四十三岁到五十岁，苑萍打赢这场官司的同时，也到了退休年龄。她一身清白也一身轻松地办理了退休手续。

荣誉证书

HONORARY CREDENTIAL

修 保 同志

被评为第二届全国法律援助先进个人

中华人民共和国司法部

二〇〇四年九月

◎ 修保荣获全国法律援助先进个人称号

之后，苑萍给她的代理律师修保送来了一面特大的锦旗：

> 维护法律，维护尊严，一身正气冲霄汉；
> 七年官司，七年代理，满腔热血暖人间。

赢了官司，苑萍自然高兴，若是没有修保的坚持和付出，她没有勇气和能力为自己正名，她要表达自己的心意。

修保无法拒绝这样的谢意，看着锦旗上的溢美之词，他的心里涌上的是苦涩：七年！一桩简单的维权案子，何以会打了这么久？

幸好，结果是公正的。

案例2：不准下跪，让拾荒老人有尊严地维权

2007年年末的一天，一位老太太领着一个小女孩儿走进修保的办公室。见到修保，便跪在他的面前，哭着请求："修律师，你要替我儿子申冤啊！"

老太太七十来岁，看穿着和面相，也是饱经生活折磨的人。小女孩只有四五岁，一双眼睛透着懵懂和怯意。老太太哭，小女孩儿也跟着哭。

修保急忙上前扶起老太太，让座，倒上水，请她平静下来慢慢说。

老太太叫李素芬（化名），家住吉林省榆树市。她要为儿子李强（化名）申诉，她说她儿子不该判得那么重！

原来，老太太的儿子李强与妻子闹矛盾，妻子离家出走。此前李强妻子也出走过一次，是李强通过媒体帮助找回来的。妻子再次出走，他又找到报社求助，却被拒绝了。2005年11月11日早上，女儿又哭又闹地找妈妈，焦头烂额的李强操起电话便打给了110，报警称，自己"绑架"了小女儿，要求公安机关帮助孩子找回母亲。警方赶到现场，李强不给开门，要求见记者。前后时间不到一个小时。李强被警方起诉，以绑架罪被判处十年徒刑。老太太认为判得太重了，连续三年，一直在替儿子申诉。老太太平日靠拾废品为生，本来就不宽裕的生活，因为儿子入狱，无依无靠的她和小孙女的日子更是雪上加霜。老太太没有多少文化，不知道申诉的路该如何走，只是盲目上访，甚至长跪不起，却毫无结果。在几近绝望时，她从其他上访人口中听说了修保的名字，便领着小孙女从榆树市赶到了吉林市。

老太太边哭边说，听得修保心酸不已。他耐心倾听着老太太的哭诉，仔细询问当时案发时的每一个细节，凭着经验，他判断法院的判决或有适用法条不当之处。

修保说："我帮你打这个官司，也不收你的律师费。不过，你得答应我，不能再去下跪上访了。"

老太太含泪露出了笑容，点头答应。她从怀里掏出一个布包，左一层右一层地打开了，露出一沓零零碎碎的钱。

老太太说："我就这些了，六百块钱。修律师，你都拿去打官司吧。"

修保知道这可能是老太太的全部积蓄，也怕是祖孙两个人的全部生活费了。老太太饱经风霜的脸，皮肤粗糙的双手，让人看着心酸；小女孩儿茫然而稚气的表情更令人心疼。修保抑制不住情绪，转身流下了眼泪。片刻，修保将老人的钱重新包好，装回老太太的衣兜，又从自己包里拿出上千元，请老太太收下。老太太却坚持不肯收。几番推辞，修保只好抽出其中的几张百元票子，硬塞给了小女孩儿，对老太太说："给孙女买件新衣服吧，算是我的一点儿心意。"

老太太感激涕零地收下钱，拉着小孙女又要给修保跪下。

修保急忙扶住她，很庄重地说："老人家，不要再给人下跪！更别让孩子给人跪下。人不管穷富，都有尊严，走到哪儿咱都站直了！"

老太太临走时说，上访三年来，从来没有像今天这样高兴过。

修保相信老太太说的是真实的心情，他有过上访的经历，他知道求告无门时的绝望是什么滋味，叫天不应叫地不灵时，那种见到谁都当作救命稻草的意念让人不由自主地想要屈膝下跪。修保知道这种屈辱的滋味。

作为律师，每个来到他面前的人，他都希望他们是有尊严的，他也要依法维护他们的尊严。

修保开始接手代理这桩特殊的绑架案。

修保几次驱车去长春，到一审、二审法院查阅、复印案卷材料，仔细研究案件证据。走访原来帮助李强寻妻的记者和目击者，尽量还原

◎ 修保接待求助的祖孙俩

案发时的每一个细节，探究案发时李强的心理活动和精神状态。

远在镇赉监狱服刑的李强得知修保对他母亲和孩子的照顾并免费为他申诉后，委托狱友代他给修保写了一封长达十几页的信。他在信中说，他在狱中曾经几次自杀未遂，没想到还会有人帮助他这样一家最穷的人。他不再想自杀了，他谢谢修律师帮助他的母亲和女儿。修保接信后，给李强打去电话，嘱咐他安心服刑，他会继续为他代理申诉，继续照顾他的母亲和孩子。电话里的李强哭得说不出话来……

修保开始了代理申诉过程。长春、榆树、吉林，几百里的路途，他来来回回跑了无数趟；申诉、驳回申诉——再申诉再驳回——再向省高院申诉；以省人大代表的身份向最高人民法院和省高院领导反映情况……

作为律师，修保认为，李强报警称自己在家里绑架了亲生女儿，目的只是为孩子找回母亲，主观上没有其他绑架犯罪为报复和谋财的故意，客观上没有造成社会危害结果，其表现作为构成犯罪，依法也应减轻或免除处罚……

三年间，用去的差旅、诉讼资料复印等费用就花去了近万元；三年后，省高院报请最高人民法院批准后做出再审决定，并于 2010 年 6 月 8 日改判李强有期徒刑五年。

李强刑满出狱了，带着母亲和孩子来到了保民律师事务所，见到修保便跪下了……

当律师多年，修保受过太多人的跪拜，有的是求助，有的是那些他帮助过的人发自内心的感恩，当他们无以回报时，本能地便用这种中国最传统也是最真挚最朴实的方式，表达着情感。可修保知道，除了跪天跪地跪父母，这样的跪拜是最让人丧失尊严的。当事人的每一次跪拜，都会让他心里一惊，无论是求助还是感恩，他真的不愿意看到这样的情景一次又一次在他眼前发生……

修保拉起李强，让一家老小坐下，拉起家常。听说李强暂时还没有找到工作，修保又拿出一千元钱，嘱咐他聊补家用。

案例 3：一桩停尸三年的进京上访案

2009 年 6 月 7 日，德惠市大房身镇村民霍树波在吉林某建筑工地的工棚内死亡。

关于霍树波的死亡原因及死亡认定，霍家人和施工方各有说辞。施工方认为，霍树波是因病死亡，且在下班后时间，不属于因公死亡，有公安机关的尸检为凭。而霍家人则不认可这种说法。霍树波年轻力壮，白天还好端端地在工地干活，怎么到了晚间突然就死了？

因为对死亡原因的认定有分歧，对于赔偿金的数额便难以达成一致。双方各说各的理，言语间难免情绪激动互相刺激，矛盾升级，互相

◎ 修保（右）与霍家人

就杠上了。

三年后，尸体还停在殡仪馆没有下葬。

这三年里，霍树波的家人一直在上访，每年的全国"两会"期间，他们都要进京，去国家信访局、国务院相关部门，他们只有一个念头：不讨个公道和说法，宁可尸体烂掉也不下葬。

三年过去了，霍家人连年上访，却也没有讨回他们认可的说法，尸体就一直停在停尸间。如此下去真就不是办法，除了死者不能入土为安，为了上访，霍家人的生活也偏离了正常轨道，这是谁都不愿意也不能承受的局面。霍家人并不是极度偏执一族，他们想解决问题，却不知如何解决。他们只认准了一条，上访，只要造成了影响，就会引起有关部门的注意，就会有人过问，就会有人出面解决。殊不知，这三年间，他们不过是在重复着做无用功，几番折腾，还是回到原点，于事无补。

2012年3月19日，霍树波的父亲霍桂林、舅舅杨木林再次来到吉林市，这次不是上访，而是求助，他们在京上访时听接访的政法委领导说吉林市有一家信访法律事务服务中心，专门为上访人提供义务法律帮

◎ 张龙律师（左）在殡仪馆帮助火化尸体时，死者家属表达感谢的场面。

助，他们就来了。

关于"信访法律事务服务中心"，我在后文再详细介绍，我先告诉你的是，修保运作成立了这家民间机构，他也是这个"中心"的主任，平日里他是律师所和"中心"两头忙碌。这次，霍家人慕名来到"中心"，正好修保在"中心"，他便亲自接待了这两位上访人。

修保听着两位上访人的陈述，还得不时安抚他们激动的情绪。修保弄明白了他们的上访理由。对于每天接触各种案子的律师来说，这桩案子本身并不复杂，如果当初涉事双方能相信法律、冷静对待，相关部门能及时介入、客观处理，也不至于闹到今天这样难分难解的地步。停尸三年，这是让世俗难以漠视的事件；霍家人的连年上访，已经成为社会的不稳定因素。

可死亡事件的发生已经过去三年，当时并没有走上法律程序，如今就是提起民事赔偿诉讼，但没有因公伤亡鉴定，恐怕也很难从司法环节上得到保护，唯一解决的办法，就是各方协商解决。

可看似比走法律程序简单的协商，真正操作起来，往往是步履维艰，事关法律、政策、职责、舆论、情感，还有涉事各方的心态和性格，修保经历过太多的"协商"，见识过各式各样的面孔，冷漠嘲讽、威胁恫吓、敷衍塞责，还有防不胜防的闲言碎语。很多时候，职责只是他给自己施加的压力，没人在意，他更多的都是在求人，以他的名声、他的真诚、他的自我牺牲精神……

这桩停尸三年的上访案，修保又揽过来了。

修保叫来律师吴伟、张龙，与他们一起做这两位上访人的劝导工作。亲人的死亡加之三年的上访无果，两位霍家人的情绪已经积蓄到了随时都要爆发的程度，倾诉、愤怒、指责、埋怨、叫号……三位律师成了他们的发泄对象，需要强韧的神经、超常的耐心、职业的素养，才能承受。多年的律师生涯，他们已经练就了这种能力，知道何时倾听，何时打断对方话头解释，何时软语相劝，何时正言相告，分寸和时机要掌

◎ 张龙（右一）和吴伟（右二）与霍家人

握好，否则不但无法劝服对方，还可能适得其反。这一过程实在是折磨人和考验人。言来语去间，终于有个间歇可以缓缓情绪时，才发觉，时间已经过去了四个多小时，双方连午饭都忘了吃。得知两位上访人的晚饭和住宿还没有着落，修保又掏出了自己的钱包，张龙和吴伟两位年轻律师又各自拿钱为两位老人安排了住处。

这样的关怀和待遇，足以温暖一颗冷硬的心。两位上访人终于放下了心结，同意不再上访，并与"中心"签订一份《息访代理协议》。

之后，修保和吴伟、张龙开始分头行动。

吴伟和张龙通过走访、到各部门调取相关证据，组织中心律师研讨，最后确认，这起工棚死亡案，可以排除他杀的可能，但是也不符合公亡的条件。只是按情理，涉事施工单位有责任按病亡协助做好善后处理，所以，应说服涉事施工单位拿出相应的款项，作为补偿救助金，以

◎ 上访案化解后修保（中）、张龙（右一）、吴伟（左一）与霍家人合影

抚慰死者家属的伤痛。

这需要做好涉事施工单位的工作。

修保亲自找涉事施工单位负责人协商。显然，这位负责人不是个好说话的人，不然这件事情也不会走到今天的地步。修保晓之以理动之以情的劝说，都无法让他心甘情愿拿出这笔钱，他甚至怀疑修保与上访人是亲戚、拿了上访人的好处，开始出言不逊。修保忍无可忍了，上前揪住了这位负责人的衣领，扬起了拳头。幸尔，关键时刻，他冷静下来。

事情总还是要解决的，几方面还得不时碰面。怒目而视也好，冷语相激也罢，只要肯坐下来相谈，就会有希望。最终，修保提出了一个解决方案：我为施工单位做法律顾问，只要五万元的法律顾问费，施工单位将这笔代理费作为救助补偿款支付给霍家。

在场的人都听明白了，修保这是在用自己的付出，换取纠纷双方的和解。以他的名气，聘他做法律顾问的费用远不止五万元，但他却自降身价，他又图个什么？

霍家人感激不已。

施工单位负责人也为修保的真情所感动。

在公证部门的现场见证下，纠纷双方达成了和解。霍家人得到的这笔救助补偿，于情于理都说得过去，也算是一种心理慰藉了；施工单位不再被这一上访事件困扰，最终卸下了包袱。通过几次接触，施工单位负责人也看明白了，修保与霍家人确实素不相识，他这么尽心尽力地为双方说和，无非是为了尽快平息这一场纠纷，求得各方的安稳。这位负责人服气了，当场拿出五万元现金……

对于几方面来说，这都是最好的结局了。

而对于修保和吴伟、张龙来说，事情还没有结束，善后的事同样棘手。停尸三年，只是尸体保管费用就需要十多万元，霍家人无论如何是拿不出这笔钱来的。修保就此事向吉林市政法委领导做了汇报，政法委领导通过帮助协调相关部门，免除了霍家这笔尸体保管费用。

接下来，修保和吴伟、张龙陪同霍家人去领取尸体。停尸间的味道难以忍受，无法用语言描述。吴伟、张龙帮着霍家人搬运尸体，修保帮着联系火化、购买骨灰盒，花去了四千八百元；又掏钱雇了一辆车，将两位老人送回家。

面对这样的律师，霍家人除了感激，再无话可说。

一场闹了三年的停尸上访案，就这样化解了。

近日，又有一桩类似的上访案被修保化解了。也是停尸上访，却是更加的激烈，竟然停尸十一年，缠访了十一年！修保和中心的律师们用了一年半的时间，将此案化解了，其中的曲折和艰难，想来应该是有着许多的情节，遗憾的是，因为事涉某机关单位，我无法进行采访，其情其事，只能留待读者想象了。

案例 4：诉讼之外，一桩可能造成国际影响的案子

2015 年 11 月 3 日上午，我一走进修保的办公室，他就告诉我，有一个好消息，李学海（化名）老人被无罪放出来了，关了十七个月啊！

看他那兴奋的表情，是实实在在地为委托人高兴，无意中流露的，则是一种职业的自豪感，还有成就感。

这是一桩被侦查机关定性为涉嫌非法经营罪的案子。修保是被告李学海家属聘请的第二个辩护律师。我知道近期他一直在忙着这桩案子，时常在电话里跟人沟通、解释，说着说着还激动；时不时地要跑省城，还上过北京，找最高人民法院。如今，这桩案子有了理想的结果，也难怪他这样开心。他说，作为律师，能为一个蒙冤的七十岁老人依法

洗脱罪名，让他感受到法律的公平正义，是值得欣慰的事。

事发于一桩群访案。因为开发商违约，致使动迁户无法如期回迁，数百位动迁户一起聚集在某县政府大门前讨说法。群访事件震惊县城，也让领导们很是生气，找来开发商究问。开发商抱怨，因为开发资金不足，借了高利贷，但还是周转运作不灵，加之高额的利息让他难堪重负，最终资金链还是断了，项目被迫中断，这才导致无法按时回迁。领导如何平息动迁户们的上访不得而知，但领导的震怒能够想象出来，追根究底，那个放高利贷的人必须追究。

于是，李学海被扣了起来。

七十岁的李学海算是一个能人，精明，有商业头脑，能抓住商机，跟着国家改革开放的脚步，他做过各种生意，饭店、运输、基建、砂场，等等，多年下来，也挣了数千万元。岁数大了，不想再劳累，把这些钱放出去，赚些利息，也是不错的钱生钱的生意。民间借贷，利息自然是比银行高，俗称高利贷。民间借贷手续简单，不像银行办起来那么烦琐，所以很多生意人缺资金周转了，都会想着这条路，虽说利息高，但救急，对于双方来说，也是愿打愿挨的事。至于内中如何运作、还得上钱如何还不上钱又如何，旁观者并不关心。这些年，民间小贷公司可谓遍地都是，是市场经济的产物，已经见怪不怪，因为当时的法律保护高于银行同期贷款四倍的民间借贷关系。

李学海把钱借给了开发商，他管不着开发商如何经营；开发商项目中断，也不是他的责任；至于引起群访事件让领导很生气，那更不是他能预期的了。由此将他送进看守所，扣上"非法经营"的罪名，遭遇牢狱之灾，让他倍感冤枉。他不认罪，人家也不放他，侦查、审讯、取证之类的，一套程序走下来，已经被关了十一个月。必须要上法庭了，家人决定给他找一个好律师。听人说有一个叫修保的律师很有名气，打了很多漂亮官司，上网一查，果然名气很大，还很正直，而且有魄力有胆量，不惧任何权威，这正合他们的心意。于是，李学海的儿子直接找到了保民律师事务所。

修保不想接这个案子，他手头正在办的案子太多了，还有那么多需要化解的上访案，实在无暇他顾，他可以把案子交给所里其他的律师。但是李学海的儿子不答应，他就认准了修保，认准了只有修保能帮他的父亲洗脱罪名。修保绝不会贸然表态能否打赢官司，他还没有细致研究案情，只听家属一面之词不足以做出准确判断，他只是没有精力再接这样一桩普通的案子，这不是给多少代理费的事。

李学海的儿子很沮丧，沮丧中发泄着情绪。从他的发泄中，修保听出一个意思来。李学海的女儿在法国生活，已经入了法国籍。她曾表示，如果父亲被判有罪，她就要去中国驻法国大使馆请愿，还要请求法国驻华大使馆出面，为一位法国公民的父亲寻求公道。

修保听明白了，直觉这事有些重大。这本该是中国内部的事，怎么能让法国驻华大使馆出面说话？西方国家一直拿中国的人权问题说事，李学海的案子如果判不明白，真可能授人以柄，到时候，就不仅仅是一桩案子的输赢，更有可能造成负面的国际影响，会有损中国的国格。这是修保最不能容忍的，他在办案中也不允许出现这样的"事件"。

修保对李学海的儿子说，我可以接这个案子，但是我有个条件，你姐姐必须答应，不能去找中国驻法国大使馆，也不能找法国驻中国大使馆。你们要相信法律，法律会给你父亲一个公正的判决。

李学海的儿子眼前一亮，当着修保的面给姐姐打通了电话，未等说话先哭了，第一句话就说，我找到修保律师了。显然姐弟俩是事先一起商量好来请修保做代理的。在电话里，李学海的儿子转述了修保提出的条件。电话那头，远在法国的李学海的女儿一口答应下来，说修律师出面了，我就哪儿也不用去了。

当即，修保与李学海的儿子签订了代理协议。第二天，他去看守所会见了李学海。七十岁的李学海哭得像个孩子，他说他愿意把他所有的钱都捐给社会，只要能放他出来就行……

这是 2015 年 4 月的事。

修保调取了该案全部卷宗材料，组织全所律师认真研究了李学海案，重新研读了相关法律和法条。

大家一致认为，国家法律对民间借贷从来没有明令禁止，只是对高于规定的利息部分不予以保护。本案中，出借人与开发商的违法行为没有关联性，且法律没有规定民间借贷属非法经营。据此，修保认为：李学海案属于典型的民间借贷，不构成犯罪。

这桩所谓的"非法经营罪"案，还涉及一个重要的问题，如果在吉林省将出借人按犯罪来打击，今后将不会有客商将钱投给或借给吉林企业和个人，这对区域经济发展将造成重大影响。修保看到了更深层次的东西，是改革开放下市场经济的规则、是一个地区经济环境的营造。

他去找某县办案的侦查部门交换意见，与人家理论什么叫民间借贷、什么是非法经营；

他找某市公安局、某市检察院、某市政法委，陈述自己对此案后果的担忧；

他找吉林省政法委、吉林省高院等部门，阐述对此案的观点以及如果错判可能带来的国际影响；

他以省人大代表的身份，提写建议，阐释了市场经济环境下，正常的民间借贷对促进地方经济发展的作用，如果错判，无疑会对政府大力推进的招商引资、宽松的市场环境造成负面影响；

他亲自去北京，找公安部、最高检、最高法，呈上自己对此案的研究、判断和意见，请法律专家释疑解惑。

开庭前的一次次奔波，对于修保来说，不仅仅是为抗辩做准备，他更希望这桩案子能在庭外解决，在为当事人洗脱罪名的同时，也能将此案的负面影响降到最低。

最终，还是走向了法庭。

旁听席上座无虚席。有被告李学海的亲朋好友，有社会各界人士，还有几位是专程从延边地区赶来的另一案件的相关人，因为他们也正经历着类似的诉讼，想从该案的审理中得到借鉴。

法庭上，举证阶段。公诉机关举证，所有的证词、证据，修保统统没有疑义。他说："这些证据、证词，恰恰证明了我的当事人无罪。"

法庭辩论阶段，修保为被告人李学海做无罪辩护。

修保根据《中华人民共和国刑事诉讼法》和《律师法》的规定、根据法庭已查明的本案事实、根据法无明文不为罪的法定原则，为被告人做无罪辩护，当庭提出三点辩护意见：一、李学海在主观上没有犯罪的故意和过失；二、在客观上没有犯罪的事实和证据；三、法律没有规定民间借贷是违法犯罪行为……

那是一场精彩的辩护。

修保的语气是平稳的，那是一种充分的自信；修保的情绪是激动的，因为事涉他的当事人的权益，结果如何，也将影响着国际舆论。

修保的辩护，一次又一次激起旁听席上的掌声，法官三次敲响法锤，修保也不得不转向旁听席，请求大家别再鼓掌，不要干扰法庭秩序。

修保说："我是律师，在法庭上，如果我连一个受冤枉的人都解救不了，我也没有资格享受你们的掌声！"

法律最终彰显了它的公正、公平。公诉机关撤回了对李学海的起诉，法院裁定，准许无罪放人。

结果证明，修保有资格享受人们的掌声。他维护了法律的公平正义，也是在维护国家的尊严。在这桩无罪辩护的案件中，他的着眼点已不仅仅是一件案子的输赢，他的思维空间是宽广的。

这就是一个人的胸襟！

案例 5：无罪辩护，靠什么守护法律的底线

在修保二十八年的律师执业记录中，有一个数字，是很值得书写、也耐人寻味的。通过他的代理辩护，已经有十几位蒙冤入狱者被无罪释放。十几位，这数字不算少，而修保为此付出的心血以及精神上的压力，却是其他人所无法感知的。

十多年前，修保办过一桩无罪辩护案，情节的曲折可以编成一部戏。2017 年 3 月 22 日下午，我电话约来了当事人宋福林。我担心，那段蒙冤的经历毕竟是一种难以消除的创痛，恐怕他不会愿意回忆。

没有想到，采访宋福林竟然这样顺利，而且让你感觉很是痛快。

◎ 接受采访时的宋福林

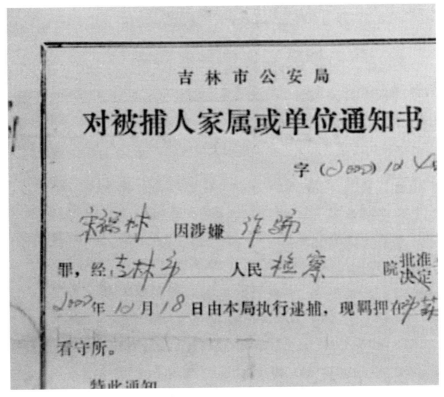

◎ 对宋福林的逮捕通知书（复印件）

这个五十多岁的汉子，性格爽快，口才很好，一脸的阳光，完全看不出曾经坐了四年的冤狱，而且是四年五审。他现在的身份是一家大型民营医院的党委书记。进门时没有看到修保，他感觉很失望。他说："只要见到修保，不管手里有没有东西，也不管是不是在大庭广众之下，我都立刻跪下磕头，见他一次我就跪一次。那是我的恩人！"

听得出也看得出，这是一种发自内心的感恩。

我问："如果不介意，能不能讲讲关于你的案子？"宋福林说："可以。你想听什么，我全告诉你。"我再问："如果写出来，可以用你的真名吗？"宋福林说："可以。我不怕，我说的句句都是事实。"

面对这样一个采访对象，我很轻松，他毫无忌讳的表达和坦荡的心胸，让你根本不用费神去引导和调动，只需要倾听。

　　宋福林第一次见到修保，是在看守所里，时间是 2002 年某一天。那时，他被以诈骗罪起诉并判处十年有期徒刑。从进到看守所的那天就坚称自己无罪的宋福林提出了上诉。这个时候，修保律师来了。

　　这时的修保并未正式接手代理宋福林的上诉案。之前，他就听说过宋福林的案子。这桩案子在社会上闹得沸沸扬扬，除了因为被告的身份是某大型国企所属利丰复合肥厂厂长，还因为他曾被几抓几放。这其中的内幕不是外人能弄得清楚的，但案情的复杂显而易见，连公检法部门都自闹乌龙，也着实会让局外人一头雾水。这次，案子判下来了，可是被告拒不认罪服判。宋福林的哥哥、姐姐来找修保律师，进门便给修保跪了下来，哭求他代理宋福林的上诉案，救救他们无辜的弟弟。

　　修保手头正有一桩吉林市政府的案子，马上就要去包头开庭，无暇他顾，便委婉回绝了。宋福林的哥哥、姐姐是慕名而来，也是听说了修保仗义执言的名声，还有不畏强权的勇气，他们认定，若想为弟弟翻案，只有请到这样的律师做代理。修保的回绝，让他们很失望，可又不甘心。无意间听说修保是吉林化纤集团股份公司的法律顾问，这让他们眼前一亮，想起宋福林的姐夫与该集团公司董事长付万才的交情很深。若是请付万才出面相托，想来修保是不好意思拒绝的。

　　付万才受人之托，还真给修保打来了电话。他说："如果无罪，就把官司打到底；若是有罪，也不用包庇。"

　　付万才是全国人大代表，还是全国劳动模范，修保对他很是敬重。不过，作为律师，在不了解案情的情况下，修保不会轻易认可别人的判断，只是他也真不能驳付万才的面子，便答应先研究一下案卷，还得亲自跟宋福林谈一谈，然后再决定是否代理。

　　修保去看守所会见了宋福林，让宋福林亲口讲事情经过，要讲实话。修保话不多，也没说要代理这桩案子，但宋福林直觉他可信，而且肯定能同意为他代理，他便讲述起来，从头到尾，毫无保留——

　　20 世纪 90 年代末期，随着中国改革开放的深入，社会经济生活也非常活跃，各路人马各显神通，个体、私营、国营、官商，公开的半公开的或者私下入伙经营的，能弄到紧俏商品、能找到销售渠道或者能把供销两端撮合在一起的中间人，共同编织了一道市场经济初期的繁荣景象。

　　那个时候的宋福林，已经是某大型国有企业所属利丰复合肥厂厂长。他年轻，脑子灵活，仗义，交际广，建立了非常通畅的销售渠道，堪称能人。他的家庭事业都一帆风顺，可谓前途无量。2000 年年底的一天，一位同学打电话，说要约他吃饭，他兴致勃勃地去了。结果，却是几名警察在等候他，他被以"诈骗嫌疑""拘传"——噩梦开始了。

　　弄清了是谁告的他，宋福林觉得荒唐可笑。仔细想想事件的前因后果，他明白，自己陷入了一个局，一个由一群"场面上的人"设下的局。

　　这群"场面上的人"与做生意本不该有关系，但那个年代很多有公职的人都喜欢"跨界"，碍于身份或者纪律，这些人大都是躲在后台，只有做大生意或者生意上遇到难处时才会浮出来，利用一下手中特权或者周围关系。宋福林与这群"场面上的人"素不相识，是他的姐姐引荐的。姐姐是通过他的一位朋友牵线认识的这些人，这位朋友是个生意人，平日倒腾些私烟，与宋福林下乡的时候就在一起。听姐姐说是这位朋友牵线，又说只是请他帮个忙，去见见这些人，他就去了。那个时候谈生意都习惯于在饭局上，所以第一次见面是在一家饭店。听介绍，宋福林发现这些人都是有头有脸的人，以前都听说过大名，还有的在电视报纸上见到过。他们是不是合伙做生意，宋福林不知道，但他们是为了

◎ 修保律师（左）会见委托人宋福林

某民营经贸公司的一桩生意聚在一个饭局上的，其中一位是某家银行的行长，也是这家经贸公司的真正老板。酒酣耳热之际，宋福林弄明白了他们请他吃饭的目的。这家公司相中了他的销售关系，他们从河南开封某国有企业囤进了大批的化肥，销售情况不好，堆在车站站台上每天都发生费用，快吃不消了。宋福林是化肥厂厂长，多年搞销售，凭他的关系，销掉这些化肥不是问题。能被这些有头有脸的人看重并相求，这让仗义的宋福林很是受用，何况自己的姐姐在其中还能赚点儿佣金，姐姐的生活并不富裕，正需要攒钱供孩子上大学呢。酒桌上，宋福林就开始给他的销售关系打电话，舒兰、亮甲山、水曲柳、平安、白旗……凡是他能想到的，都联系上了。都是老关系，一听是他的事，又保证是大厂的正品货，对方都很痛快地答应了。放下电话，宋福林便一桩桩地交代落实，哪儿要几吨，需要几辆车，往哪儿送货，找谁联系，他都告诉得一清二楚，他唯一的要求，就是把提成钱兑现了。

很快，这批堆在车站站台上的货就走完了，宋福林甚至自己出车出人帮着运输。生意若照这个趋势做下去，双方信守规矩，应该是个皆大欢喜的局面。可惜，后来宋福林发现，第一批积压的货走完之后，这家经贸公司又从河南开封赊进了几批化肥，又都卖给了宋福林帮助牵线的那些经销商，但却绕开了他，也就是说，把他这个中间人给甩了。这家经贸公司狠赚了一笔，先期要回了五六百万的货款，开始买车、买办公用品、请客送礼加吃喝玩乐，却不想着还供货厂家的货款。那些经销商也开始拖欠货款，要账便成了难事；而供货厂家也在催他们还款，甚至还派了一个科长驻扎在此地负责催讨。这个时候他们又想起了宋福林，便让他帮着索要经销商所欠的货款。宋福林很不高兴，经我手卖出的货款我可以帮着要，为的是拿回应得的提成，还有自己搭进去的钱；没经我手卖出去的，我凭啥要管？

双方闹崩了。做生意闹崩的事常有，大不了今后不再合作，何况

◎ 修保律师（左）向委托人宋福林了解案情

这也不是宋福林的生意，经贸公司要不回来账，还不上供货厂家的货款，那是经贸公司的事，与他何干？！他还是该干什么就干什么。

却不料，人家将他告了，告他诈骗。不是吓唬人，他真的被警察拘传，指认他的便是那个经贸公司的人。这些人因为还不上或者不想还供货厂家的货款，竟然拿他做了替罪羊！

宋福林当然不肯承认诈骗。第二天，家人交上九万元钱，他的车也被人开走顶账了，他被放回了家。宋福林哪能忍受这种冤枉，他去找人说理讨要，找开走他车的人，找收了他钱的人。他不是个任人欺负的人，他没诈骗，也没得着钱，走到哪儿都是硬气的。他却没想到，有比他更硬气的，有时候，"理"和"法"都大不过权力和金钱，尤其这两者捆绑在一起的时候，其威力可以颠倒黑白，将"理"和"法"玩弄于股掌之上。

2001 年 1 月 4 日，宋福林再次被抓。是在他的家里，当着妻子和孩子的面，还把他的家翻了个遍。这一次，他直接被扔进了看守所。

家人给他请的律师到看守所来会见他，告诉他，这些人就是想要钱，如果你把钱要回来或垫上，他们就撤诉。宋福林坚决不认。于是，被起诉、调查，案子交到 A 区检察院（为以下叙述方便，故称。笔者）。七个月后的一天，看守所的警察已经下班了，宋福林突然被传唤。见他的是一位年轻的女检察官，曾多次到看守所跟他谈话了解案情。这回，她通知宋福林，你可以回家了，并交给他一份检察院的告知书。宋福林看得清清楚楚，上面写着释放理由：无罪。存疑不起诉。

宋福林追问，已经说无罪了，为啥还写"存疑不起诉"？

女检察官脸色不太好，口气生硬，说："你别多问了，我已经写了'存疑不起诉'就是不起诉。赶紧签字走吧。"

宋福林看出女检察官不想多跟他解释，但直觉到她是为他着想。想想这位女检察官多次来看守所，听他详细讲述案情经过，那份尽责和认真，想是对这件案子早就存了疑问。如今能做出这样的决定，也是尽了最大力了。宋福林不再较劲，痛快地签上字。他至今记得那位女检察官的名字（考虑再三，为避免给这位女检察官惹出不必要的麻烦，名字略去。笔者）。

宋福林被无罪放出来了。既然无罪，他就得讨个说法，不能白白蹲七个月的看守所，还有被开走的车、被搜走的钱、被拿走的房产证，也得要回来。他走到哪个部门，哪个部门便说要"研究"一下；他找到具体办案人，具体办案人说："你问领导去。"

2001年10月的一天晚上，他正在和朋友一起办事，接到A区检察院的电话，让他过去一趟。他以为他的事有了"研究"结果，便让朋友开车送他去了。等着他的是一位男检察官，朝他亮出了逮捕证。这天，距他被无罪释放不到一个月。

这一次，宋福林就没那么幸运了，他被以"诈骗罪"起诉，判十年有期徒刑。上诉期，家人决定换一名律师。这便有了宋福林与修保的第一次见面。

修保从看守所回来，便给付万才打了个电话，告诉他自己的决定：接下这个案子，按无罪辩护。

修保不是没想过这案子的复杂，能把这样一个很明显的经济纠纷，搞成七颠八倒的刑事案，这其中必有说道。无罪辩护，它所触动的是一个体系，是相关部门和具体办案人的利害得失，包括事后的追责。他所要面对的，将是一个复杂的关系网，想要翻案，肯定很难。此时修保已经认定了这是一桩冤案，为当事人洗清冤屈、为法律正名，便成了他义无反顾的执念。

案件的审理过程印证了修保的预测。一桩案子四年五审，中间的曲折、过程的诡异，不仅折磨着宋福林，也同样考验着修保的意志。第一次开庭，修保便对 A 区法院的管辖权提出异议；上诉，得到吉林市中院的支持，一审判决被撤销，换了 B 区法院重审；然后是公诉人抗诉，再次上诉又进入二审。这期间，修保不但要调查取证，还要不时地去看守所会见宋福林，三年左右的时间，数十次的会面，更多的时候已经不是听他讲述案情，而是安慰他，鼓励他活下去。

看守所里的宋福林已经接近崩溃。为了这一场官司，他早已倾家荡产；因为这场官司，他的妻子也被以伪证罪关进看守所。大年三十，夫妻俩同在一个看守所，却不能见面，那种痛苦足以摧毁人的意志。宋福林几次想到了死，以死表达他的抗争。他想趁提审的时候跳楼，但审讯室在二楼，从走廊窗户跳下去不一定摔死，却可能致残，结果更糟；法院的法庭倒是在六楼，可他只要一被带出看守所，脚上就被锁上脚镣，寸步难行之下根本无法做大动作。这样一种境遇下的人，那心理和情绪的极端是可想而知了。

每一次见面，宋福林委屈的眼泪、以死抗争的意念，都让修保感觉害怕，也让他激愤不已。他告诉宋福林，无论如何要活下去，只有活着，才能看到洗清冤屈的那一天。这个官司打到哪儿，我都会义务为你代理。你是党员，你要相信党，共产党的天下哪能让那些无法无天的人得逞！

下次见面，修保告诉宋福林，我去你们厂子了，见了你们厂的领导，还有你原来的下属。他们对你评价很好，都相信你，让我帮你打赢官司。

再一次见面，修保又告诉宋福林，你们厂领导说了，别看现在你被逮捕了，也判了十年，那都不是终审。只要没有最后终审判决，厂子就不会对你做组织处理。

修保用自己的坚持，为宋福林鼓起活下去的勇气。一审前他与宋福林签了委托代理协议、收了一千元律师代理费，之后的上诉、重审、再审，他就再也没有收费，每一次代理应诉，都是义务。如果说一开始他还只是尽一个律师的职责、为委托人依法维权，那么官司打到现在，他在为委托人维权的同时，也在维护法律的尊严和正义。为了这一信念，他也要把这场官司打到底。令他想不到的是，为了这一桩无罪辩护的案子，他也惹上了麻烦，还差一点儿被投入监狱。很久以后，当修保的母亲听说了他为这桩案子承受的压力和遭遇的危险时，还吓得直哭。

显然，修保为宋福林翻案的一切努力，让某些人感到了威胁。此时的修保在司法界名气已经不小，尤其他仗义执言、挺身护法的声誉，每每被人称道。他开始介入这个案子，那好多内幕怕就藏不住了，因而，他这个代理律师便成了对方要合力对付的人。

重审开庭前的那天上午，修保正在办公室为下午出庭做准备，进来两个人。介绍一番后，修保知道这两个人是为这桩案子来的，他们的目的很明确，阻止他下午出庭。

他们说："只要你不出庭，咱们就交个朋友。以后，凭我们跟公检法的关系，可以替你介绍案子，你的案源会源源不断，到哪儿办案都会顺当。"

修保说："我是律师。我跟当事人签了代理协议，我不能违约失信，那也违背职业道德。"

那两个人见软的没说通，那就再换个说法。

他们说："你也当了这么多年律师了，你就没做过什么违法的事？你就没有过偷税漏税？你就不怕有人找上门来？"

修保的脾气本来就急，这几句话，更让他来火了，立刻变了脸，大声说："这是在威胁我？就冲你们这样说，这庭我还非出不可！你们给我滚出去！"

这两个人灰溜溜地走了。

重审期间，有一天，几位警察来到保民律师事务所，亮出一张拘传证，说修保涉嫌伪证罪，要带回去审查。恰巧这天修保在外地出差，负责接待的所党支部书记孟宪贵告诉警察，修律师刚刚当选了区人大代表，如果拘传，需要先去人大申请启动"代表资格罢免"程序。警察只好走了，之后关于拘传的事再无下文。修保很庆幸，没想到这刚刚当选的区人大代表，就为他挡了这一场无妄之灾。

但是，到了B区法院的法庭上，控辩双方却出示了同一个证人两份截然相反的证词。证人就是宋福林那位老友，他并未出庭，此时正因涉嫌为宋福林做伪证被关在看守所里。

修保出示的证人证言，是他带着三个律师和宋福林的妻子一起去证人家取证并做了笔录。证人证实：他与宋福林是朋友；是他介绍宋福林的姐姐和宋福林与某经贸公司的人认识的。做这笔生意，宋福林并没有从中拿到钱。

公诉方也出示了同一个证人的证言。证人证实：他与宋福林素不相识，他在上一个证词中说的事是假的，都是修保让他那样说的；他认识修保，修保身高有一米七五左右，戴个眼镜。

法庭上，就同一个证人的不同证词，控辩双方展开辩论。

证人证词说，他见过的修保身高有一米七五左右，戴个眼镜。

而站在众人面前的修保明明是不到一米七的身高，不戴眼镜。

证人证词说，他与宋福林素不相识。

被告宋福林说："我能从我们厂子里找出几百个人证实，我们俩下乡时就在一起，是多年的朋友。"

辩护律师修保当庭出示了几张旧照片，上面，清清楚楚地呈现着宋福林与证人的合影，其中一张照片上，还印着"某某集体户留念"的字样，可见证人与宋福林早在下乡时就是"战友"。

公诉方提供的证人证言不攻自破。很明显，这一份证词才是证人做的伪证。至于这一份证词从何而来又是如何得到的，只能任人猜想了。

这一次庭审后，修保又一次去看守所会见宋福林。从修保说话的语气和神态上，宋福林看到了希望。唯一的一次，他面对修律师时没有哭，而是露出了笑模样。

2004 年 8 月的一天，宋福林被无罪释放。走出看守所，他做的第一件事，就是去保民律师事务所，当场便给修保跪下了，像个孩子似的哭成了泪人，修保扶都扶不起来……

从那以后，宋福林只要看见修保一次，便跪一次，哪怕是在路上偶遇，吓得修保都不敢见他的面……

作者手记：

修保代理案子有他自定的原则，就是明知被告人有罪的，绝不违背良心按无罪辩护，他只在法律框架内为委托人争取合法权益；而依据事实和法律属无罪的，他会依法辩护、据理力争、绝不退让。这是一个律师最高的职业准则。

二十八年的律师生涯中，修保目睹也亲历了我国司法改革的进程，并以律师的职业操守和良知践行法律的公平正义。他在维护法律精神时，也时不时地会陷进法律的漏洞。他是个善于动脑筋的人，他的眼界和心胸绝不止于办几桩漂亮的案子。他会从更高的层面上，从时代进步和现实变革中，思考我国现行的法律体系和法律制度，从法律实践的经验中，提出自己的见解。

2016 年，修保被聘为吉林省司法体制改革专家顾问。这让他有机会也有责任将自己的思考，提升为公开的建议，在更高的平台上，以期引起更多人的关注。针对如何避免冤假错案的发生，他提出：对律师按无罪辩护、不涉及国家机密和个人隐私的案件，试行聘请人大代表、政协委员、刑法专家旁听案件的制度，用这种公开、透明、阳光下审判

◎ 修保荣获全国道德模范提名奖，是目前律师界唯一的获奖者。

的方式避免冤假错案的发生。这就需要改革法院的庭审制度，让法官自愿放弃自由裁量权主动接受监督。而与之相适应的另一项建议，就是出台刑法分则"量刑细化标准"。修保举例说明，比如将《刑法》第232条故意杀人罪的法定量刑三年到死刑的幅度进行细化。依据最高院的相关判例，什么样的杀人手段和情节可以判三年，用哪种杀人手段和情节可判五年、十年、十五年、无期、死缓、死刑，进行明确分类细化。修保说，"我做律师二十八年，代理了数百件刑事案子，由于是不同的法官审理，在相同的罪名和相同的犯罪事实及情节下，量刑结果不仅完全不一样，而且量刑差别特大，对那些有权、有钱、有关系背景的案件判决结果畸轻，而平民百姓犯罪的案件判得畸重，这就是在刑事案件审理中法官过大的自由裁量权导致的司法腐败的根源。"基于这样的思考，他提出，在我国刑法尚未完全修改细化的情况下，急需出台和制定《刑法分则量刑细化标准》，从源头上铲除司法腐败，实现法律面前人人平等。

2017年2月27日，最高人民法院举行新闻发布会，发布最新修订的人民法院司法改革白皮书、司法公开白皮书，介绍人民法院司法改革进展情况。据最高法副院长李少平介绍，2016年，全国法院在前三年依法纠正重大冤假错案二十三件三十七人的基础上，新纠正重大冤假错案十一件十七人，数量达到历史新高。李少平说，"这些冤错案件的纠

◎ 修保荣获全国道德模范提名奖证书和绶带

正，重塑了司法保护人权、维护公平正义的形象，提振了人民群众对司法公正的信心，人民法院将抓紧研究、制定、健全、发现和纠正刑事冤假错案机制的指导意见。"

　　白皮书中公布的纠正冤假错案的数字，佐证了人民法院纠正冤假错案的决心和力度，同时也佐证了，司法改革的势在必行。

　　法律，是维护公平正义的最后一道防线。

　　而律师，无疑是这一道防线中不能缺失的环节。

第四章 人心的天平：职责和良知的分量

作者手记：

　　中国世俗社会对于律师的认知，有着鲜明的时代特征，也标志着社会的进步。在历史文献、小说笔记、戏文唱本里，我们常常能看到的"讼师"形象，就类似于今天的"律师"，然而，那却多是"操两可之说，设无穷之辩"的小人，其形猥琐、其行可憎，大都贬称为"师爷""讼棍""刀笔吏"等，也说明了朝野间对"讼师"的定位。随着近现代法律制度的建立，文明社会倡导的法律精神与传统社会世俗观念的撞击，让"律师"这一角色在挤压、误解、排斥甚至摧残中渐趋丰满强壮，并超越"讼师"的低俗身份，华丽转变，以现代文明之身融入中国的法律文化，成为捍卫法律公平正义的一道屏障。

　　即便如此，也毋庸讳言，当今社会，对于律师的误解和轻视乃至敌意，仍然是一股无法忽视的暗流。尤其一些公权部门或者人物，当他们无法涉越违法、枉法甚至践踏法律这道门槛时，挣扎之际，便将矛头指向护法的律师。诉讼前的收买笼络、公堂上的公然诋毁、退庭后的挟嫌报复，已是屡见不鲜之事。看似为一桩案子针对的是一个人，暴露出的，却是法制社会法律文明的缺失，当然，更深层次的问题，仍然是权与法孰轻孰重的博弈。

律师是自由职业者。法律赋予了律师诸多的特权，也要求律师在维护当事人的合法权益的同时，必须遵守法律的底线。可以说，律师行业是良心行业，它有自己的职业操守，需要道德的支撑，更要有天下情怀、责任与担当。

修保非常在意自己的职业形象。从他成为律师的那天起，他的心中就有一个楷模——施洋大律师。修保是在电影《风暴》中认识这位大律师的。这位中国共产党的早期党员，这位中国历史上最早的律师之一，他为民请命、为劳苦民众争取权益的壮举，在敌人的法庭上慷慨陈词、在刑场上大义凛然的形象，一直激励着年轻的修保，并成为他职业生涯中一路前行的精神力量。

鲁迅说过，中国自古就有埋头苦干的人，舍生取义的人，为民请命的人，这些人正是我们民族的脊梁。

为民请命，这是修保信奉的宗旨。别人不敢接的案子，别人不屑于经手的案子，别人嫌麻烦不愿意接的案子，只要是老百姓有所求，修保就义无反顾。

第一节 与公安局对簿公堂，谁给你的勇气？

20 世纪末，正是我国社会的大变革时期。站在新世纪门槛的人们，都会对眼下的生活有着种种的渴望，对未来的世界有着种种的憧憬。人们的心态各异，社会现象纷杂，生活就有些光怪陆离。全民经商的意识正汇成一股汹涌的潮流，席卷着社会的每一个角落，党政机关或者事业单位也都利用公权力的影响和近水楼台的便利，纷纷办起了各种公司，开起了买卖。一个正在完善法律法规的社会，仍然有着显性或者隐性的诸多漏洞，面对这样一个纷繁的时代，总是有些力不从心，应接不暇。

何况还总是有那么一些无视法律或者擅长钻法律空子甚至践踏法律的人，他们游走在法律的边缘，有意或无意地触及法律底线，酿成毒瘤，附着在社会的机体上，随时随地侵蚀着人们的生活。

这就是当年曾经轰动一时的"吉林妇女奴隶案"发生的社会背景。

我的面前放着两大本厚厚的卷宗。

案由：出国劳务合同纠纷

委托人：张玉梅等四十四名赴科威特出国劳务妇女

律师：修保、王正伟

受理时间：1999 年 1 月 29 日

翻开卷宗，被告一栏竟然写着：×××公安局就业处、×××劳动局就业服务处

事情已经过去近二十年，物是人非，当年的主政者早已退居幕后，

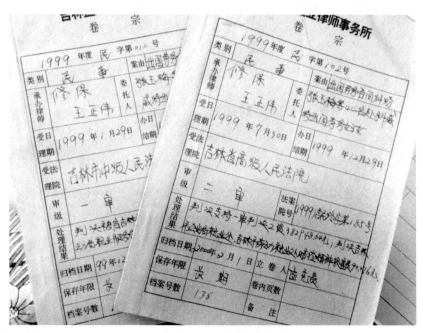

◎ 出国劳务合同纠纷案卷宗

不然我绝不敢直接点出被告的名字。我没有修保律师的胆量和气魄。但我知道，在那个人治大于法治的年代，与公安机关和政府部门对簿公堂，需要极大的勇气和担当。

这是一桩涉及海外的案件。

科威特。1998 年 5 月 12 日中午，三十岁的卢银子从一幢四层楼的阳台上纵身跃下。

幸尔，她坠落时，被赶来救援的科威特警察张网接住。她在医院苏醒过来，开口说的第一句话是："送我回中国！我要回中国！"

卢银子刚烈的举动，惊动了科威特，也惊动了中国驻科威特大使馆。看着卢银子浑身的鞭伤、棍伤，就可以想见她是受到了多么严重的虐待和折磨，也可以想见她回家的愿望是多么的强烈，不惜做出跳楼这样决绝的行动表达她的意志。这期间，中国驻科威特大使馆又不断接到中国在科威特出劳务女工打来的求救电话。从卢银子和打电话求救的女工口中，大使馆了解到这批在科威特出劳务的中国女工，一共有五十一名，被骗做了家庭佣人，在雇主家中遭受着非人的待遇，在科威特方签约公司又受到囚禁、打骂、恐吓。大使馆意识到了事态的严重性，立刻向国内报告，请求中央及有关部门，叫停赴科威特劳务输出。

而此时，这些被骗至科威特的妇女正在各自的雇主和科方中介公司遭受着非人的待遇和折磨——她们每天要从事十八至二十小时的家务劳动，没有人身自由，有病不准休息；吃雇主剩下的饭菜，没有剩饭就挨饿，还时常遭受雇主全家的刁难和打骂，甚至被男主人调戏强暴……

张洪歧很清楚地记得，她被领到雇主家是 1998 年 3 月 5 日的中午，第一件事是换上只露出脸和手的佣人衣服，然后被指使吸地毯、擦家具，一直干了十四个小时才吃上饭，忙到夜里十二点才休息。从这一天起，她就开始了非人的生活，每天从早上五点起床，就一刻不得闲，还动辄遭到虐待，打耳光，揪着头发往墙上撞，甚至被打得昏死过去，可醒来后照样得干活。忍辱了几天，她开始反抗，逼急了拿着菜刀与男主人抗争，可换来的又是一顿毒打。她实在受不了了，跪在地上连连给女主人磕头，乞求着，"让我给家里打个电话，让我丈夫给你钱，送我回国吧！"

蔡守琴和杨术兰的雇主是同一家。这是个大家庭，有十五个佣人，蔡守琴和杨术兰的地位是最卑微的，常常被骂是狗，吃不上饭，饿得头昏眼花，只好偷水果充饥。雇主家来了客人，就让她们跳舞，戏耍她们取乐；她们唯一的盼头就是能接到同来的姐妹打来的电话，可却常常因为接电话遭到毒打……

黄艳梅的雇主是个四口之家，女主人怀孕了，还有一男一女两个孩子。她被安置睡在婴儿室的地上，每天从早忙到晚，一桶一桶地洗衣服、熨衣服、吸地毯、洗厕所、擦玻璃、擦餐具，连坐下的时间都没有。她写信给国内的家人，"我们非常怕奥马（签约公司经理）打我们，他特别狠……告诉我姐，把我弄回去，我要回家，我一天也不想待了。"
……

地狱般的生活，让她们再也无法忍受，她们开始寻求各种办法试图脱离苦海。可是，在这异国他乡，对于这些妇女来说，举目无亲、语言不通、身无分文，想要脱身何其艰难。在各种努力都失败后，她们想到了向祖国求救，此时，祖国是她们心中唯一的依靠，回家，成了她们致死不渝的信念。

刘桂荣，当年三十岁，这位来自永吉县孤店子镇张家村的农妇，给时任国家主席的江泽民写求救信——

江主席您老人家好！

我知道您很忙，但没有办法，只有恳求您在百忙之中救

一救我们这些吉林受骗上当的几十名妇女。这里有农民、下岗工人，她们现在正受着精神、肉体上的痛苦。每天在这里低三下四、挨打受骂，有的已走向自杀死亡之路，有的正在危难之中，现在只有党和祖国来营救我们。

这是信的开头部分。信用圆珠笔写在一张发黄的草纸上，笔画稚拙、原文错别字频现、标点符号也不规范，但语句还通顺，意思表达还算清楚。明眼人一看便知写信的人文化水平不高。但她却用清清楚楚的叙述，讲述了她和其他姐妹受骗的经过，包括在科方雇主家受到的虐待，也真实地表达了自己的意思。可贵的是，写信人并不愚昧无知，而是很有自尊意识和国家荣誉感。在信的结尾，她写道：

我们一点儿活路都没有了。有的实在受不了到街头流浪了，有的跑到大使馆了。中国这么大的国家，中国人在外面给外国人当保姆，多么有损国家的尊严和国格，在这里无法干活。要求回国，总不能死在异国他乡，救救我们，我们家都有亲人和孩子。回家呀——。（原文照录。笔者注）

一封八百字左右的信，字里行间都是泣血的呼喊。无法确定这封信是否寄了出去，也无法认定这封信是否能够到达收信人手里，但祖国真的听到了这些受骗妇女求救的呼声。在国务院的部署下，中国驻科威特大使馆开始了营救吉林市受骗劳务妇女的行动。由于先前中国驻科威特大使馆并不知道这批劳务妇女的存在，也没有掌握相关信息，加之大使馆无权进入科威特的家庭，只能通过电话通知或者通过国内劳务妇女的家人转告，请这些劳务妇女迅速与中国驻科威特大使馆联系。

于是，从 5 月到 7 月，两个月左右的时间里，通过各种渠道得知了中国大使馆的营救消息，这批在科威特出劳务的吉林市受骗妇女开始了各种方式的大逃亡——

刘桂荣因为受不了雇主的虐待跑回签约的公司，要求送她回国，却遭到公司经理奥马的多次毒打，并被关进了私牢。私牢里到处是一寸来长的蟑螂和蚂蚁，咬得她浑身是包，令她时刻充满了恐惧。十六天后，得到一个机会，她将一根绳子顺出窗外，抓住绳子往下滑，双手被磨得血肉模糊，终于力不从心半途坠地，摔断了右腿。

金英顺的雇主怕她逃跑，每日严加看管，锁在房间里不许她出去。她从三楼抓住一根绳子往下滑，不料绳子断了，右腿骨被摔断了两处。

杨术兰和几个同伴是趁公司看管的人不注意跑出来的。她们拼了命地跑，鞋子跑掉了，就光着脚踩着近七十度高温的路面奔跑。

所有逃出来的女工嘴里都念叨着"中国"。她们怀里揣着一把刀，是准备自卫用的；拿着手绘在各种纸张上的五星红旗，是为了让出租车司机明白她们要去的地方。她们的心中只有一个念头，就是去中国大使馆，找到中国大使馆，就是找到了亲人，就能回到日思夜想的家。

在大使馆的努力下，五十一名吉林市在科威特出劳务的妇女全部被营救出来，并分五批次送上了回国的飞机。

卢银子被两名科威特警察押送着上了飞机。

金英顺坐着轮椅被送上了回国的飞机。

1998年6月25日，十五名被营救的吉林市妇女乘坐中国南方航空公司的飞机回到祖国；1998年7月9日，第二批被营救的吉林市妇女十四人乘飞机回国……1998年7月26日，最后七名被营救的吉林市妇女乘飞机回到祖国。

这起赴科威特劳务输出案惊动了中国各大媒体，各家媒体都予以了关注和报道，并被冠以"吉林妇女奴隶案"。

在科威特噩梦般的遭遇，在这些妇女的心里埋下了挥之不去的阴影。她们身无分文地回到了家，无法摆脱的是身心的痛苦，还有家里窘迫的生活。那么，是谁承诺的，出国后从事庄园清洁工作，每人四百至五百美元的月工资？是谁宣传的，到了科威特，每周工作四十八小时，享受当地节假日待遇，加班费另付？又是谁收了她们卖房子抵押土地或者借债筹集的中介服务费，而事实上却被卖给科威特方的劳务公司并被逼迫签订了毫无人身自由的"卖身契"？

　　五十一名受害妇女开始与当初和她们签订劳务合同的×××公安局就业处和×××劳动局就业处等相关单位交涉，并提出赔偿要求，却未能得到满意的答复和结果。她们开始了上访。朴实的妇女们只知道，有冤屈就去找政府，找官儿更大的，找说话管用的，于是，当地党委和政府部门、省城、北京、公安部、国家信访局等等，能想到的地方，能去的地方，都留下了她们申诉的身影。她们的遭遇得到各方面的确认和理解，也给予了深深的同情。但她们被告知，可以通过走司法程序，达到维护权益的目的。

　　这些妇女大多都是没有多少文化的普通下岗工人和农村妇女，有的连一封信都写不明白，她们不知道该如何告状，幸好还知道求助于律师。可是，她们状告的是公安局、是劳动局，而且还拿不出律师费，哪里能找到肯接这个案子的律师呢？连续遭到婉拒后，姐妹们几乎都绝望了。

　　此时，修保的律师事务所刚刚成立不久。从10月中旬开始，就陆续有出国劳务妇女来所里咨询相关法律问题，负责接待的王正伟律师都给予了详细解答。10月21日这天，五十一名出国劳务妇女和她们的家属一起来到了律师所，律师所狭小的办公场所根本容不下这么多的人，修保只好把人集中在楼下的开阔地，再次解答疑问。10月27日，五十一名劳务妇女和家属再次聚集在律师所。这次，在修保的建议下，她们选出张玉梅、刘桂荣、杨术兰、蔡守琴、张洪歧五人为代表，表达了要走司法程序维护权益的愿望。之后，修保召集全所律师，专门研究了案情及其相关事宜。律师们知道此案的复杂和重大，更知道所牵涉的部门的特殊分量。这些妇女告公安局和劳动局，这属于典型的民告官，且不说胜算几何，其中的不确定性是谁都无法预料的。作为律师，今后也都免不了要跟这些部门打交道，果真由此案结下"梁子"，谁能说得清会对自己的职业生涯有何影响呢？律师们也很清楚，所有这些，其他曾经回绝此案的律师恐怕都会想到。那么，他们该如何选择？

面对这些受骗妇女无助的眼神，怎能视而不见？

知道这些受害妇女的悲惨遭遇，怎能无动于衷？

听着这些受辱妇女绝望的哀号，怎能袖手旁观？

修保做出了决定，接受代理这起民告官的特殊案子。

那是 1998 年 12 月 23 日。

一份授权委托代理合同上，以张玉梅为首的数十名妇女的指印，猩红刺目。可以想象，当这四十四名妇女（五十一名受害人中，有七名是通过某国有大企业所属公司派出的，此时已与某公司达成赔偿协议。笔者注。）手指沾上印泥，按下指印的那一刻，她们的心中会掺杂着怎样难以名状的滋味？每一个猩红的印记，都是一份信任一份寄托。在受委托人一栏中，端正清晰地签着修保和王正伟律师的名字。无论基于怎样的考虑，在这桩案件中，在这份授权委托书上签上名字，需要的是勇气，是律师的操守和职业良知。

修保和王正伟律师开始为起诉做准备。第一步自然是调查取证工作。由于当事人人数多，且分布在吉林地区各县（市），很多还住在乡下，而与此案相关的一些证人有的在京城，更远的在国外，要找到这些当事人和相关证人且取得有效证据，是一件很劳心费力的事。当他们到直接涉案的"市流动人员就业培训中心"调查取证时，该"中心"已经人去屋空，这无疑为取证工作增加了难度；很多时候他们直接面对某市

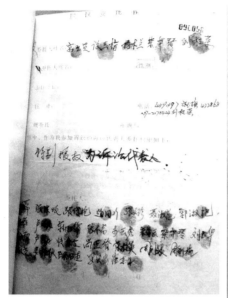
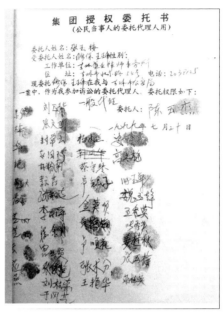

◎ 被骗出国劳务妇女聘请律师的授权书

公安局、面对某市公安局就业处取证，其中的难度可想而知，但这丝毫没有让修保和王正伟律师退缩，或者有一丝丝的敷衍。修保知道，自古以来，民告官便是一大忌。尽管社会主义制度下的官是为民服务，应该受到人民的监督，但特殊时期养成的官僚作风和特权思想，已经使本来的主仆关系颠倒了，普通民众要告官，需要极大的勇气；而要赢，则更是需要有充分的把握。何况，作为律师，代理这样的民告官案件，常常会被指责你站在谁的立场替谁说话，是煽动闹事、唯恐天下不乱等等。这是一个法律制度还不完善、人们尤其官员的法律意识还很欠缺的当下，律师们需要经常面对的质问。代理这一起特殊的民告官的案件，必须有着充分的证据和无可辩驳的事实，才能在权与法的较量中，占据主动。

两大卷厚厚的卷宗里，作为证据的材料充分详细——当事人亲书的控诉材料、她们在国外时写回来的家信，中国驻科威特大使馆的证明材料，受害妇女雇主的亲笔证词（外文），当事人与被告各方及国外中介公司签订的合同，各类票据、收据；被告方工作人员写给当事人的亲笔信，被告方工作人员的亲笔证词、被告各方人员和机构隶属关系以及变动情况的官方文件，等等。所有的证据都指向，这是一起有预谋的欺诈案件，而作为涉案的国内几家中介机构的主管单位——×××公安局以及接受涉案中介机构委托的××县司法局、提供公证的××县公证处都难辞其咎，必须承担法律责任和后果。

修保和王正伟具状，向法院提交了起诉书，将×××公安局就业服务处（系吉林市流动人员就业服务中心开办单位）、××县司法局、吉林市就业培训中心、吉林市境外就业服务中心列为被告。

1999年3月2日上午，一审法院开庭。四十四名原告代表和代理律师修保、王正伟出庭；

被告单位×××公安局、××县司法局、××县公证处委托代理人出庭。坐在第一被告×××公安局代理律师席位的是丁凤礼。

丁凤礼，一位在全省都出名的大律师。被告方明知这是一场必输的官司，仍然聘请丁凤礼做代理律师，显然是希望最大限度地维护自己的权益、避免在名誉和经济上的更大损失。正是丁凤礼，引领修保走上了职业律师的道路。从跟随丁凤礼的那天起，修保就以他为楷模，尊为师长，并希望有一天能成为像他那样赫赫有名的大律师。尽管修保后来离开丁凤礼的律师所独立门户，但两个人私交仍然很好，修保一直尊称他为大哥。而此时，两个人却分别坐在原告和被告席上，虽然受托方不同，但都是在维护法律的正义和公平，一场唇枪舌剑的对峙必不可免。修保很清楚，面对丁凤礼这样的大律师，他在法庭上的辩论和法理法条的阐述、证据引用上必须严谨，无懈可击，哪怕一丝的纰漏，都会被机敏的丁律师洞察。这真是一场高手与高手的过招，气场超强。

法庭上，王正伟律师首先宣读了起诉书和代理词。

原告代理律师认为，作为×××公安局就业处所属吉林市流动人员就业培训中心根本不具备开展境外就业服务的资格，因而它与四十四名原告签订的劳务合同是非法的。众原告由于被告的欺诈和胁迫行为而遭受了巨大的财产损失并造成众原告身体和精神上的严重创伤。被告依法应当承担赔偿责任。

修保用无可辩驳的事实，佐证这是一起预谋的欺诈案件——

吉林市流动人员就业培训中心明知没有境外就业服务资质，却与四十四名原告签订了境外劳务合同，此劳务合同虽经××县公证处进行了公证，但仍属于无效合同；

合同本身约定原告在出劳务期间月薪为四百至五百美元，但众原告在每个雇主家所领取的薪金只有一百三十美元左右；而实际上该中心与境外中介公司签订的合同中规定每名原告应得薪金是二百美元。这就说明，该中心与境外中介公司合谋欺诈原告；

合同中约定众原告出境劳务是做园林清洁工，而实际上她们均被派做了家庭佣人（在当地女佣和女奴是相同的概念）；

该中心同众原告认定的劳务合同上注明工作年限为三年，而其所应当依据的外方的合同关于此款的规定却只是两年；

该中心同众原告的劳务合同规定，劳务人员每天工作八小时并享受驻在国的法定节假日，加班有超时工资，但其所依据的同外方的合同中明确注明，工作时间不固定、服从庄园主的支配；

众原告手里持有的是旅游签证，根本不是赴科威特的工作签证，而且被告知不许对外说是赴科威特出劳务；

众原告在迪拜转机时才发现，她们已经失去了人身自由，护照被收走，不许出房间；来到科威特后，在科方中介公司，科方人员用暴力手段强迫众原告在两份她们根本看不懂的英文和阿拉伯文的纸上签订了"卖身"的合同，从此开始了非人的劳作和身心折磨……

洋洋洒洒五千字，是四十四名受害妇女血与泪的控诉，亦凝聚着修保和王正伟律师的心血。几个月的走访调查取证，几个月的商讨分析研究，他们曾陪着四十四名受害妇女一起流泪，感同身受着四十四名受害妇女的身心痛苦，那是一种煎熬，钝刀割肉般的折磨。此时，王正伟宣读代理词的声音是哽咽的，原告代表和旁听席上一百多位听众也禁不住发出啜泣之声，以致主审法官不得不一次又一次地敲响法锤，提醒全场"肃静"。

这次的审理并未当庭宣判，接下来又连续数次开庭。此案原告众多，被告单位多，涉案部门也多，其中关系错综复杂，可见审理的难度。众被告对众原告在境外遭受的非人待遇均表示了同情，对市流动人员就业服务中心的欺诈行为的认定也无异议，并且代偿了四十四名原告为办理出国交付给中介公司的全部抵押金，但在是否要承担连带责任附带民事赔偿上，均做出否认的答辩。

在法庭辩论阶段，修保的发言可以用精彩来形容。他习惯于用排比句，来强化他的观点，烘染情绪。他本就是个容易激动的人，情绪调动起来，语言就更有张力和冲击力。除了阐释法条，他很擅长抓住细节和情境，增加感染力和说服力。在一切证据都在支持原告的前提下，修保进一步阐述："当她们（众原告）知道流动人员就业培训中心是×××公安局开办的，当她们从电视上看到以××县司法局名义发布的招工广告，当她们看到就业处和'中心'的工作人员都穿着警装时，她们深信不疑。她们相信公安局不会骗她们，司法局不会骗她们，这都是权威的国家机关，是保护她们的。抱着对国家机关的信任，怀着对未来美好生活的憧憬，她们借款凑齐出国所需的巨款，两万多元不亚于她们的身家性命，用她们的话说，我们不相信公安局、不相信司法局还能相信谁呢？"

修保的论辩，引起共鸣，旁听席上响起一次又一次掌声，完全忽视了法庭纪律。

修保太激动了，他抑制不住自己的情绪，慷慨陈词间，根本不顾忌旁人的感受，更无暇考虑附带的后果，他在为当事人竭心尽力代理的同时，也逞了一时之快。

走出法庭，丁凤礼语重心长地对他说了一番话。他说："修保，你得学会控制自己的情绪，不能感情用事。"修保知道丁大哥指什么，他记得刚刚做职业律师时，丁大哥就这样告诫过他，他也知道丁大哥是为他好，只有最知心的人才会跟你说这样贴心贴肺的话，他感激丁大哥的教诲，发自内心的。

还没走出多远，被告之一的一位委托代理人便指着修保，咬牙切齿地说："修保，我记住你了。你等着，我就是不把你送进去，也给你制造一起车祸！"

这是肆无忌惮的恐吓。可见修保把人家得罪得有多厉害。但修保不怕，当初决定接手代理这个案子，就想到会有这样的后果。见硬退缩，不是修保的性格。这种明目张胆的威胁，更激起了他的斗志。

在之后的法庭审理中，修保依然故我。

1999 年 7 月 26 日，一审法院下达了民事判决书。一、×××公安局就业服务处赔偿 44 名原告在科威特少得工资及在科威特公司关禁期间工资 375247.64 元的 60%，即 255148.58 元，×××公安局承担连带责任。×××就业局赔偿 44 名原告在科威特少得工资 375247.64 元的 40%，即 120099.06 元。××县司法局对其招收的 26 名原告承担连带责任。二、×××公安局就业处赔偿 44 名原告在途中及在中国驻科威特使馆期间的误工工资 7701 元的 60%，即 4620.6 元，×××公安局承担连带责任。×××就业局赔偿 44 名原告在途中及在中国驻科威特使馆期间的误工工资 7701 元的 40%，即 3080.4 元。××县司法局对其招收的 26 名原告承担连带责任。

这场民告官的官司打赢了，这场告公安局、县司法局的官司打赢了！接到民事判决书的妇女们难以置信，兴奋之余，却也感觉不足，因为法院并没有支持她们有关精神损害赔偿的请求，在科威特噩梦般的遭遇，使她们的身心受到极大的伤害，挥之不去，难以释怀。既然已经认定被告们输了，他们就应该承担精神损害赔偿，这是这些受害妇女最朴素的想法。她们商议再三，一致决定上诉，仍然聘请修保和王正伟做代理律师。

尊重众原告的意愿，修保和王正伟就此案向吉林省高院提起上诉。

作为被上诉人之一的×××公安局以书面形式，向省高院递交了综合答复意见。一审官司输了，本就很让人窝心，再次成了被告，更是令人气愤。在"综合答复意见"中，被上诉人表达了对一审判决的不服，再次为自己辩护，更对原告的上诉冠以"无理要求"，是在"别有用心人的鼓动下"的行为，恳求省高院"本着公正、公平原则，维护各方当事人合法权益审理此案"。

这份"综合答复意见"并非出自代理律师的法律文书，在文末盖着公章，显然是以权威机关的姿态，试图占有话语权。注定了，对于这四十四名受害妇女和代理律师修保、王正伟来说，这又是一次艰难的审理。最终，吉林省高院连续两次开庭后，在主审法官的主持下，在被上诉人同意给付上诉人精神损害赔偿的前提下，上诉人与被上诉人达成庭外合解。

这起震惊中外的"吉林妇女奴隶案"最终以受害妇女的完全胜诉画上了句号。

四十四名受害妇女最终拿到九万元精神损害赔偿金，感激涕零之际，禁不住感叹人间自有天理，感叹世道人心。公正的判决，足以抚慰她们那饱受摧残的身心，而修保和王正伟则以刚正不阿的精神、大义凛然的姿态，诠释了中国律师所应该具有的操守和良知。

这一场官司在社会上引起的反响可以用轰动来形容，各家媒体都

◎ 媒体刊发的被骗出国劳务妇女胜诉的报道

予以了关注。媒体的热点显然是"吉林妇女奴隶案"，在已经改革开放二十多年且社会开化程度很高的 20 世纪 90 年代末期，这样的冠名很能吸引人的眼球。审理过程自然是媒体报道的重点，而作为原告方代理律师的修保和王正伟的表现，也让媒体纷纷着墨。《中国青年报》《人民法院报》《新文化报》《文摘报》《生活报》《知音》《家庭主妇报》《报刊文萃报》《香港商报》《江城日报》《江城晚报》等报刊都以大篇幅进行了报道。

在人们的口口相传中，在媒体的报道中，修保就是公认的大律师。

第二节　走进二道沟村

修保第一次走进二道沟村是 2003 年的夏天。那一天正下着雨。与他同行的是程健航律师。

二道沟村位于吉林市船营区搜登站镇，离吉林市区一个多小时的车程，原隶属于永吉县，后划归吉林市船营区管辖。村子不大，地少人多，又没有其他生活来源，村民们的生活长期处于贫困状态。没有人甘于过穷日子，养家糊口是最起码的生活需求，当有一个机会可以缓解眼下贫困的窘境或者至少可以为孩子交上一笔学费的时候，村民们愿意尝试，尤其作为家里的顶梁柱——丈夫或者母亲，他们有责任改变一家人的生活境遇，他们不怕苦累脏险，不怕流血流汗，不求大富大贵，也不求意外之财，只要能解决一家人的温饱，只求家人平安。

然而，从 2000 年开始，村里陆续有人得上了怪病，还大多是青壮年，发病的人症状都差不多，先是浑身乏力、嗜睡，而后开始高烧、肺部感染，并伴有口疮、疱疹等，发病一两个月最多不到半年就死去。短短几年间，村中十多名青壮年陆续发病死亡。村子就像被一个幽灵缠住了，村民们恐慌了，他们不知这是什么劫数，每日都在惶恐不安中度过，不知哪一天哪一时厄运会降临到自己或者家人头上。

2002 年 6 月 11 日，村民陈某在北京市艾滋病检测检验中心被查出 HIV 抗体呈阳性。8 月 15 日，陈某死亡，年仅三十七岁。

2002 年 6 月 27 日，村民吴某在吉林市防疫站被检测出 HIV 抗体呈阳性。

情况被汇报上去，立即惊动了政府相关部门。随即，吉林市疾病控制中心开始大范围普查。结果出来了：二道沟村以及邻近村屯共检验一百零四人，其中二十六人感染艾滋病，包括其他村屯，共计查出六十八名患者。

艾滋病？这个陌生而又遥远的名词，村民们似有耳闻，那是吸毒者的恶果，是乱性者的报应，而对于这些祖祖辈辈安分守己从不敢触碰任何禁忌的村民来说，根本不该也不可能与之有什么瓜葛！但现实就是这么残酷，这么蛮不讲理，艾滋病的阴影就徘徊在他们身边，随时随地

◎ 修保走访二道沟村

都会置他们于死地，他们却毫无招架之力。

从此，那些感染者甚至没有感染的村民在人前都矮了一头，没有人愿意与他们来往，更不愿意有任何的接触。他们生产的粮食销售不出去，种植的蔬菜烂在了地里；村里的年轻人找不到对象，没有人愿意与他们结亲；孩子在学校里，没有人肯与他们同桌，一起玩耍；他们去参加婚宴，只要一坐下，立时同桌的人都四散开去……

王臣是搜登站镇王家屯村的一名普通医生，有着四十多年的行医经历。自从王家屯村以及邻近村屯被查出有二十六名艾滋病感染者后，王臣就成为这二十六名感染者的专职医生，也因此被称为"艾滋病医生"。可他却受牵累被人歧视和疏远，就连自己的家人都无法接受他。当年采访过王臣医生的省总工会干部訾波这样记述到——

村医王臣的老伴郑淑芹到现在还一肚子怨言："他（王臣）刚开始给患者治病时，给我吓坏了，就怕被他传染上，我和他分桌吃饭，分床睡觉，他所有的物品都单独放着，家里每天我都用84消毒好几遍;以前我挺愿意串门,现在我一去谁家,谁都躲着我。有一次我去人家时渴了,用水瓢喝了口水,人家转身就把水瓢扔了。"王臣的外甥在吉林市工作,带着孩子来家里串门,得知王臣是艾滋病医生,吓得连饭都没吃,带着孩子转身走了……

连为艾滋病患者治病的医生,都会遭受这样的境遇,可想而知,那些真正的艾滋病感染者又会经历着怎样的生命煎熬和精神痛苦!

痛苦和困惑之余,这些艾滋病感染者开始追索元凶。通过媒体的宣传和专业人员的讲解,他们知道了,艾滋病的传播渠道不仅有吸毒和性关系,还可以通过血液传播和母婴传播。他们历数了一下身边这些感染者,恍然大悟,这些感染者都有过共同的举动:卖血!

可那是十几年前的事!

1985年,经吉林省卫生厅批准,长春某生物制品研究所和搜登站镇卫生院联合成立了采血站。该血站为镇卫生院第三产业,隶属于永吉县卫生局劳动服务公司,集体所有制,独立核算。血站采集的血浆主要用做长春某生物制品研究所生产血浆蛋白以及相关血液制品。该研究所之所以将采血站设在此地,完全基于前期的考察,在了解了周围村庄生产水平及人均生活水平和人口数量之后,他们认定,该镇附近村民普遍生活收入低,处于贫困线下,因而,这里适合开采血站。

不能不说当时的决策者是有眼力的。采血站成立后,真就吸引了附近的村民前来献血。所谓献血,其实就是卖血,一次卖血能得五十二元钱,除去挂号费三元,剩四十九元,每月只能卖两次,那么一个月仅卖血就能赚九十七元。这对于处于贫困中的村民们来说,可谓一笔不小的收入。于是,附近村屯越来越多的人加入到了卖血的行列,上至六十多岁的老人,下至二十岁左右的年轻人,甚至还有女人。据2003年12

月 2 日由吉林市卫生局做出的一份《关于搜登站镇农民 HIV 感染及防治情况》报告中披露，"搜登站镇一带约有两千人卖血浆（该采血站原始资料已经无法查证）。经日常疫情搜索和四次组织疾病控制中心机构专业人员进行专项协调，现已找到卖血浆人员一千二百一十一人。"

1994 年 3 月 8 日，吉林省卫生厅根据卫生部颁布的《单采血浆站基本标准》和卫生部关于加强血液管理的通知精神做出决定，取缔永吉县搜登站镇卫生院采血站。

此时，血站已经运行了十年。

艾滋病毒的潜伏期正好是两年至十年。

有的村民想起来了，血站用过的针头，就放在锅里蒸一下，甚至只放在一个大槽里消一下毒，然后再给别人使用。卖血者不仅卖血，每次抽 400CC，提取 200CC 血浆后，剩余的就对上盐水再回输给卖血者。

这还有不传染上病菌的？村民们最朴素的判断，也能确定村里的怪病是由何而来了。更何况永吉县搜登站镇卫生院采血站被取缔本身就已经说明问题了。

村民们群情激愤地开始了上访，上市里、上省里，也上北京，为自己的生命为亲人的生命讨一个说法。

激烈的群访事件，无疑会惊动从地方到中央的各级政府，何况还是有关艾滋病这种极其敏感的问题，这恐怕也是全国绝无仅有的一件群访事件了。

2003 年 7 月 18 日，卫生部办公厅信访处将《吉林市 12 名 HIV 阳性患者集体赴京上访》的信息，通报吉林省政府。信息中明确记录：自1985 年 10 月至 1994 年 3 月，长春某生物制品研究所提供设备，培训少数医务人员，在当地采集血浆工作。因当地属贫困地区，农民迫于生活困难，陆续到采浆站（原文如此。下同。笔者）卖血，平均每月挂号两次，每次连采两天。吉林省吉林市船营区搜登站镇十二名 HIV 阳性患者，每次以手采方式单采血400CC，卖血者得五十余元，至1994年3月8日该站关闭，该镇有千余人次曾在血浆站卖过血。1993年该镇发现HIV阳性患者，至今HIV患者已经达百余名……

国家卫生部在把信息反馈给吉林省政府的同时，告知上访村民：追究长春某生物制品研究所的法律责任和经济赔偿问题，应该通过法律途径解决。

吉林省、市两级政府对于村民们的上访事件非常重视，时任省长洪虎、副省长李斌都对此事件做出重要批示，并责成吉林市政府及卫生部门，做好疾病防控工作。

有国家卫生部的回馈，还有吉林省、市两级政府的重视，船营区人民法院也很快受理了此案。村民们看到了希望，至少他们有为自己讨说法的地方了。

然而，法院却迟迟没有开庭。

等待需要耐心，可耐心是在有希望、有盼头的情况下才会有的一种心态。对于这些艾滋病感染者来说，生命是一种无常，生活则是一种煎熬。一群随时面临死亡的人，唯一的指望就是活着，而且要有质量地活着。耐心，需要时间，可他们没有那么多的时间。两个多月的等待，让村民们的愤怒再次暴发：上访、围堵法院、寻找媒体帮助，甚至有的村民扬言，抽自己的血，强行给别人注射。用他们的话说：临死也要抓个垫背的！

这天，修保去船营区法院办事。一上楼，就看到二三十个人，群情激愤地拥塞了走廊，修保要找的秦法官正被这群上访者堵在办公室里，双方隔着办公室的门在交涉。修保急于办事，便一边用力分开人群朝里走，一边跟周围的人解释着。办公室的门半开着，办公室里的秦法官着急地朝他摆着手，修保以为法官不想让他进去，也没多想，还是奋力挤进了办公室。秦法官急忙关上了办公室的门，询问他有没有受伤。

修保这才知道，门外那群人竟然都是艾滋病感染者，秦法官是担心他被激动的上访者抓伤挠伤才要阻止他进来的。

修保第一次知道，在吉林市，有这样一群艾滋病感染者。

秦法官对这群上访人充满同情，他很无奈地告诉修保，因为拿不出确凿有效的证据，法庭没有办法开庭审理；因为时间久远，获取证据非常困难，这些上访人也不知道如何取证；又因为案情特殊复杂，没有律师肯代理，这个案子就搁置在这儿了。

修保是律师，更不是个躲事的人，尤其面对的是这样一些孤独无助的特殊上访人。他当即跟秦法官表示："我去试试看。"

秦法官喜出望外，又难以置信，看着修保认真的态度，他相信了，说，"修律师，你若能代理这个案子，那真是太好啦！"

第二天，修保走进了二道沟村。

沙土垫成的村路非常泥泞，路两边的杂草肆意地生长着，生活垃圾和牲畜的粪便混杂着散发出难闻的气味；似乎是随意散落的茅草房大都年久失修，黑色或灰色的瓦楞上长着草；或许是因为下雨，村路上没有人，连鸡鸭猫狗都躲了起来。小村显得格外沉寂，更或许是知道这村子的"秘密"，这雨中的沉寂，竟让人感觉着一种压抑。修保清楚，这沉寂其实只是一种表面现象，这个村子正被死亡的阴影笼罩着，濒死的村民在与死神对抗，而那些随时都担心厄运将至的村民和他们的亲人，正被愤恨怨怼充溢着心胸，每时每刻都有可能被引爆。此时的静默，只是暂时。

村民们知道修保要来，他们聚集在姚永祥（化名）家里，在猜测和疑惑中等候着。

姚永祥是这些村民的头儿，更确切点儿说，是他们这些上访者的代表。这位当年的北京知青，因为找了一位当地媳妇便在农村扎了根，成了一个地地道道的农民。他的妻子被检出是艾滋病感染者，他在为自己的亲人奔走呼号的同时，也因为能言善辩、什么场合都敢去、什么人都不怕，而成了上访村民们的主心骨，出头露面的事儿、协调沟通的事儿大都由他出头。昨天在法院，当他听说修保要为他们代理案子时，根本就不相信。第一他怀疑修保的律师身份，第二他不相信修保会真心帮他们，第三他告诉修保他们没有钱请律师。当天晚上，当修保给他打电话，说第二天要去村里看看时，他仍然难以置信。但他还是把消息传递给了村民们。此时，村民们聚在了他的家中，炕上、地上、屋里、屋外，差不多有四五十人；炕桌上摆上了茶水、瓜子，是真诚待客的礼数，也是试探诚意的小伎俩。

修保真的来了，随行的还有程健航律师。

修保首先伸出了手，与姚永祥握手，与身边能够到的每个人握手。修保盘腿坐在了炕上，端起茶杯就喝水；抓起一把瓜子，边津津有味地嗑着，边与村民们聊了起来。村民们兴奋了，修保没有歧视他们，没有防备他们，也没有把他们当外人，这是最大的诚意啊！他们开始七嘴八

◎ 修保和吴伟（左二）、张龙（左一）律师看望村民

◎ 修保向村民讲解法律文书

舌地向修保倾诉起来，说他们如何去卖血，如何染上艾滋病，如何忍受病痛的折磨；说他们如何受到周围人的歧视，如何生活得艰难；说他们上访之路的坎坷，打官司又找不到有效证据……他们把修保当作了亲人，一个可以依赖信赖的亲人，他们将憋了一肚子的苦和怨都倾倒了出来，边说边哭。修保也哭了，程健航律师边记录边跟着掉泪，那种心疼心酸，是任何一个善良的人都无法抑制的。

修保说：我和我的律师事务所代理这个案子，替你们讨个说法，不收一分钱律师费！

炕的里头躺着几位艾滋病患者，显然处于病症发作期，其中一位五十多岁的妇女，骨瘦如柴，已是病入膏肓，连抬一下眼皮的力气似乎都没有了。修保挪到她的面前，朝她伸出手去，她却本能地缩回手，示意不要接触她，修保却执意地握住了她的手。她气若游丝地问修保："你真的是律师？"修保连连点头，还掏出律师证让她看。她笑了，眼泪一串一串地流下来。修保明白那眼泪的含意，那其中包含着多少期盼！就在这次见面的十多天后，这位妇女就离开了人世。

那一天的经历太深刻了，那一天发生的几件事情也令修保记忆犹新——

离开二道沟村时，雨下得更大了，车子驶出村子不久，便陷进了泥沟里。正在左右为难之际，一位五十多岁的村民赶着牛车路过，修保的司机赶紧喊住他，请他帮忙用牛车把汽车拉出来，村民先是不应，听说有一百元的酬劳后，才欣然答应。说话间，汽车被拉出了泥潭，当知道修保来这里是为那些艾滋病患者义务代理官司的时候，村民却说什么也不肯收那一百元的酬劳了。他说，"我就是这个村子的，那些人太可怜了，你们能来帮助这些艾滋病人，我替他们谢谢你们这些好心人。"望着那位村民赶着牛车远去的背影，修保感慨不已。

在加油站，给汽车加满了油，修保翻遍全身也没翻出钱来。在村里时，当听说有六个孩子因为交不起学费面临辍学时，他和程律师将身上的钱拿了出来，一共凑了两千四百元，分给了每个孩子。此时，只有程律师身上还有一百元钱，原来是想给那位赶牛车的农民，此刻却不足以交够汽油钱了。尴尬之际，只好跟加油站解释，请求先放行，随后会回来补上欠款，还拿出律师证做抵押。加油站负责人听说他们是来为二道沟村的人代理官司，很爽快地放了行。

修保感慨，人心还是向善啊！

与六十八位艾滋病患者和感染者签订了授权协议后，修保开始了艰难的调查、取证工作。毕竟时间过去太久了，有的机构撤销了，原始资料早已散失；有的事件经历者也已不在原地，需要四处联系寻找；更有的部门和单位设置重重障碍，阻挠调查取证工作……

修保和李长安律师去搜登站镇卫生院取证，当听说他们是替那些艾滋病感染者代理官司的律师时，那位副院长竟拒绝接待，嘴里还骂骂咧咧的，就是不肯提供相关病历。

　　修保和所党支部书记孟宪贵律师拿着介绍信去被告单位长春某生物制品研究所，负责接待的办公室主任一听说是为艾滋病患者打官司的律师，立刻变了脸，开始驱赶他们。修保义正词严地申明律师的权利，却招致七八个凶悍男人的围攻，他和孟律师几乎是被架着撺出来的，他的公文包也被扔了出来。

　　那是一次非常狼狈的经历，修保当律师以来，还是第一次遭遇这样的尴尬。从长春市回吉林市的路上，修保和孟宪贵黯然无语，偶尔交谈几句，却是在互相诘问："我们到底图个啥？"

　　牢骚也好，难堪也罢，调查取证的工作还得做下去。可这真的是一个艰难而漫长的过程。这期间，不断有感染艾滋病的村民病情发作，也有人死去，村民们的愤怒再次暴发了，又开始了上访，再一次扬言要抽自己的血去报复社会……修保闻讯，和孟宪贵律师组织党员律师三番五次地去二道沟村村民家做安抚工作。有的村民不理解，竟然指着修保的鼻子骂他是"内奸"。修保没动气，仍然和颜悦色地解释，晓之以理动之以情地劝说。最长的一次，他们和那些村民谈了三个多小时，苦口婆心地相劝，终于说服了想要抽血报复社会的村民放弃极端的念头。

　　一天，修保去省城某部门办事。联系人告诉他从后门进去，因为前院被一群上访的人堵住了院门。办完事，从楼上的窗户看出去，见大门前聚集着几十个上访的人，有的还坐着小板凳堵住了院门，显然这是想打持久战了。当修保得知这群上访者是来自搜登站镇的艾滋病人时，他的心疼了一下，急忙下楼，直接朝大门走去。这群上访者看见修保，立刻围了上来，七嘴八舌地诉说着他们的愿望。原来他们就是想见一下领导，可下边的人怕领导受到艾滋病人的攻击不敢答应，这才引得他们围堵了单位大门。他们说，只要领导能出来见见他们，让领导亲耳听听他们的诉求，他们就会撤离。修保心里有底了，返身上楼，找到领导，请求他出去见见这些上访者，他保证这些上访者不会做出极端举动，而且会马上散去。看着修保自信的表情，领导终于点头了，跟着修保来到上访的人群面前。修保履行承诺，站在领导和这些艾滋病感染者的中间，像一道隔离带，他清楚这很滑稽，但他也只能这样做。村民们信任他，他却不敢保证他们会相信其他的人。

这些艾滋病感染者的上访再一次惊动了社会，引起了人们的极大恐慌。市委、市政府专门召开了协调会，特别通知修保参加。

◎ 村民赠送给修保的锦旗

会上，某位市领导公开指责："你们这些律师怎么什么钱都敢赚？"

修保愕然，他满心以为自己的工作会被人看在眼里，会得到认可，会赢得支持，万不料却被误解得如此之深！那一刻，他真想大声喊起来，把所有的艰辛、委屈、愤怒和无奈都发泄出去，可他控制住了自己的情绪，他知道他所面对的是个重大而特殊的场面，也不是他发脾气的时候。他冷静下来，叙述了自己为这些上访者、为防止事态扩大所做的努力，然后他告诉市领导，他代理这些艾滋病感染者的官司，不但没有收取一分钱，完全是义务代理，而且还搭进去了上万元！

好在，这位市领导还是个开明的官员，他没有顾忌自己的面子，当众跟修保道了歉，为自己的偏听偏信，更为对修保的误解。

修保无意再去计较什么，他还得继续为这些无辜的艾滋病感染者奔波，为他们的生命索赔。

◎ 在全国道德模范表彰大会期间，与关爱艾滋病形象大使濮存昕交流关爱艾滋病患者的话题

一番艰苦的调查取证，修保终于拿到了几份关键的证据、证词：

原搜登站镇采血站员工孙某的证明材料证实："1985 年采血站开始试采，1986 年 1 月 1 日正式成立采血站。在采血浆的过程中，所用的一切物品都是由长春某生物制品研究所提供，而且用于抽输血的医疗器材都在循环使用，甚至采血瓶盖都回收。长春某生物制品研究所的一位于姓女工作人员讲，采血瓶盖回收，主要是因为这种胶盖特贵，同时也可以重复使用。"孙某还证实，在其工作期间，从来没有做过艾滋病检测工作。

另一位原搜登站镇采血站员工杨某（孙某退休后接替其工作）的材料证实："一开始长春某生物制品研究所为搜登站镇采血站培训了七名工作人员，培训时间为十至十五天，然后这七名工作人员便上岗工作。在此期间，长春某生物制品研究所又派化验员小雷护士来采血站为其他护士和医疗人员代培了几天，以后就是由这些学会技术的带不会技术的人员进行操作。1994 年初，因为长春某生物制品研究所收购的大批血浆出口质量不合格，并发现大量的甲肝、丙肝病毒，所以采血站在同年 3 月 8 日被关闭。"

搜登站镇派出所的证明材料证实："在搜登站镇辖区内居住的已登记的艾滋病患者中，未发现当中有人吸、贩毒品以及卖淫嫖娼行为，患者中也没有人有此方面的违法记录。"

修保和他的律师们的大量走访调查，为推进案件审理准备了充足的证据。修保还要随时与这些委托人谈心沟通，尽可能帮助他们解决生活上的困难，安抚他们。案件的审理在艰难中向前推进，二道沟村的村民们在关注，搜登站镇及周边乡镇的群众在关注，各家媒体也在关注，全社会似乎都在等候着法院审理的结果。这毕竟是一件足以引起社会震动的特殊案件。

针对此案的影响和特殊性，时任国务委员吴仪来到了吉林市，亲自协调市政府、市法院和相关部门，决定由市政府协调，给这些艾滋病感染者进行经济补偿和医疗救助——

1. 给予感染艾滋病的村民最低生活保障金每年六百五十元（现已提高到一千多元）；

2. 对于发病的艾滋病人免费提供三种用药，对于艾滋病感染者给予每个月一百二十元的药补；

3. 其子女享受免交各种学费的待遇；

4. 免交农业税。

政府还将以社会定向救助的方式，发给六十八位艾滋病感染者每人四万元抚慰金，并建议原告撤诉，走和解程序。

修保再一次和他的当事人坐在了一起。他为他的当事人入情入理地从法理、从社会影响、从司法成本、从生活质量上分析着眼前的情势和今后的预期。代理这桩案件一年多来，修保的所作所为令村民们一次次地感动，此时的他在这些村民眼里已不仅仅是律师，更是值得信任的亲人和朋友。他们相信他的为人，也相信他的判断，他们心服口服地接受了相关部门的建议：撤诉。

2004年9月7日，在搜登站镇临时借了一所中学的会议室，六十八位艾滋病感染者签署了撤诉协议。至此，这桩惊动中央甚至影响至海外的历时多年的艾滋病感染者群访事件告一段落。

修保也松了口气，这一年多的付出总算有了结果，他知道对于六十八位当事人，这并不是最理想的目标，但在目前来看，却是最佳的选择了。让这些艾滋病感染者回归正常的生活，才是对他们最大的帮助。他清楚未来这些艾滋病感染者还会面临许多困难，他也清楚此时的撤诉并不能保障某时某刻他们不会再次提出新的诉求。他时刻关注关心着这些特殊的人群，谁家里有了困难，谁需要点儿经济资助，只要他知道了，都会尽力提供帮助。他只有一个愿望，让这群特殊的村民感受着社会的温暖和关怀，让这些艾滋病感染者知道，他们并不是被社会抛弃的一群人。

如今，这些曾经的上访者，已回归正常的生活。他们对生命的渴望，他们对生活的憧憬，已经浸润在平常琐碎的日子里。也许他们没有更大的奢望，但却不再对生活感到绝望，甚至又重新燃起热情。他们中的一些人，在修保的感召下，还加入了修保发起并任会长的吉林市道德模范志愿服务协会，成为一名志愿者，做一些力所能及的事情，来回报社会，回报那些曾经有恩于他们的人。四川雅安地震时，这些艾滋病感染者还捐了一千一百一十五元善款（他们搞捐款时正在一家饭店，饭店老板被他们的行为所感动，主动捐出了五元钱。笔者注）。

那位上访代表姚永祥，已经七十多岁了，也被修保拉进吉林市道德模范志愿服务协会，常被人请求办各种事情，他也因为自己能被人需要而自豪不已。因为上过中央电视台的节目还上过各种媒体，他已经成了远近闻名的人物。国外的某些机构对他也有所关注，曾经试图利用他在所谓的人权问题上做文章。修保告诫他，别忘了，到什么时候，我们都是中国人,得有中国人的气节。姚永祥记住了他的话。一次,他受约参加在国外举办的有关艾滋病的会议,面对外国媒体,他清清楚楚地表达了自己的观点。他怕自己说的话被人断章取义,还自备了一部录音机,现场实录,并警告那些别有用心的人不要歪曲事实。姚永祥回国后,很快就接到有关部门的反馈,称赞他没有给中国人丢脸。姚永祥说,咱在国内怎么闹,那都是自家的事,到了国外,我就是中国人,我不能给国家抹黑。这是一位农民最朴素的话语,也是最真实的心态。修保听说了,很是欣慰。

2016 年春节前夕,和往年一样,修保又出钱购买了米和面等慰问品,和吉林市道德模范志愿服务协会的刘凤英、马新英等几位志愿者,驱车来到了搜登站镇。他们原本是想去二道沟村看望那些村民,到了镇上才听说,今天正是镇里组织这些艾滋病感染者体检的日子。修保临时

◎ 修保和道德模范志愿者走进二道沟村,送去了价值几万元的大米、豆油等慰问品。

◎ 修保和刘凤英（左）在慰问活动中与村民合影

决定，就在镇里请这些村民吃一顿饭。结果，闻讯的艾滋病感染者和他们的家人纷纷赶来了，也不管是哪个村的，聚了足足有六七十人，原定的桌数已远远不够，不得不临时加桌。修保和村民们围坐在一桌，聊天，喝酒，还兴奋地拿起麦克风唱起了歌。那其乐融融的气氛，俨然便是一个大家庭的聚会。

人群中有一个十岁左右的小女孩儿。她因为母婴传播感染了艾滋病毒，不能和同龄的孩子一样到学校上课，好在学校没有抛弃她，单独选派一名老师到她家里授课。小女孩儿俊秀的小脸上，一双眼睛怯怯地看着周围的一切。她幼小的心灵恐怕还无法明白艾滋病对她意味着什么，更不知道她的未来将面临怎样的窘境，这个无辜的孩子看着都让人心疼。修保的眼里透着痛楚和无奈，他抚摸着小女孩儿的头，好一会儿无语，只能再次从兜里掏出几张钞票……

第三节 一场大雪引发的骚动

2007年3月4日的一场大雪，下了一天一夜。媒体上说这是五十年一遇的大雪，就是说，五十岁以下的人从没见过这样大的雪，但对于见惯了雪的东北人来说，这也不算稀奇，哪年冬天不下几场壮观的雪？只是今年这雪下得晚了点儿，都打春了，突然来了这么一场大雪，让人有些猝不及防，所以就出事了。

吉林市龙潭区缸窑镇农贸市场的大棚被厚厚的积雪压塌了。

棚顶堆积的雪夹带着损毁的建筑构件一同砸进了室内，一百二十九户业主的摊位不同程度遭了殃，柜台压变形了，新鲜的水果被冻了，干菜调料被雪水浸泡了，鸡鱼肉蛋米面油茶几乎没有幸免。业户们看着眼前狼藉的一片，叫苦不迭；望着露天的顶棚，遍地的泥雪，感受着刺骨的寒冷，业户们心中凄然，这生意还能做下去吗？

业户们愁肠百转之际，市场经理依长志告诉他们，农贸市场是上过保险的，咱们都交过保费，保险公司会给赔偿损失。

业户们松了口气，看样子，这办"保险"，关键时刻还真能救急。

然而，业户们没有等来保险公司的理赔，4月9日，他们等来了一纸"拒赔通知书"：

> 非常遗憾地通知您，根据有关法律和保险合同的规定，我公司保险单PQZA200622011602000111项下的缸窑农贸市场大棚的损失不属于保险责任赔偿范围，对此我公司不能给予赔付，请予理解。

拒赔通知书下面，盖着"中国某财产保险股份有限公司吉林市中心支公司"的鲜红大印，下面列出了五条不予赔付的理由，归结为一点："该标的物为违章建筑"。

白纸黑字，刺激的是一百二十九户业主的眼睛；鲜红的公章，刺痛的是一百二十九户业主的心。人们弄不明白，当初办保险的时候，交保险费的时候，没有人说这座大棚是违章建筑物。他们办保险，也是为防万一，谁都不想真正遇到险情。可偏偏他们就遇上了天灾，正是需要"保险"的时候，怎么真到了需要赔付损失的时候，保险公司却找出这么一个堂而皇之的拒赔理由来？

保险公司拒绝赔付，大棚无法修缮，自然也不能开业。业户们被迫停业了。此时的他们还是理智的，将此事告诉了媒体，通过媒体表达了自己的诉求，保险公司拒赔的事也跟着曝光了。

当事保险公司找到农贸市场。双方协商达成协议，为了不使相关损失继续扩大，帮助市场尽快恢复营业，暂时搁置争议，继续协商，保险公司暂借给农贸市场八十万元，用于恢复生产；补偿老百姓经济损失二十万元。两笔款项均于 2007 年 5 月 10 日前支付。

事情到了这份儿上，应该说是个很好的解决办法了。业户们的要求很简单，先尽快恢复营业，缓解眼下的困难，有争议的事留待以后慢慢商量解决。业户们安定下来，静静地等待着借款到位，修好大棚，重新开业，让生活进入正常状态。

然而，他们又失望了。这一次等来的，是法院的立案通知，保险公司以"故意隐瞒了投保房屋属违章建筑和危险建筑的重大事实"，诉请法院解除保单号为 PQZA200622011602000111 的《财产保险综合险保险合同》。

谁都看明白了，保险公司不想履行刚刚达成的协议，并试图通过司法判决，拒绝赔付农贸大棚及一百二十九户业主的损失。

一百二十九名业户终于失去了耐心，一呼百应地聚集起来，拥到保险公司讨要说法。群情激愤的业户们围堵公司大门，冲进了公司营业大厅，并一连十七天吃、住在了保险公司。公司正常的工作和秩序受到了干扰，无法开展正常业务；大规模的群访事件，在社会上也造成极大的负面影响。一位吉林市政府领导组织多个相关部门协调，并亲自到现场劝阻，试图说服业户们冷静下来，通过司法程序解决争端，结果都无功而返。业户们只有一个愿望，他们要养家，他们耽误不起生计，保险公司不答应履行协议，他们就要抗争到底，不达目的绝不撤兵。

这样的僵局一直持续到 5 月 24 日。

这天，正下着雨。

修保在办公室接到一个电话，电话是一位业户打来的，他简单说了一下事情经过，并告知一百二十九名业户正聚集在保险公司，已经十七八天了，不讨个说法就不撤离。修保能够想象出现场的情形，意识到事态的严重性。放下电话，他立即带领十一位律师赶往现场。他告诉律师们，首先要把业户们劝离现场，不能再把事态闹大；然后劝说业户

◎ 现场劝导缸窑镇农贸市场上访业户

◎ 媒体刊登的相关报道

们依法维权，我们可以组成律师团，免费为业户打官司。

现场的混乱可以想象。一百二十九名业户加上他们的家属加上看热闹的人，将保险公司的营业大厅挤得满满当当。阴雨的天气，加上愤怒的业户，让现场充满了压抑。紧张的空气仿佛随时都会引爆，谁也无法预料，下一刻会发生什么事。

修保和十一位律师的出现，无疑引起了轰动。见自己在电话里求助的律师来了，业户们都充满希望地围了过来。修保和律师们借机开始做劝离工作。修保当场承诺，组成律师团，义务为业户们打这场官司。

修保的话，让业户们有了指望，而十一位律师组成的律师团，更让业户们有了信心。他们表示不再上访，走法律程序解决问题，并同意撤离保险公司。

　　为了让聚集的人群尽快离开现场，修保给业户们付了打车费，目睹着人群渐渐散去。

　　负责处理此次群访事件的吉林市领导知道了访民撤离的消息和缘由，立即来到保民律师事务所了解情况。此时，市领导才知道，修保和保民律师事务所的律师们所做的为民解忧、为政府化解上访案的事远不止这一件。

　　此后不久，吉林市委办公厅就组成了联合调查组，到保民律师事务所搜集材料，请相关部门和曾经的上访人座谈，然后把修保的事迹整理出来，公之于众。见诸报端和各类刊物上的文章题目是《铁肩担道义，正气促和谐》，署名：吉林市委办公厅联合调查组。当然这都是后话。

　　修保和律师们开始履行承诺。农贸市场的法人是依长志，作为被告方代表与保民律师事务所签订了委托代理协议。修保深知，这不是

◎ 现场为缸窑镇农贸市场上访业户讲解法律

◎ 现场劝导缸窑镇农贸市场上访业户，并拿钱让业户们打车回家

　　一份普通的代理协议，他和律师们背负的是一百二十九名业户的生计。一百二十九名业户，涉及的从业人员就有三百多人，都是在这个农贸市场内经营的小商小贩，售卖青菜、调料、干鲜水果、水产、肉禽、服装、日杂百货之类，是人们日常生活的必需，可也是小本经营。他们要养家糊口，供子女上学，赡养老人，这是他们全部的生计依靠。如果官司输了，失去了这个依靠，他们今后的日子怎么过？

　　必须找出足够的证据和法律支持，才能保证打赢这场官司。烦琐的调查取证，证据材料装订起来厚厚的一大本，沉甸甸的压手，那是修保和律师们的职业操守。多少次探讨相关法律条文、研究判例、甄别证据，即便是经验丰富的律师，也不敢有一丝的含糊和疏漏。起草律师代理意见，需要缜密的逻辑思维、充足的法理储备、真挚的情感表达，加上具有感染力的措辞和层层推进的辩护风格，考量的是律师的执业能力和境界。

2007年6月7日，修保向法院递交了反诉原告起诉书，并申请先予执行2007年4月28日双方赔付协议金额一百万元。

法院下达通知，要求提供价值一百万元以上的财产担保，才能先予执行。这对已经停业的农贸市场和一百二十九名业户来说，无疑是一道难以逾越的坎儿。法院是依照《民事诉讼法》规定要求先予执行担保，如果迈不过财产担保这个坎儿，事情就无法向前推进，而不能先予执行，农贸市场就不能重新开业，一百二十九名业户就无法正常营业，这势必又要引起不安和躁动，刚刚稳定下来的事态，又将面临变局。何况，修保已经听说，业户们又在酝酿群访事件，而且还有进京上访的打算，这是修保最不愿意看到的，也是他从一开始就承诺义务代理案子的初衷。为解燃眉之急，修保最终决定，拿自己的律师楼为业户们做担保抵押物。律师楼位于黄金地段，建筑面积四百四十平方米左右，价值超过一百万元。修保回家去取房产证，他得经过父母的允许，因为房子是全家人出钱买下的，父母是共有人。修保讲了他正在办理的这桩案子，他告诉父母，他要拿这个房子，为那些素不相识的平民百姓提供担保。深明大义的父母不仅没反对，还亲自拿着房产证，同修保一起来到法院，当场签字办理了抵押手续。此情此景，令在场的两位业户代表禁不住热泪盈眶……

2007年6月15日，法院下达《民事裁定书》，通知查封律师楼，查封期限自2007年6月15日起至2009年6月14日止，其间不准抵押、出售。

这也就意味着，修保代理的案子一旦败诉，律师楼将被法院依法处理。

办理完先予执行担保手续，不到半个月的时间，法院就将先予执行款一百万元执行给了众业户，不到两个月，农贸市场就又建成开业了。

敢于做出这样不计后果的举动，修保也是太把他的当事人当回事了，那是一百二十九户业主的委托和身家，他全扛了起来。当然，除了这份责任，还有一份自信。他却全然不顾忌，官司的输赢，有时并不全在法律的掌控之中。

第一次开庭，修保作为被告代理人（反诉原告）亲自出庭。

为了这次开庭，修保和律师们可谓殚精竭虑，呈上法庭的证据就有二十份之多，件件有根有据。在强有力的证据支撑下，法庭调查和辩论阶段，修保都占着上风，就原告和被告之间签订的保险合同是否有效、农贸市场是否为违章建筑、因保险公司未及时赔付被告造成的实际损失等做了充分的阐述，要求法庭判决保险公司支付保险金及相关损失费用，对原告的诉讼请求予以驳回。

法庭支持了修保的代理意见，驳回原告保险公司的诉讼请求，判决赔付农贸市场保险损失及利息损失。

作为原告（反诉被告）的保险公司，显然不甘心就这样输了官司，依法向省高院提起上诉，最终被驳回，维持原判。

案子并没有终结。之后，为了让众业户得到一百万元的赔偿款，修保又代理业户提起赔偿诉讼，官司又是从一审打到二审，直到2013年才最终结案。六年的时间里，律师楼一直被查封着。

前后六年的时间，一场完全义务代理的官司打赢了。修保抵押上自己的律师楼房产，调查等办案费用也是自掏腰包。作为律师，修保图个什么呢？

2007年8月，农贸市场重新开业的那天，一百二十九名业户派出代表，跑了一百里地，给修保送去了山菜和鸡蛋。普普通通的礼物，表达的是百姓最朴实的情感，这是他们最真挚的谢意。一百二十九名业户的生活归于正常，有记者采访时，他们会提起修保为他们做过的一切，包括一些琐碎的事。他们念着修保的好，他们无权无势，都是平民百姓，能打赢这场官司，幸亏遇上了一个好律师。

记者写了一篇报道，题目是《和谐社会的忠诚卫士》。

是的，这正是修保的初心：保民，和谐。

作者手记：

大律师是个什么概念呢？行外人眼中的大律师自然是有智慧有本事能帮人打赢不可能赢的官司而且专门打大官司的律师。这不是法律意义上或者司法界所谓的大律师的定义，仅仅是表达对律师职业的尊重，或者是对律师本人的恭维。这其实就是一种口碑。口碑对于律师来说非常重要，它不仅表明律师受人尊重的程度，还意味着律师的收入水平。谁都知道律师是个高收入的职业，若是能得个大律师的口碑，那他收入的可观程度就不是一般人能想象出来的。不过，每个不同阶层或者群体的口碑对于律师来说，又有着不同的意义。动辄便能接到标的为上亿元或者几千万元案子的律师毫无疑问是大律师，不然人家当事方也不敢聘你。修保办过不少这样的案子。无论是作为吉林市政府的首席法律顾问，还是作为大型国有企业的法律顾问，他手中的案子都不算少，何况名声在外，慕名聘请他做代理律师的大企业（无论是国有还是民营）有很多，修保毫无疑问可以称为大律师。然而，如果修保仅仅是这种意义上的大律师，也就毫不足怪了。全国注册律师三十二点八万人之多，即便称得上大律师的人仅为少数，那也是个不小的数字。在这样一个庞大的群体中，"大律师"比比皆是，不足为奇，但修保属于另类。他经常放下手头能挣得巨额律师费的案子，去代理一些平头百姓的小案子。在阅案无数的某些大律师眼中，这些案子无足轻重，但对于每一个孤独无助的平民百姓来说，摊上了，那就是"塌天大事"，就是一道难以跨过的生死之坎。修保热衷于代理这类案子，而且是无偿，时不时地还要倒贴。他赢得了普通百姓的口碑，"平民律师""百姓卫士""当代包公"之类都是当事人由衷的赞誉，他是这些平民百姓心中名副其实的"大律师"。

第五章 人大代表：你就应该是人民的代表

作者手记：

　　如果把人大代表也算作一种荣誉的话，在曾经获得的诸多荣誉中，修保最看重的，除了"江城百名孝子"称号外，还有吉林省人大代表这项殊荣。全国劳动模范、两次全国道德模范提名奖、五一劳动奖章、全国优秀律师、全国法律援助先进个人等等，是社会给予他个人的荣誉，他愧领了，感到荣耀、欣慰。对于他来说，能否获得这些荣誉，并不足以影响他的工作热情，曾经的付出都是一种心甘情愿，与名利无关。但人大代表对于他来说，有着特殊的意义，这个身份，能让他的视野更加宽泛，有机会或者说有资格去关注更多的社会现象和问题，承担起更大的社会责任。

　　修保已经连续三届当选吉林省人大代表，如今，距离换届的年份不到一年的时间。在他的言谈话语中，便透露出一种担忧，已经做了十五年省人大代表，恐怕不会再有机会当选了，即便有那么多的群众联名举荐，即便有司法行政机关的推荐和民进组织用红头文件推荐以及各级党政领导的认可，他也渴望自己还能被选上，使他能继续有机会和平台真实地反映社情民意。但他也清楚，这是他的美好愿望。毕竟，这么多年的律师生涯，尤其介入涉法涉诉信访案件的化解工作后，在赢得诸多百姓口碑和荣誉的同时，也得罪了很多有钱有势的人和部门。

细想想，对于他来说，当选人大代表，除了责任和义务、更大的付出，他还能得到什么呢？

第一节　我是人大代表，怎么能怕见人民呢？

2003 年，修保作为全省唯一一名律师代表当选为吉林省人大代表。第一次参加省人代会，感觉很是特别，市委、市政府的领导亲自送行，这是一种礼遇，是对人民代表的尊重；在省宾馆报到后，又宣布了很多纪律约束，使人越发地感到作为人大代表的庄严。

然而，修保第一天就违规了，做出了一件"出格"的举动。

早上八点多钟，修保听见外面人声鼎沸，探头朝窗外看去，只见宾馆的大门前聚集了上百人，打着横幅，显然是上访的人群。担任大会警卫的警察阻止了人们靠近，人们只能朝着楼上喊话。

虽然人声嘈杂，修保还是听清了喊话的内容："有冤要诉！要见省长，要见代表！""我们要吃饭，我们要社保！"

修保在听、在看；在场的多位人大代表也在听、在看——并没有工作人员或人大代表前去接待和处理。修保忍不住了，说："我下楼去，让这些老人见见。"在场的另一位代表吴景贵和他一起朝楼下走去。

吴景贵代表也来自吉林市，是一名出租车司机。他在开出租车营运时，经常会遇到一些有困难需要帮助的人，他想施以援手时，却常常被人戒备拒绝，于是他就在出租车车身贴上雷锋的头像，表明助人为乐的态度。后来他又在前挡风玻璃贴上"军人、烈属、伤残人员免费"的标识。在十多年的出租车司机生涯中，他坚持助人为乐，并带动起一大

◎ 修保倾听上访退休工人们的陈述

批出租车司机跟着他学雷锋。行业主管部门对他以及他的伙伴们的做法给予了大力支持，将他的车命名为"雷锋车"，并组成国内第一支以"雷锋"命名的出租车队——吉林市雷锋车队。"雷锋车队"成为吉林市一道流动的名片，而吴景贵的先进事迹也通过媒体和人们的口口相传蜚声全国。2002 年，吴景贵被选举为省人大代表，并参加了省人代会，与修保住在同一个房间。

此时，修保和吴景贵一起朝外面走。

走廊上，有人拦住了他们，告诫道：外面有人在闹事，你们代表不要去添乱。

修保说："群众喊着要见人大代表，我们是人大代表，怎么能害怕人民、避而不见呢？"

修保没听劝，径直和吴景贵走出宾馆大门，走向上访的人群。两人胸前佩戴的人大代表的标牌，此时显得那么耀眼，在光线的照射下，

◎　修保倾听上访退休工人们的心声

随着他们迈动的脚步一闪一闪的。嘈杂的人群静了下来，目不转睛地看着他们渐走渐近。

　　来到上访的人群前，修保看清了，这竟然是一群六十多岁的老人，有男有女，衣着普通，脸上布满岁月的印痕。正值冬季，他们穿着厚厚的冬装、头上包裹着头巾戴着帽子，仍然抵挡不住寒冷；口中呼出的热气，凝聚在眉毛、鬓角上，恍若白发苍苍，更让人感觉着一种沧桑。

　　这些老人见真有代表来到了他们当中，不约而同地跪了一大片。修保和吴景贵赶紧把他们扶起来。修保说："代表应该感谢人民，我们应该跪谢你们才对啊！"

　　细问之下，才知他们是吉林省通用机械厂劳动服务公司的退休职工，因为领不到养老保险，他们已经群访多年了，今天要趁省人代会召开之际，向人大代表反映一下他们的境况，请人大代表为他们表达心声。当修保表明了身份时，这些老职工激动了，一边哭着，一边把一沓上访材料塞进他的手里。

修保说："我是人大代表，也是律师。我保证把你们的上访材料和诉求带到会上去。省长马上要开会，代表也不能都下来。今天太冷了，别冻坏了身体。请大家先回去，以后也不要再这样上访了，咱们依法维权，一切都按法律程序办。我愿意为你们义务提供法律帮助。"

修保永远也忘不了那一幕，他拿着上访材料走回宾馆大门，再回头望去，只见上百名老工人朝着代表住所大楼高举双手，连连拜揖，然后，排着队一起转身离去。望着这一情景，修保忍不住热泪盈眶。

各地各级"两会"期间，往往也是最容易发生群众上访的敏感时期。老百姓选择此时上访，并非要冲击会议，而是希望通过参会的代表、委员，将他们的诉求反映给有关部门，以引起重视并尽快反馈结果。人大代表是人民选出来的，他们就有责任、有义务替人民说话。但越是"两会"期间，安保措施也是最严格最谨慎的时期，各项安保举措在保证大会如期、顺利召开和保护代表、委员安全参会的同时，也在代表、委员与人民之间加修了一道隔离墙。这其实是带有一种讽刺意味的隔离，无形中割断了人大代表、政协委员与他所代表的人民之间的关系。代表、委员们闭门开会，根本看不到群众的上访，更无从听到他们的呼声。

修保却主动出去了，并以人大代表的身份接访，打破了以往的惯例，也触到了一些人敏感而僵化的神经。修保感觉到了那些异样的眼光和言谈话语中的警告。

修保没有退缩。既然当了人大代表，他就要履行代表职责，做人民的代言人。

修保将这些退休工人递上来的上访材料交到了大会，并在小组会上反映了退休工人们的诉求。会议期间，修保还向会议提交了《关于建立人代会期间代表接待群众上访制度的建议》。修保在建议中说，"人大代表是代表人民意志和利益来行使国家赋予的权利。我们要以开放和积极的方式，探索代表与选民之间更加广泛、更有保障的沟通途径。人大代表只有更多地联系群众，最充分、最广泛地反映民情、民声、民意，才会服务于民，推动民主进程。"修保认为，人大代表绝不是荣耀一时的政治光环，而是一种从来未敢忘怀、时刻牢记在心的责任。当代表就要为人民办实事，为人民负责。

省人代会一闭会，修保履约，正式介入这一桩长达八年之久的群访案的化解工作。

吉林省通用机械厂属军工企业，也就是俗称的"三线"工厂，1965年始建于辉南县山区，而通用机械厂劳动服务公司则是厂办大集体企业，职工都是集体所有制编制，但有百分之八十一直与全民职工混岗，分布在每个生产车间，在偏僻山区工作了二十五个年头，直到1989年随企业迁到长春。当这批工人达到法定退休年龄办理退休手续时才被告知，因为工厂中断了给他们上缴养老保险金，所以原来已经扣缴的养老保险金挂在账上，却不能领取。也就是说，他们无法享受养老保险待遇。这是根本无法让人接受的现实！工人们群情激愤了，联合起来为自己争取权益。他们多次同通用机械厂和改制后的控股公司交涉，却毫无结果，而且被百般刁难。无奈之下，上百名已过花甲之年的退休工人代表走上了上访之路。群访事件惊动了省委、省政府，时任省政府一位副秘书长受命组织有关部门，专门召开会议，研究省通用机械厂劳动服务公司退休人员生活保障问题。然而，参加会议的机械厂负责人并不了解这桩历史遗留问题的全貌，也没认真倾听这些退休工人的申诉，自以为是地汇报说该集体企业未参加过养老保险统筹，且这些工人因长年居住在山区自我封闭，技能单一，年龄偏大，又女工居多，再就业困难。据此，这次会议形成的省政府专题会议纪要（145号）将这批工人全员纳入城市最低生活保障范畴。相关部门依据这一份纪要，将这一批

◎ 上访退休老工人跪谢修保

一百八十多名退休工人拒之社会保险的大门外。过去曾经交纳的保险金白交了，工人们想自己掏腰包续交保险金也被拒绝。工人们的合法权益就这样被"合理"地剥夺了。无奈之下，有一百人同意享受最低生活保障待遇，但是，八十多名退休工人却坚决不认同，拒绝领低保金，并由此开始了大规模上访、重复上访、越级上访。他们冲击省政府、围攻省长家；还身披"青春献三线，老保无人管"的彩带，喊着口号冲进省、市人代会会场。这些退休工人们记得很清楚，他们组织百人以上去省政府和省市"两会"上访达三十四次，百人去省长家上访五次，去信访和有关职能部门上访上百次，去北京上访四次……用这些上访者自己的话说，随着上访次数增加、上访的层级升高，他们的上访由最初的文明上访变成了恶性上访；有一部分工人没有钱，认可捡破烂卖钱也要坚持上访；而李淑芹等三名工人在期待和渴盼中竟先后辞世……

　　修保在调查取证中了解到，这些退休工人的申诉有理有据，有职工在辉南县交纳保费的记录和账号，年份清晰数额具体；有社保单位扣缴保费的时间和数额，笔笔挂在账上；有单位历年足额足月按百分之八从工人个人工资中扣缴养老保险金的凭证；有相同类型的军工企业与这批上访者一样经历的退休工人均已经解决养老保险问题的先例；还有，原本应该由企业为职工上缴而未交的社会保险金，职工们愿意代为补交，不让国家吃亏……

那么，为何这些大集体职工办理退休这么难？是什么原因让这些职工被迫走上了上访之路呢？

其实工人们是讲理的：

他们给国务院、国家信访局写信——我们曾为共和国的国防建设做出过巨大贡献，我们恳请中央人民政府，能为我们主持公道。……我们没有更高的要求，只求有生之年，能够过一个安生、祥和的晚年，能够享受党和社会的温暖；

他们给时任的吉林省长写信——我们知道您很忙，没办法只好打扰您，恳请您为我们这些年愈花甲之人主持公道，能为我们争得应该享有的养老保险待遇，以了却我们多年上访之苦和心中难平之事，使我们安度晚年，以安定社会；

他们给时任省政府秘书长写信——我们给您写信，是因为我们相信您是好人、是好官，能站在公正的立场上为老百姓说话。为振兴东北老工业基地，在这次厂办大集体改制试点工作中，恳请您为我们这些年愈花甲之人说句公道话……

他们给长春市的省人大代表们写信——我们在《东亚经贸新闻》报上看到了人大代表的名字，非常激动。因为人民代表是老百姓的"亲人"，是弱势群体眼睛里的"青天"。我们含泪写此信，专程找到了代表的单位，拜托人大代表把我们的情况和材料转交到人代会和全体代表，恳请人代会能为我们这些弱势群体主持公道，我们实在太冤了……

公道、公道！每一封信每一个诉求，这些退休工人只期盼着"公道"。这是职工们含泪的申诉、泣血的恳求，谁能不为之动容？

显然，如果相关部门能够放下身段，真正走进普通百姓中间，倾听他们真实的声音，设身处地体验民众的疾苦，这本是不难解决的一件事情，而不该演变成今天这样的局面。多年接受委托参与、化解各类的上访案件，修保太清楚这其中的弯弯绕绕曲曲折折了，推三阻四、欺上瞒下、官僚作风、权钱交易、枉法渎职等等，这些随处可见可知可感的腐败现象，是附着在社会机体上的毒瘤，无疑也是这些上访案件层出不穷愈演愈烈的诱因。他看在眼里急在心中，以一个执业律师的能力，他只能尽自己所能化解他接触到的上访案件；但以一位人大代表的身份，他就有平台呼吁，有机会建议，有资格监督。

修保联合十多名省人大代表，依据中华人民共和国《代表法》赋予的人民代表的批评建议权，连续六年向大会提交了《关于解决全省大集体退休工人社保问题的代表建议》。

针对此案，为了将这起长年群访案引入法制轨道解决，修保又联合十三名省人大代表，提出《解决工人退休养老问题用公正司法化解信访矛盾》的建议：1、这些老工人的要求符合国家劳动保险政策，相关部门依法应当给予解决；2、建议法院依法办事、受理并公正、妥善处理群访案件，确保社会稳定。

议案一针见血指出引发群访案件的根由：辖区法院不依法正常受理群众起诉，以致老百姓告状无门，只能走上访之路；相关行政机关渎职不作为，不为人民群众办实事。

议案由修保亲笔撰写，保持了他一贯的直率风格，毫不做作，也毫不留情。他做事真是不太瞻前顾后，尤其为了化解一桩桩上访案，他认准的，必是要做的，不管怎么着，都是要出个结果的。这次写议案也是，他要求相关部门，要在最短的时间内提出反馈意见，还要求允许人

◎ 吉林省通用机械厂劳动服务公司退休职工送牌匾到保民律师事务所

大代表监督。

　　修保显然高估了社会、相关职能部门对人大代表的认知和尊重。他和其他代表联名提出的议案并没有得到全部回应。好在，也有当回事的，长春市人民政府组织了专题听证会，长春市中级人民法院开始受理此案，而且主动请人大代表、政协委员和各新闻媒体监督。

　　上访案进入了法律程序，退休工人们有了申诉的渠道，至此再没发生大规模上访的情况。但此案毕竟涉及面广，积压时间长久，而且事关国有企业改革的方方面面，审理甄别起来也是一波三折。修保一边安抚这些曾经的上访者，调查、走访收集证据，为他们代理书写法律文书，一边向各有关部门呼吁，希望重视并尽快解决问题。

　　修保给吉林省社会保险公司和长春市社会保险局写了《关于提请省社保公司协调解决时景钟等七十二位退休工人社保待遇的建议》；给

时任吉林省政府主要领导和秘书长写了《关于请省政府协调落实省通用机械厂劳动服务公司职工劳保待遇问题的建议》……

事件在一次次的听证、庭审中艰难地向前推进。对于修保来说，他需要有足够的耐受力保障自己不崩溃，不沮丧，不失望；他还得劝慰、安抚一次次失望的退休工人们，鼓起他们的信心，在等待和期待中让日子变得有盼头……

2008年6月20日上午，省政府召开了"处理信访突出问题及群体性事件联席会议"，参加部门有省劳动保障局、省社保局、省法律顾问团、省国资委、省国华公司、长春市中级人民法院、长春市社保局等，与会人员的身份有养老保险处处长、总经济师、养老处处长、信访处处长、律师、立案庭副庭长等，主持会议的是省政府副秘书长兼省信访局局长。从参加部门和人员身份可见省政府对这次会议的重视和最终解决问题的决心。

此次联席会议终于给了这些退休工人一个明确的说法。在"关于省通用机械厂部分集体企业退休人员养老保险接续问题专题纪要"中，

◎ 吉林省通用机械厂劳动服务公司职工为省人大和修保赠送锦旗

对职工参加养老保险给予了认定，并就补缴养老保险费的时间、个人缴纳养老保险费、养老保险待遇执行时间等问题都做出了明确认定。

2008 年 8 月末，七百多名退休工人高高兴兴地领到了每月人均近七百元的养老保险金。

之后，他们做出了一个特殊的举动，再次派代表到省政府，然后坐火车进京，到全国人大、中共中央办公厅、国务院办公厅等部门。但这次，他们不是去上访，而是送去了感谢信："感谢党中央，感谢人民的好代表……"感谢信的上面签满了老职工的名字。

之后，他们又专程来到吉林市保民律师事务所，为修保送来了一块牌匾，上书："敬赠：省人大代表修保同志——肝胆照日月，正气贯长虹。人民好代表，当今包青天。"落款是吉林省通用机械厂劳动服务公司全体职工。修保把他们的事当作自己家的事情来办，没收过他们一份钱没吃过他们一顿饭，除了送一块令修保无法拒绝的牌匾，再没有能表达谢意的办法了！

接过牌匾的那一刻，修保的心是暖暖的，眼睛是湿润的。修保清楚地记得，四年前那次开庭，当他一大早赶到长春时，上百名退休工人已聚集在法院大门外迎接他；庭审时，修保在法庭上慷慨陈词，可他的心在抽搐，因为那时，上百名工人在法庭外跪了一地，无声地表达着期盼。那是信任，也是一种意志的表达。彼时彼刻，他感觉到一种责任，一种压力。

当然，也有关爱。

那一次，看到修律师忙碌了一天连晚饭都没吃就准备返回吉林市，老工人们这个拿十元那个拿五元，非要留他吃饭。他百般推托均不见允，无奈之下不得不说，今天是老父亲七十八岁寿诞，他必须赶回去。工人们这才放他走了。令他没有想到的是，工人们竟然记住了这个日子。第二年的这一天，当修保下班时，几名老大姐竟然等在门口，她们是专程从长春赶来给修保的老父亲拜寿的。那一刻，这一份情意，修保没办法拒绝，只好把这几位老大姐请到了家中，像家人一样，给老父亲一起过生日。从此，一连几年，每到这个日子，无论修保怎么婉拒，编出何种理由，哪怕妄称自己出差在外，都没能阻止这几位老大姐准时出现在他面前或者等在他家的门口。直到修保的老父亲过世，这一惯例才终止了。

在介入化解这桩上访案期间，不知不觉地，他与这些老工人来来往往已有六年。六年里，他一次又一次地前往长春，到这些退休工人中间调查取证，听取诉求；到法庭出席庭审，为工人代理；参加各级政府有关部门召开的各种协调会、听证会，为工人们呼吁。他与工人们相处得如亲人一般，每次看到他们流泪，听到他们委屈地诉说，都如家人遭受不公一样难过。他义务为他们四处奔波，各方呼吁，希望唤起社会对他们的关爱；他用真诚安抚、用真情感化，就是想让这些老工人感受到社会的温暖，摒弃心中的愤懑，并尽快回归正常生活。

◎ 吉林省通用机械厂劳动服务公司职工带着秧歌队为省人大和修保赠送牌匾

那天，当修保将最终的好消息告诉工人们时，那一场群情沸腾的局面，令他至今难以忘怀。当他告别离开时，工人们依依不舍地一路相送，一次次地鞠躬拜揖，一次次地跪地叩谢，那情景令修保热泪奔流。他一次次地回转身，逐个扶起跪地的老工人，他真的承受不起这样的重谢。他只是履行了一名律师、一名人大代表的职责而已。当你所代表的人民，用这样一种方式来表达谢意的时候，其实并不是一件让人高兴的事。

而今天，修保却乐得接受这块牌匾，而且很看重这块匾。他把它挂在了办公室的墙上。他清楚，那是人民给予他的赞誉，同时还意味着责任、义务、付出。

补记：

省总工会干部訾波为宣传全国劳动模范修保的事迹，曾经制作了一部电视专题片《咱们工人的律师》，为此他多次采访修保及相关人员。他记述过这样一个场景：

"为了拍摄，我和修保一起去吉林省通用机械厂劳动服务公司家属区。听说修大律师要来，职工们一传十、十传百地都出来了。当这些等了很久的老工人看到修保时，一个个都挤了过来，把修保围得里三层外三层，很多职工都流下了热泪。

老工人们又不知从哪儿雇来了秧歌队的喇叭匠，三支东北唢呐一起吹响了《爱的奉献》的曲子，现场一片哭声、喇叭声。我用话筒采访时，出现了一个个工人抢话筒的场面。很多老工人边说边哭，话都连不到一起。很多老工人抓着话筒不放手，一说就说个不停，旁边的老工人就都来插话。

采访结束了。我们准备收拾摄像机往回走，当修保返身从通用机械厂职工家属区往外走时，几百名满头白发的老职工齐刷刷地都跟了出来，有的向年龄比自己小的修保作揖，大多数边走边抹眼泪。修保一次次返身，也没有把这些工人劝回去。看着职工们哭泣的场景，修保心里特别难受，特别感动，和工人们抱在一起。

不知何时，不知谁起的头，三支唢呐又吹奏起《十送红军》。

我做新闻工作二十多年了，采访了成百上千人次，也是第一次遇见这样感人的场面，我当时也鼻子一酸，眼泪在眼眶里打转。"

第二节 摘下"冤"的条幅，我代你申诉

2005 年 1 月 26 日。又是一年省人代会，会议地点在吉林省宾馆。

上午的会议结束时，修保走出宾馆大门，看见有数百人围着一位女访民。女访民声嘶力竭地哭喊着"冤枉"，试图冲开安保人员的防线，却被拦住了。

修保没有随着其他代表登上回驻地的大客车，而是径直走到这位女访民面前。

女人有四十多岁，身上披着一块白布，上面写着黑色的大字，一气呵成的几个"冤"字格外刺人眼目。女人肯定在这里闹了好长时间了，脸颊和鼻尖冻得通红，眼泪凝结在衣襟上。因为无助，也因为无奈和悲伤，女人的眼神中透出的是绝望。

修保对她说："我是人大代表，也是律师。你有什么冤情可以跟我说，我会帮你申诉。不过，你得把这个写着字的条幅摘掉，这影响太不好了……"

女人很听话地点头，边流泪边摘下了条幅，跟着修保回到了人大代表们的驻地。

女访民叫杨玉珍（代名），吉林省敦化市人。八年前，她的女儿因

为一起医疗事故导致终身残疾。经当地法院判决，医院承担责任，赔偿损失及后续治疗的全部费用。官司虽然胜了，但医院方却拒不履行法院判决。杨玉珍只得再次起诉，法院却不再受理。她一介普通百姓，没有别的办法追讨这笔赔偿款和医疗费，只能上访，谁知，这条上访之路竟是那样漫长，她从敦化市走到省城长春，又走到北京，竟然走了八年，却毫无结果。从来也没有人或哪个部门再认真过问她这个案子，只是将她当作一个难缠的上访户，要么避之唯恐不及，要么强行驱离。

杨玉珍边哭边说："我这次是抱着誓死告状的决心来的。如果再没有人理我，我就跳楼。"

杨玉珍最后一句话，惊出修保一身冷汗。他苦口婆心地劝，把道理掰开了揉碎了讲，又从法律上一条条地分析，并表示自己会义务帮助她和女儿依法维权。修保又打电话联系上杨玉珍的女儿，请她劝其母亲不要寻短见。

修保还当场电话联系了省高级人民法院的几位庭长，将杨玉珍的申诉做了说明。几位庭长对这位人大代表很是尊重，当即来到代表驻地，表示过问此事，依法立案处理。

看着修保这样尽心尽力地帮她，杨玉珍终于冷静下来，答应不再采取激烈方式上访，等着修保开完人代会后帮她走法律程序申诉。

杨玉珍千恩万谢地走了。

修保却遭到种种非议。

有人说，这是修保和他的当事人共同上演的一出戏。

还有人想起上一次的省人代会，修保也是自作主张出面接待上访人，便发出疑问："修保是不是利用人大代表的身份，为自己沽名钓誉？"

修保没做任何解释，他也从不解释。他从另一层面和高度上，来为自己的行为正名。2005 年 6 月 24 日，他撰写并向省人大常委会提交了《关于建立"人大代表信访监督员制度"的建议》，理由有四：1、人大代表多数来自基层，是人民群众的代表，更了解群众疾苦和社情民意；2、人大代表是国家权力机关组成人员，是人民群众选举的替人民行使管理国家事务的代言人，面对上访群众，他们能在一定意义上缓解群众的上访情绪，对上访人来说有可信度；3、人大代表具有法定的监督权，在同涉访部门共同接访时，如发现被监督部门有侵犯人民群众合法利益的，信访人员不便说的话，可由人大代表行使批评、建议、质询和罢免等法定权力；4、人大代表中有各类专业人员，有的对法律、经济等问题有专长，在信访机关设立人大代表监督员制度，既能发挥代表从无利害关系第三方角度协助化解矛盾，也能让代表履行好法定义务。

修保提出的建议，正是基于充分调查和多年参与化解上访案件的经验，因而具有说服力和可行性。

杨玉珍在多年上访未有结果之时，选择了在省人代会期间上访，是因为她把希望寄托在这些人大代表身上，她觉得会有人大代表为她做主，为她发声；她肯定也认为人大代表就应该为她申诉为她代言，因为她是人民的一分子，选人大代表她有一票的权利！杨玉珍的行为，说明她心中还存着希望，那是对"公道自在人心""世上总有说理的地方"的一种不灭的信念，而这种信念，就应该体现在人大代表的身上。如果人大代表连这点儿信念都不能让她如愿，那才是最可悲最绝望的事情。

修保给了她希望和信心。

省人代会闭幕不久，修保就接到了杨玉珍和她女儿的电话。杨玉珍兴奋地告诉他，法院已经开始受理她的案子。她女儿在电话里哭着说："修伯伯，我要不是行动不便，我一定会去吉林市见见我全家的恩人，是你救了我母亲一条命……"

听到这样的话，有谁能不感到欣慰？以往遭受的误解、委屈和指责，便也不在话下了。

修保当时的心境，就是这样。

修保还有一个最朴实的信念：多做善事多救人，终会有好报。

在提出建立"人大代表信访监督员制度"的建议之后，修保又通过走访群众，梳理经手的上访案以及各地发生的上访案中带有普遍性倾向的问题，再一次提出了"阳光审判"的建议。他提出，在不涉及国家机密和个人隐私的各类公开审理的案件，人民法院应允许摄影摄像、旁听人可以做记录，以增加司法的透明度，减少司法舞弊，从而减少或者避免群众因司法不公或者不懂法而导致的上访案的发生。

2007 年 6 月 26 日，修保收到了省高院对他提出的建议的答复：在不涉及国家机密和个人隐私的各类公开审理案件时，法院不应以各种不正当的理由拒绝新闻媒体及记者的旁听和采访。

这是司法审判公开的又一进步。

十年后的今天，修保谈起这件事，还是很欣慰。虽说司法审判公开的这一变化不算大，但在当时来说，已是迈出了一大步。如果司法审判全程都在阳光下进行，真正做到公开透明，相信我们的司法环境会变得越来越好，而因枉法、渎职等导致的涉法信访案件也会大大减少。

修保坚信这一点。

第三节　这个案子不翻过来，我就不当人大代表了

2016 年 11 月 24 日上午，修保正在办公室接待几位因征地补偿款问题上访的农民，他的手机响了。来电话的是纪小珍，她告诉修保，刚刚接到省高院的再审通知。修保让她在电话里念了一遍"通知"内容，然后告诉她："你们申请再审的官司赢了！省高院已裁定撤销了一审和二审的错判。"又说，"你一会儿把法院'通知'送过来吧。"

　　电话那头的纪小珍答应着，兴奋地说："修律师，今天是感恩节，是老天的意志，给我们送来'通知'。我和我丈夫要好好谢谢你，是你救了我丈夫的命啊！"

　　修保乐了，放下电话，一脸喜气地对几位上访的农民说："今天是个好日子，又有一家人有救了。你们也不要再进京上访了，你们的问题，一定会通过诉讼程序解决……"

　　修保送走这几位上访农民，办公室里暂时清静下来，我问起纪小珍的事，修保感慨不已。半年了，这个普通的工伤赔偿案的审理，让当事人谭海宽和他的妻子纪小珍倍受折磨。今天这个再审通知，无疑是一个好消息，且不说最后再审的结果如何，至少能让当事人一家感受到法律的公平，感受到这个社会的温暖，也会让他们对今后的生活重新燃起希望。修保在电话里听出了纪小珍的兴奋，这个曾经茫然无助、整天以泪洗面的女人，又恢复了她乐观的天性。

　　修保没来得及跟我说更多，就出门办事去了。我等到了纪小珍，

◎ 谭海宽在"息访代理协议"上签字。右为吴伟律师

她跟我讲了许多与这桩案子有关的事。

2016 年 5 月的一个早上，修保刚刚在律师事务所的楼门前下车，一个中年女人就迎了上来。她急切地说，她找了他快两个月了，说她在这儿守了他一个多月了，还说她早上六点多钟就等在这儿了。

这个女人就是纪小珍。她的丈夫谭海宽在吉林市哈达湾的一处拆迁工地干活时被砸成重伤，几番抢救，总算保住了一条命，却失去了劳动能力。经鉴定，谭海宽左前臂截肢、左锁骨骨折、左肩胛骨骨折、左侧六根肋骨骨折等，被评为一个五级残、一个九级残、一个十级残，并为部分护理依赖。高额的医疗费用和后续的康复治疗，让这个靠打零工维持生活的家庭背上了沉重的债务，陷入了绝境。而雇用谭海宽的吉林省某建筑拆迁有限责任公司，仅仅付了前期部分医疗费用后，便再不肯承担责任。纪小珍多次与该公司交涉未果，又几番受到威胁和恐吓，逼得她和丈夫走上了诉讼的道路。可一审、二审下来，却把一个明明白白

◎ 纪小珍在"息访代理协议"上签字。右为吴伟律师

的劳务关系判成了买卖关系，进而判决拆迁公司只承担百分之十的伤残赔偿金。显失公允的判决结果，令纪小珍和谭海宽根本无法接受，这才走上了上访之路。他们相继去过吉林市政府、市建委等多个相关部门，甚至去了北京，都失望而返。伤病的痛苦和生活的困窘让谭海宽绝望了，他谋划着再次进京上访，如果再没有什么结果，就死在天安门前。

纪小珍是个朴实善良的女人，为了给丈夫筹措医疗费，她已经借遍了能够借给她钱的亲朋好友，她不知道靠什么还清这些债务，而后续的治疗仍需要巨额费用，她也真的走投无路了。她知道丈夫心中的谋划，她不想看到丈夫走那条绝路，可她一个弱女子，人单力孤的，根本没有能力改变现状。她坐在法院的大门外，唯一的发泄办法，就是哭。

一对老夫妻路过她的面前，被她的哭声绊住了脚，关心地询问她为何哭，得知她的窘境，好心地告诉她："在光华路上有一个信访法律服务中心，那儿有个叫修保的律师，专帮助像你这样的人。你去那儿求助一下试试。"

纪小珍去了，找到法律服务中心所在的司法大楼。修保没在，但她在走廊的展示栏里看到了修保的照片，是修保接待来访群众的场景，她用手机拍下了。有人告诉她，修保的律师事务所在北京路，他很忙，不太好找。她就去了北京路，找到了保民律师事务所。接待人员告诉她，修律师出去办事了。改天又去，修律师又出差了。阴差阳错地，这一守，就守了一个多月。纪小珍坚信，只要修律师在这里，她总会等到他。这天早上，她六点钟就到了保民律师事务所的楼门前，她手里拿着手机，手机里有修保的照片，她注视着每一个靠近楼门前的人，对照着，生怕错过了。早上没来得及吃早饭，饿极了，匆匆忙忙在旁边的小卖店里买了个面包，连瓶水都没舍得买，干嚼着，眼睛仍紧盯着目标可能出现的方向。终于，一辆汽车停在楼门前，下来两个人，纪小珍一眼就认出其中的一位是修律师，她早已从照片上熟悉了这个面孔。她赶紧迎了过去，心急加上刚才吃面包没喝水，她跟修律师说着话，却禁不住地打嗝。修律师把她请上了楼，请她坐下，给她拿了一瓶水。纪小珍喝了几口水，说话顺溜了。她开始向修律师倾诉，边说边哭，她觉得是在向一个可以信赖的人讲述自己的委屈和不幸。

这是修保第一天见到纪小珍的情形。那天，他耐心地听她讲，仔细地询问每一个细节，看了她带去的法院判决，然后告诉她："我帮你免费打这个官司。我会尽力。打赢了，那是法律的公正；打不赢，也不要绝望，无论如何，我会帮你和你丈夫找到一份合适的工作，让你们今后的生活有保障。但是，你们不能再上访了，更不能用极端的方式维权。要相信法律会给你们一个公道的。"

这番话，已经不仅仅是从一个律师的角度讲的。他从不给他的当事人打保票，但他会给他们以生活的信心。对像纪小珍这样处于困境的当事人，他除了要帮他们依法维权，还希望他们能摆脱困局，走上正常的生活轨道。因而，除了正常的律师工作，他又给自己施加了太多的责任。

2016 年 5 月 9 日，谭海宽和纪小珍来到吉林市信访法律事务服务中心，郑重地在《息访代理协议》上签上了自己的名字，中心指派的律师修保、吴伟也签上了名字，承诺免费为"甲方"提供法律帮助。

"中心"正式介入此案。"中心"副主任张允海亲自帮助谭海宽起草再审申请书。在案情研究会上，经过"中心"全体律师和法律专家集体讨论，大家一致认为：一、两级法院没有查明本案关键事实，即雇佣谭海宽的公司是否具有建筑拆除工程资质证书。实际上，该公司原有的《资质证书》有效期至 2012 年 12 月 31 日。也就是说，在该公司与乙方公司签订《房屋拆除合同》时，这份《资质证书》已经失效；二、两级法院认定该公司与聘用的孙洪喜找谭海宽来工地干活，以拆一块砖公司得 0.12 元、谭海宽得 0.08 元的计算劳动报酬方式为买卖合同关系是适用法律错误，双方实质是劳务承包关系；三、谭海宽不具有所"卖"红砖的所有权，被拆迁房屋依《拆迁合同》约定归拆迁公司所有。据此，一审、二审法院认定事实不清，适用法律错误，应依法纠正。

那天，纪小珍应约去"中心"见张允海。对于她这样一个普通得不能再普通的百姓，每一次去见政府或者司法部门的人，都是硬着头皮。若是没有这一场灾难，她只是安分守己地过着小日子，或许一辈子都不会也不想跟这些部门或者人员打交道，但现在，她却不得不以一个上访者的身份，频频出入于平日里望而却步的大门，还得承受各种各样的目光和脸色，这对于她来说，无异于一种折磨。可为了生活，为了替丈夫争回自己的权益，她改变了原有的生活轨道，也改变了一贯的处世态度，充满戒心和不信任。而这次，当她迈进"中心"所在的司法大楼、乘坐电梯一层层接近八楼时，她的心是充满希望的。此前在修律师的办公室时，听着修律师和张律师通电话，听着他们谈论有关她的案子，知道他们在为她的事操心，她感动也感激。不过，此时，她的心中还是有些忐忑，她不知道张律师是不是也像修律师那样平易近人？还有，修律师和张律师通电话的时候，一直没谈到费用的事，那么，她该交多少钱呢？可是，她再也拿不出什么钱来了！

走进那个不大却很整洁的办公室，纪小珍看到的是一张亲切的笑脸。张允海，曾任吉林市中级人民法院常务副院长，毕业于吉林大学法律系，出版过《怎样打官司》《刑事审判方略》等法学专著。退休后，他欣然受聘，出任信访法律事务服务中心副主任，以他对法律的忠诚，多年从事法律审判工作的经验，还有匡扶正义、追求公道公平的社会责任，接手化解一桩桩涉法涉诉上访案。虽从事了一辈子法律工作，却没有变得脸冷心硬，而他天生的一张笑脸和幽默感，更能让每一个接触他的人都感觉着放松。纪小珍当时就是这种感觉。

谈了案子，谈了下一步都需要做什么怎么做，谈到最后，就是没

◎ "中心"与纪小珍、谭海宽签订的息访代理协议

谈代理费的事。纪小珍忍不住了，主动问需要交多少钱? 张允海笑了，说："我们不收钱，我们免费为你代理再审申诉案。"

纪小珍一颗忐忑的心终于彻底放下了。见过了修律师、见过了张律师和吴律师，她从他们的言行中领悟到，她是遇到贵人遇到好人了。想想她和丈夫的上访经历，在连连受挫几近绝望之时，正是有这些好人贵人的相助，才让她支撑到今天。好人贵人的能力不同，但却以各种方式温暖着她，哪怕是一句安慰的话，一个善意的指点，都能让她铭记在心。丈夫在医院住院治疗时，他们没有了治疗费和生活费，病友们你一百他二百地掏钱捐助，有一位军人一次就拿了五百元。她还记得一位女记者，那时她正一边护理躺在医院的丈夫一边四处申诉，女记者到医院办事时偶然知道了她的遭遇。女记者拿出相机，对着她丈夫的伤处"咔嚓"了几下后走了，不一会儿又返了回来，拿着洗印好的几张照片，说你拿着这几张照片去法院吧，比你用手机照的清晰。临走，女记者又给她留下二百元钱，说："大姐，我能帮你的，也就这么多了。"直到女记者走得没影了，纪小珍才想起还没有问人家名字，甚至都不知道她是

◎ 修保和吴伟律师（左）与委托人谭海宽、纪小珍在省高院前准备参加庭审听证会

哪家报社的。但纪小珍记住了这位女记者的容貌，虽然她弄不明白女记者说的"只能帮你这么多"的含义是什么，但她感激女记者，感激女记者在她危难之时的善意关怀。

2016 年 8 月 3 日上午，纪小珍和谭海宽随同修保、吴伟驱车来到吉林省高级人民法院，参加再审听证。这是省高院的听证会，那份庄严和庄重令人肃然起敬。纪小珍知道这是决定自家命运的关键时刻，她根本没想到她能把官司打到省高级法院来，若没有修律师和吴律师的帮助，投诉无门的她和丈夫还真不知道会选择怎样的申诉之路。案情的复杂远不是她一介普通百姓所能想象的，她说不清其中的原因，看着律师给写的状子，里面列出的法律条文还有术语，她都看不太明白，她只认为自己有理，有理就能走遍天下。可要辨清这个理，竟然有着这么复杂烦琐的过程，这是她不能理解的，一审、二审法院的判决已经让她失去了信心，是修律师他们坚定了她心中的那份信念。此刻，坐在省高法的法庭，她无法预料结果，修律师和吴律师就坐在她旁边，脸上都是一副自信的表情。这让她惴惴的心稍许平静下来。

当听证进入单方征求意见、她和谭海宽被请出听证会会场时，纪小珍知道辩论并没有结束。法庭里，争论仍在激烈进行，有修律师和吴律师的声音，有被上诉方代理人的声音，有法官的声音。坐在场外的纪小珍极力要听清里面都在说什么，他们每个人说的话，都有可能成为决定她和丈夫命运的依据。

渐渐地，修律师的声音高了起来，传出庭外，清晰贯耳："……这是一个依事实和法律必纠的案子，人民的法院应当依法保护平民百姓的合法权益。这个案子我会代理并监督到底……我宁可不当人大代表了，我就不信，这个案子依法会翻不过来！"

修律师的声音很激动，那种愤慨之情有着很强的穿透力，冲击着每个人的耳鼓和心脏，无疑带有刺激性。纪小珍能想象出听证会场的气氛有多么紧张，那就是说，她的上诉案前景仍然不明朗，被上诉方肯定力拼到底，修律师的情绪那么激动，显然是遇到极大的阻力了。那么法官会怎么判？修律师能说动法官吗？他那么大的声音不会得罪人吗？他说宁可不当人大代表了、也要把案子翻过来是啥意思啊？

纪小珍感动了，感动于修律师义无反顾的凛然。直到听证会结束，修律师和吴律师走出法庭，纪小珍的眼里还含着泪水，那是感动，也是感恩。

2016 年 12 月 20 日，省高法下达民事裁定书（2016）吉民再(256)：撤销原一审、二审法院民事判决，本案发回重审。

2017 年年初，吉林省"两会"如期召开，会上，修保对来参加小组讨论的省高院领导表示，应该好好表扬一下此案的主审法官，表扬他们依法裁判、为民做主。这是他作为人大代表的建议，自然有力度、被重视。

纪小珍说："等案子最终判下来，我要给修律师送一面大锦旗！我信佛，我每天都拜佛保佑这些好人一生平安。"

这是接到再审通知书的那天，也就是感恩节那一天，纪小珍亲口对我说的。

作者手记：

作为省人大代表，修保在他的律师职业中，充分发挥了这一身份赋予他的"特权"，他有资格以省人大代表的身份对审判机关提出批评和建议，也有义务参与社会调查和走访，了解社情民意。这种"特权"在方便工作的同时，也会警醒或震慑个别公权人员的非法之举和枉法之念，尤其在为弱势群体争取权益、化解上访案件时，修保毫不吝惜借用他的代表身份，他有建议罢免权，有表达弹劾意愿的机会，也有义无反顾的勇气和甘愿付出的意志。毋庸讳言，在人大代表中，有只会举手投赞成票的、有把代表身份当作护身符的、有人云亦云毫无见地的、有明哲保身的、有通过"贿选"或其他不正当手段当选的。相对于这些人大代表来说，修保或像修保这样的人，作为人大代表才当之无愧。

◎ 修保代表与社区居民座谈征求民意

◎ 省人大代表修保在征求民意

　　也毋庸讳言，人大代表的选举一直以来都是一个非常敏感的话题。一些人靠"贿选""拉选票"等上位的现象已是公开的秘密，甚至个别地方接连发生贿选窝案。2014 年爆出的"湖南衡阳市省人大代表贿选案"，因涉贿选被处理的人数达四百六十六名；2016 年爆出的"辽宁省全国人大代表贿选案"，因贿选被中止全国人大代表资格的达四十八名。两组数字，触目惊心，每一个正直的公民都不会无动于衷。而早在 2008 年，修保就曾经在他撰写并公开发表的《论人民的权利与代表的义务》一文中，抨击这一被人民群众深恶痛绝却又无可奈何的现象，并揭示了症结之所在——

　　　　在这些地方，根本谈不上人民对自己的代表候选人有什
　　么知情权，更谈不上广大人民群众的参与权和表达权及监督
　　权了。其结果是除中央下派的候选人具有普遍代表性外，对
　　这些地方"选上"的代表，人民群众根本什么都不知道，只

是在选举结果公布后知道了代表的名字。这些被"选"的代表多数是被监督者却又因此成了监督者。……人民的代表应当是爱党、爱国、爱人民并模范遵守法律的典范，人民需要的是能听取他们的心声，体察他们冷暖，关心他们生活，并帮助他们解决实际问题的代表，而不是有钱有势的"老爷"代表。这样的代表，看着老百姓高喊要见自己的代表时，这些"人民的代表"竟无一人能来到我们人民群众之中。因为这类代表只知对"上"负责，他们不是我们百姓的代表……一些企业老板千方百计争当代表的目的就是为了人大代表这种法定保护和光环。在履职方面，这种代表几年都没提过一个涉及国计民生的议案和建议，"两会"成了这些人拉关系的"市场"……

已经爆出的"湖南衡阳贿选案和辽宁贿选案"可以佐证，修保所揭示的这些现象，绝不是他的一孔之见。人人都知道的秘密，只因为没有人捅破，便还是秘密。修保站出来，大声说出来了，从这一点也可见，作为人大代表，修保说出了人民的心里话，他在履行人大代表的使命和职责。

2013年年底，在吉林省"两会"召开前夕，修保专门与吉林市新媒体松花江网站合作，开辟了"人大代表修保诚征民意上两会"专题。主持人的推介语是这样说的："两会"又要来了，您是否有话对"两会"说？即日起登录松花江网，把您想说的话告诉吉林省人大代表修保，让他带着你的声音去"两会"！

修保说："很多人对政府的行政工作有很多话想说，但不知道应该找谁。找我修保就可以。只要你的问题确实反映了当下社会的一种普遍呼声，是站在广大人民群众的角度提出来的，我修保一定会带它上'两会'。""如果你的意见可以采用，我一定联系你，并且在'两会'后将结果反馈给你，即便不能用，我也会给出答复，告诉你为什么不能用。通过这次民意征集，我一是希望能把最基层最普遍的呼声带到'两会'上去，二是希望拉近人民群众和代表的距离，告诉大家，人大代表是对人民负责的，有什么话都可以跟代表说。"

◎ 省人大代表修保在征求民意

　　修保还说："民意其实反映的都是生活中最小但是却最关乎民生的问题。我的很多提议在某些手握权力的人眼中都是可笑的，例如我提议让临街的所有商铺开放卫生间免费供市民使用。这是最实际的事，是很多人希望实行的事。其实身边的很多事大家都很关注，例如食品安全问题啊、药价虚高问题啊，办房照难的问题啊，手机垃圾短信、诈骗短信的问题啊，等等一些这样的问题，我都想听听来自民间的声音，想知道最普通的老百姓对于这些问题有什么样的看法，对于解决这些问题有什么办法。"

　　正是基于这样的理念和作为，自 2001 年当选区人大代表直至省人大代表以来，修保每次参加人代会前，都积极准备，搞社会调查，征求民意，撰写建议等，那记满了整整十一本的人大代表履职记事本可以作

◎ 修保撰写的代表建议（部分）

证。也可以说，他从未空手赴会，每一次都会带着自己精心准备的建议。盘点十几年来修保提出的建议和方案，竟然有上百件之多，《关于保障公安民警依法履行职务的建议》《关于尽快解决农民房照问题的建议》《关于增加法律援助资金的拨款，加强对社会弱势群体保护的建议》《关于建立人大代表信访监督制度的建议》《关于改革高考中要求考生提前填报志愿制度的建议》《关于简化转学程序的建议》《关于改革现行医疗制度的建议》《关于加大对养老服务机构政策扶持的建议》《关于解决物价油价上涨情况下出租车运价不合理问题的建议》《关于允许出租车拼客、增加司机收入的建议》《关于专项打击黑出租车的建议》《关于解决无地农民生活保障问题的建议》等等，每一件都与民生息息相关，每一件都是老百姓热切关注的问题，而每一个建议，都基于修保亲自进行的社会调查，有事实有根据，有现场有数据。有时为了得到最真实的情况，他会像卧底一样去亲身体验、实地调查。至今，修保提出的建议有多项已经被采纳。其中《关于改革高考中要求考生提前填报志愿制度的建议》，是修保用了近一年时间经常到学校、社区向考生和家长征求的民意，尽管这是基于百分之九十六的民意调查，尽管提出后得到省级领导的关注和肯定，却因有关部门的罔顾民意、个别主管领导的主观臆断和官僚思维而被耽搁下来。修保却锲而不舍，连续五年在省人代会上提出同一建议，终于促成了考生考后填报志愿政策的出台。

2017年的省"两会"是在春节前召开的。在人大代表小组讨论会上，修保被人推荐发言。其实这已经是惯例了，因为他不盲目吹捧唱赞歌，也不厚着脸皮说违心话，而是有内容有观点有建议，说出的都是最底层的民意，大家都愿意听他发言。他平日参与化解上访案，天天听到老百姓喊冤叫屈，因而每次在小组会上发言，说起老百姓的事，总是激动，常常控制不住情绪。在北京当律师的儿子曾经给他发来一条短信，"祝爸爸参加省人代会期间一切顺利！希望爸爸在为民代言、伸张正义的同时，能保持克制和冷静。"可见修保的容易冲动已是常事。有一次在接受《新文化报》记者采访时，修保说，"我其实是心里着急。作为一名省人大代表，一方面我要起到监督作用，另一方面也是百姓和党及政府之间的桥梁。我必须得把老百姓的声音反映上去，让这些社会矛盾得到解决。我觉得这才是一个人大代表应该发挥的作用。"（2014年1月23日《新文化报》）

这次，修保发言时又没控制好情绪，激动之下还拍了桌子。他说到农民因为卖粮难而杀不起过年猪的问题，说到桦皮厂镇一百三十五名农民工被拖欠工资问题，还说到个别法官枉法裁判的问题。他说的都是亲眼所见亲身经历，有根有据，感同身受之间，就控制不住动容动气。

过后，修保也有些后悔，他说，"都这么大岁数了，还控制不住自己的情绪，这不好。"

说时，修保很无奈地摇着头。

第六章　胸怀和格局：一个大律师的担当

作者手记：

　　修保在为普通百姓依法维权的同时，常常与政府的职能部门或者司法机关打交道，双方往往是原告与被告、上访者与被访单位的对立关系。复杂的案情、错综的关系、烦琐的程序，加之一些人为设置的障碍，使得这些案件的化解和审理经常一波三折。修保的强硬、善辩的口才和容易冲动的性格，经常让对方难堪。对峙的场面有时可以用剑拔弩张来形容，令人担心如何解局。得罪人是不可避免的，认为修保不听话的领导不是没有，有机会就为难一下这个刺儿头的实权人物也大有人在。用修保自己的话说，他已经把有些人得罪透了，他能感觉到那些别有意味的目光，更体验到步履维艰的困局。庆幸的是，修保却一直与官方或者说政府职能部门保持着良好的关系，表面看有些让人不可思议，但细细琢磨，也就不足为奇。一个好律师，尤其作为一个有着责任和担当意识的好律师，是被人需要的。当他的价值被认同时，他的能量是不可限量的。政府的决策者们完全能够看到这一点，聘请修保出任政府法律顾问，就是一个很明智很有见地的决定。果然，作为吉林市政府的法律顾问，而且是首席法律顾问，修保发挥了他极大的能量，为政府职能部门挽回经济损失、在政府决策中注入法律观念、在政府对外往来中把握法律尺度、在政府与民众之间建立沟通桥梁，等等，修保的作用是不可或缺的，从某种意义上来说，也是无人可以取代的。

第一节　一份政府为律师请功的报告及内幕

修保自掏腰包为普通百姓打官司的事并不新鲜，但拿自己的钱为官方垫付上诉费用，恐怕也只有他能做得出来。

事情可以追溯到 2001 年，那个时候的修保还不是政府的法律顾问。也可以说，修保还只是个名不见经传的小律师。

那天，修保去吉林市国资局（现更名为国资委）办事，时任国资局局长邹振铎正忙着接电话，修保便坐在办公桌旁等候。无意中的一瞥，他看到了桌上的一份公文，竟是一份省高院的判决书。职业的习惯使他对这类公文很是敏感，便拿起来细看。原来是判令吉林市国资局承担吉林市西关热电厂的债务纠纷的连带赔偿责任，计 3059 万元人民币。

局长放下电话，修保问起了这件判决书的缘由。

局长正为此事焦头烂额，莫名其妙摊上了官司，还输了，输得这么惨，一下子就得赔偿 3059 万元。局长说："我都不知道该怎么跟领导汇报。"

原来，这是一起与国有企业改制变更所有权有关的债务纠纷。

事情还得回溯到 1991 年。吉林市西关热电厂经省计划经济委员会批复节能贷款指标，由吉林市制药厂担保，向中国建设银行船营支行借贷 1296 万元，期限 12 年，年息 7.2%，逾期加收利息 20%。到了 1999 年，该电厂还欠银行本金 1296 万元、利息 1763 万元。当年出具担保书的市制药厂曾经承诺：贷款方未按年度还款计划偿还到期本息，将由担保方代为偿还。

1999 年 12 月 9 日，吉林市制药厂更名为吉林恒和制药股份有限公司，并进行了股份制改造，与深圳某投资公司和深圳某房地产公司共同成立了股份制企业。同年 12 月 17 日，银行将吉林市西关热电厂的债权转让给了长城公司。2000 年 11 月 27 日，长城公司向吉林省高院提起诉讼。省高院判决：长城公司解除与吉林市西关热电厂的借款合同；吉林市西关热电厂、吉林恒和制药股份有限公司和吉林市国资局共同连带偿还欠款本金及利息 3059 万元。而两个企业已关停或改制，根本没有偿还能力，该判决生效后，只能靠政府给付此款，就是说，法院依法可直接执行政府。

听了局长的讲述，修保大致知道了案情的来龙去脉。再看一遍判决书，吉林市国资局被判承担连带担保责任。省高院认为，吉林恒和制药股份有限公司的前身即吉林制药股份集团公司是由吉林市制药厂和深圳某投资公司、深圳某房地产公司共同发起成立的股份制企业，是对吉林市制药厂的股份制改造，属于企业产权变更的一种特殊形式。省高院的依据是最高法（2001）105 号《关于人民法院在审理企业破产和改制案件中切实防止债务人逃废债务的紧急通知》第十条规定，即"对企业股份制改造及吸收合并中，被兼并或被改制企业原资产管理人隐瞒或遗漏债务的，应当由被兼并或被改制企业原资产管理人对所隐瞒或遗漏的债务承担民事责任"。

修保对此案心里有数了。他问局长有什么打算，是认输还是上诉？

局长愁眉不展地说："明摆着是输的官司，上诉也是这个结果。"

修保不以为然，说："如果你信着我，我帮你把这个结果扳过来。"

局长眼前一亮，问："能扳过来？"

修保说："用国家财产偿还企业债务，没有事实根据，也没有法律依据。法院判决适用的法律是错误的。政府主管部门不是企业资产的管理人，国资局依法属于国企股东，只要投资属实又没有抽逃或占有企业的资产，依公司法的规定，股东不应承担被投资独立企业法人外债责任。"

局长见修保说得很自信，也知道他不是轻易许诺的人，更心存期待，如果真能扳回这个官司，又何乐而不为呢？

局长同意了，并委托修保来代理这桩上诉案。

修保再看判决书，明天就是上诉的截止日期。如果明天再不提出上诉，就等于认可了法院的判决，市政府就得老老实实地从市财政划出一笔巨款偿还此债务了，虽说还不知道这笔钱从哪儿出。修保一刻也不耽误，连夜起草了上诉状，第二天，在法律规定的上诉日期的最后一天，将上诉状寄了出去。

几个月后，最高法向吉林市国资局下达了缴纳十六万元上诉费的通知。

一直等到最高法规定的缴费期限的最后一天，市国资局也没有落实这笔钱。修保等得心急火燎，按捺不住性子跑到局长办公室追问。局长苦笑着道出各种原因，却都不是他能左右得了的。事到如今，他也是无能为力了，就等着法院执行吧。

修保却不认可，不认可就得说服局长。可这么大一笔款子而且是用于打官司，不是局长一个人就可以决定的。再说，万一官司打输了，不是又得多赔进去十六万？这责任谁能承担？

时间就在这样的考虑和纠结中流逝过去，看看表，已是下午三点多，再耽搁一会儿，银行就关门了，想汇钱也汇不出去，那可真是后悔莫及了。修保不再劝说，告辞走了。

修保走得有点儿急，有点儿快，时间已刻不容缓。他直接回了家，拿出自己的定期存折，上面有十万元。他把这十万元汇入了律师所的账户，加上账户上的六万元，汇给了最高法，汇款用途一栏写着：吉林保民律师所代市政府国资局缴纳上诉费。

第二天，修保再次来到市国资局，拿出汇款凭据给邹局长看。邹局长的脸上没有喜悦，却是一脸的难色。他知道修保是真心想扳回这桩笃定要输的官司，他又何尝不想？可如果官司输了，这笔巨款该如何处理？看着修保自信满满，局长仍信心不足地问：你有把握？

修保说："案子是我主动要帮政府打的，打赢了我也不收费；如果打输了，这十六万我就奉献了！"

修保说完，当场写下了一份承诺书。

之后，为了这起上诉案，几年间，修保往返于京、吉两地便成了常事，所有的费用都是自己承担。有人觉得他是在冒傻气，有人对他的动机侧目而视，但修保自有一种信念，明明不该输的官司，依照法律，就应该据理力争，如果不能扳回来，那就是一个律师的失败。至于这官司之外的得与失，他无暇顾及。

作为上诉代理人，在最高院的法庭上，修保表达了自己的代理意见，他认为，企业担保债务，依法应由企业对外承担责任，而政府作为企业的投资主管部门，在没有约定责任的前提下，依法不应承担任何责任，要判决政府承担此债务，必须要有证据和法律依据……

修保的陈述有理有据，条理清晰，得到了合议庭的支持。最高法以原判决事实不清、证据不足为由，裁定撤销一审判决，发回原审法院重新审理。

这一裁决让修保更有了底气，市国资局领导更是大喜过望。接下来，修保没敢懈怠，而是更积极地研究与案件有关的国家政策、法律条文、相关原始合同以及历次开庭的审理卷宗，以最佳的状态应对省高院开庭重审。

一年后，重审结果出来了。令人大跌眼镜的是，不仅原判决没有得到纠正，而且，市国资局还被判令承担 5776.85 万元的外债连带清偿责任。面对这个结果，修保哭笑不得，他甚至无法向市国资局领导交代，那一份信任、那一种期待，都是他无法敷衍的。

修保不是个轻易服输的人，尤其在认定自己占理的前提下，往往是越挫越勇。这次，他没有一丝犹豫，再次上诉至最高人民法院。

这次，他在法庭外也做了些功课。

◎ 修保被授予吉林市劳动模范奖章

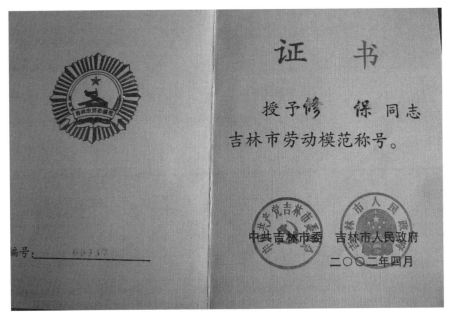

◎ 修保被授予吉林市劳动模范证书

在北京，通过朋友，他约请了著名民法、经济法专家江平教授，共同就这桩上诉案会商，为自己的代理意见寻找权威的法律支持；

在 2004 年的省人代会上，修保就国有企业改制过程中，如何避免国有资产流失的问题，发表了意见，得到了参会领导的高度肯定；

修保还做出了一个大胆的举动。他给国务院国资委写了一封信，反映了关于涉及政府和国企的不良银行贷款不能抵债转让给个人的问题，提出了应在国有企业改制过程中注意防止国有资产流失的情况。令修保欣喜的是，半年后，国家就出台了上述限制规定。

修保的种种努力，已经超出了代理一桩普通债务纠纷案的范围，他从单一的案件中看到了一种很可能蔓延的现象，更看到了一种危机。这是他的眼界和胸怀，也是一种责任意识。因而他在法庭外的举动，就不单单是为了赢得一桩官司。他希望通过此案的审理，唤起全社会的警觉，防止国有资产的流失，避免在国有企业改革改制过程中偏离正常轨道。

针对此案，修保提出了三点上诉意见：其一，市国资局没有实际占用或处分担保人吉林市制药厂的任何资产，也未抽逃担保人的注册资金；其二，原审判决将"被改制企业原资产管理人（出资人）"认定为市国资局是错误的；其三，吉林市制药厂的全部财产和全部员工均保留在改制后的吉林恒和制药股份有限公司，那么其债权、债务也应当由吉林恒和制药股份有限公司承担。

修保的思路非常清晰，思维缜密，上诉意见中的逻辑关系一环扣一环，引用法条正确而且准确，让人找不出纰漏。

最终，最高法裁定，撤销原审法院判决，吉林市国资局不承担担保责任及连带清偿企业外债责任。上诉费十六万元由被告和担保企业承担。

这场上诉案反反复复折腾了五年。五年的时间，修保承受了巨大

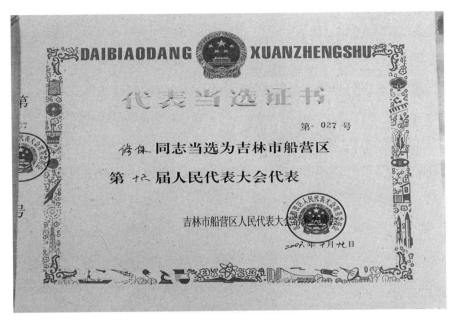

◎ 修保当选吉林市船营区人大代表证书

　　的压力。且不说所有的费用都由他来负担，自身心理的压力、周围舆论的压力还有社会环境的压力，都令他一言难尽。他用他强大的神经和强大的心理素质，默默承受着这一切，无怨无悔。

　　直到五年后，通过法院执行程序，修保才在担保企业拿回了他为政府垫付的十六万元上诉费。

　　修保赢得了信任。他的能力和胸怀，他的勇于担当和付出，更让人们高看一眼。不久，他被聘为吉林市政府的义务法律顾问。

　　2005 年 2 月，吉林市财政局向市总工会、市司法局和市律师协会发出一封表扬信。信中说："修保同志为我市代理了这么多案件，兢兢业业，恪尽职守，从不推脱。他经常加班加点，废寝忘食，而且从未索取费用。在调查取证时，他承担了很多个人不应该承担的费用，但毫无怨言……"

　　2006 年 5 月，市国资局向吉林市人民政府呈送了"关于为维护国

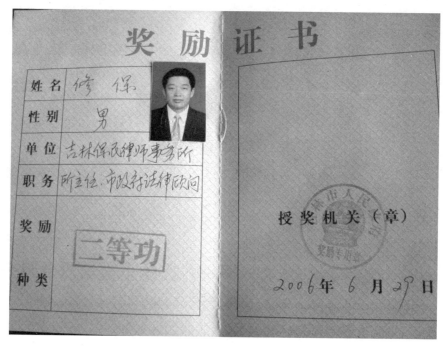

◎ 修保被授予吉林市个人二等功证书

有资产利益做出巨大贡献的市政府法律顾问修保同志请功的请示"。

这是破天荒的一份报告。政府职能部门为一位律师请功，是对修保所做贡献的肯定，更是政府对一位普通律师的崇高赞誉。请功报告很快得到批复：吉林市人民政府为修保记二等功，奖励一万元。

修保的履职能力和担当意识被多个政府部门认可。他先后被聘为吉林市船营区政府法律顾问和吉林市政府法律顾问。这不是荣誉，更不是虚名，而是实实在在的责任。如今，修保仍在吉林市政府法律顾问的位置上。十多年来，为政府有关部门代理案件上百件，为政府挽回和避免损失十三亿余元，为政府提供各类法律意见书一百七十余份，免收律师代理费一千七百万元。与此同时，修保还时不时地依法替那些普通百姓代言，在民告官的行政案件中，帮助政府化解矛盾纠纷。或者，将某些政府职能部门告上法庭……

修保用自己的行为，诠释着政府与律师的独特关系——法与责任。

第二节　让被告在法庭上折服的品德

修保还是吉林市多家大型国有企业的法律顾问。

作为东北老工业基地之一的吉林市，国有企业的兴衰，不仅关系着一座城市的发展，同时影响着国家经济振兴的节奏和步伐。国家改革开放的大趋势，振兴东北老工业基地的战略，以及一个城市发展的规划，无不与这些国有大型企业的兴衰息息相关。做这样大型企业的法律顾问，而且不只是一家，得有真本事，有敢于担当的勇气和魄力，有甘愿付出的精神，还得有让人信服的德行。

2002 年，沈阳一家国有企业濒临破产，导致吉林碳素厂上百万元的债务无法收回，致使企业资金周转困难。那个年代，正是"三角债"

◎ 修保在北京参加全国劳动模范表彰大会时留影

盛行的时候，许多企业被"三角债"拖累甚至倒闭，严重阻碍着国家经济改革的步伐，以致时任国务院总理朱镕基严令清理"三角债"。吉林碳素厂作为国家大型企业，也难逃这种"三角债"的羁绊。与沈阳那家企业有债务关系的湖北某企业也正在破产改制，已无能力对外偿还债务。作为债权人，碳素厂算了一笔账，"追债"本身就是一桩麻烦事，需要花费大量的财力和人力，而能否追回债务，更是个没有把握的事，要账不成再搭进去钱，对于已经陷入困境、职工工资都无法保障的企业来说，恐怕得不偿失。碳素厂做出决定，放弃追讨这笔债务。

作为企业的法律顾问，修保必须从法律上为企业的这一决定做出合理解释。修保调来全部合同及两家企业往来账目，一笔一笔地核实研究，向相关经手人调查，了解对方经营情况和客户关系，然后，向碳素厂管理层提出继续追债的建议。

但是，追债就要打官司，就要动钱，企业现在最缺的就是钱，上哪儿能找出这笔"讨债"所需的钱？一旦讨债不成，不是又得白搭进去一笔？

修保说："我先垫付诉讼费和追讨所需的一切费用，官司打赢了，债追回来，咱们再算账；追不回来这笔陈欠，风险由我承担。"

厂领导相信了修保，全权授予了他代理权。

修保首先向法院提起诉讼。债务关系清楚，一审毫无悬念地胜诉。接下来便是执行阶段。面对一个濒于破产的债务方，这是个非常艰难而且麻烦的过程。债务方就是一个面孔，没钱。如果有钱，我也不至于破产。我承认我欠你钱，别人还欠我钱呢，要不我也不会被拖垮。

作为债务方的企业没有还款能力，它也是被"三角债"拖累了。修保理出与债务方有关的一条清晰的债务链，拿到了一份账单。谁都知道要债难，欠债的是"大爷"似乎已成了一种风气。修保却不信这个邪。在这起追索债务的案子中，修保的韧性和不屈不挠又一次表现得淋

◎ 修保获得的全国五一劳动奖章证书

漓尽致。他配合法院，有针对性地清债，沈阳、武汉、上海、深圳等地，来来回回竟有九个往返，办案和差旅费用花进去十几万元，而其中的艰辛和难堪更是一言难尽。有一次，修保同执行法官去沈阳执行被告人的债务时，竟然被"扣留"了几个小时。

终于，修保为顾问单位清回了一百多万元的欠款。

企业有了这样的法律顾问，可谓如获至宝。

已故吉林化纤股份有限集团公司原董事长付万才就曾经这样说："修保，修保，你就是我们企业的一块宝啊！"

付万才，全国人大代表、全国劳动模范，在吉林市可谓家喻户晓的人物，在全国也是知名企业家。他领导下的吉林化纤股份有限集团公司，曾经是全国同行业中的佼佼者，在国际上也有着重要地位。正是在他主理公司期间，聘请了修保作为企业的常年法律顾问。修保也不负重托，为企业提供多项法律服务，清欠回多笔陈年旧债，代理多项合同纠纷案件。其中，有一年代理八个案件并且全部胜诉的辉煌纪录。

1998 年，修保为吉林化纤股份有限集团公司代理一桩涉外官司。被告方是意大利一家航运公司，因延迟交货造成化纤集团数百万元的损失。这种涉外官司是相当复杂的，在熟悉中国法律的同时，还得掌握国外相关法律，而两种不同法律体系的碰撞，势必是一场不见刀光剑影的恶战。被告方聘请了一位英国大律师和一位香港大律师，可谓不惜血本，志在必赢。

在中国海事仲裁委员会的仲裁庭上，修保作为原告代理人，与被告方四次对阵，可见法庭上的交锋有多么激烈。那种唇枪舌剑、你来我往的情景，以前真是只在电影里见过，但修保清楚，这不是电影，他也不是观众，他面对的，是实实在在的一桩案子，关乎他的委托人的利益。

这场官司终于打赢了。仲裁结果，被告方赔付原告三百一十二万元的经济损失。修保以胜利者的姿态走出仲裁庭，如释重负，他又一次完美地履行了一个国有企业法律顾问的责任。

当修保向付万才汇报案件审理情况时，付万才由衷地说出了他对修保的赞叹。

咀嚼着这句话，你都能想象出付万才当时说这番话时的表情和心情。

修保还曾经为吉林化纤股份有限集团公司代理一桩被告案子。原告是一位包工头，状告化纤公司拖欠工程款。化纤公司认为包工头高估了工程款，拒付欠款，因此成了被告。工程结算单上，清清楚楚地签着化纤集团公司工程负责人的名字，怎么看都应该无条件地交付工程款。官司必输无疑了。化纤公司聘请修保代理此案，只是希望修保能将被包工头高估的款项查清楚。修保接手此案后，仔细审阅每一份工程资料、每一笔账目，亲自跑市场调查建筑材料的行情，很快就掌握了详细的证

◎ 在吉林市"同心律师服务团"法律服务活动誓师动员大会上，修保领誓。

据。更为关键的是，他查明了原被告双方签订的施工合同是无效合同，因为所谓原告单位只是"挂名"原告，实际承包人是其个人，是借用企业资质签的合同。

原告方大概是听说了什么，打来电话，说："听说你办这个案子才拿两万元代理费。只要你放弃代理，我就给你十万元，算是我雇你做我的常年法律顾问的费用。"

修保一口回绝了。

放下电话没一会儿，原告方找上门来，拿出十万元放在修保面前。

修保笑笑，说："我不会为这十万元违背我做律师的良知。"

原告好话歹话都说了，见修保不为所动，临走撂下一句狠话，说："修保，别不识抬举，要你的胳膊腿也用不了两万元。"

之后，在家里，修保的家人几次半夜接到恐吓电话，令亲人为

◎ 修保荣获全国五一劳动奖章

◎ 修保获得的全国五一劳动奖章

他提心吊胆；旁听席上坐着十多个大汉，那逼视的眼神和骄横的表情，一看便知是"社会人"。修保知道这是准备给他颜色看的，是在逼他退缩。修保哪是能被吓着的？开庭时，他仍然据理力争，毫不退让，终于逼得原告方提出和解，并放弃九十七万元的补偿金请求。

闭庭了，修保正在收拾东西准备离开，原告走到他面前，说："修律师，我还是第一次见到你这样的律师。以后我再有官司就找你代理了！"

这话出人意料，言语中充满敬意。这个曾经想用钱买通修保的人，这个曾经想雇人卸掉修保胳膊腿的人，此时却被修保折服了。

作者手记：

修保不是那种满足于办几个大案要案，为自己赢得声誉或者赚个盆满钵满的人，他有更大的抱负。律师生涯打开了他的视野，让他看到了更宽广的世界，有机会探究更深层的社情民意，有平台展示自己的人生理想。胸怀、格局决定着一个律师是否有大作为，真诚善良的本性、悲天悯人的天性、无私奉献的秉性，注定了，一个有着这样品格的人，一定会做到职业生涯的最高境界。

第七章　输赢之间：谁是谁非天在看

作者手记：

20世纪90年代中后期，吉林市乃至吉林省或者说东北三省，都在进行轰轰烈烈的国有企业改革，且不说中央改革的政策步骤和执行者的理解实施的对与错，但作为老工业基地的吉林市，国有企业已经无一例外地面临生存危机，改革势在必行。从上到下，从务虚的思想解放大讨论，到务实的一项一项改革措施，从舆论到实践，从政府到企业，一场势不可挡的改革热潮席卷全市，国有企业改制，整体出售，职工身份剥离，工龄买断、病退、下岗……这些热门词语每天都出现在地方媒体的重点报道、政府官员的讲话报告、百姓的街谈巷议中。那真如一场强烈地震，波及程度之大，几乎每个家庭每个人都无法幸免。那个时候的吉林市改革形势很热闹，那个时候的吉林市人人都在躁动，只是躁动的方式和表现形式不一样，高兴，冷眼，彷徨，困惑，沮丧，气愤，委屈等等不一而足。改革不是一朝一夕的事，成败也不一定马上被认定，人们都拭目以待，但改革的后遗症却很快显现而且带有爆发性的，最能说明问题的就是，市委、市政府的大门前，经常会聚集起两部分人，一是改制企业的职工群访告状，拉横幅，围堵政府大门，拦截出入车辆；二是维持秩序的警察，疏通道路，劝阻激进上访者，保证现场人员安全。因此，市委和市政府大门前经常热闹非凡。

多少次，去市政府办事的修保，因为交通管制不得不让司机改道。每次遇到这样的事，修保的心情都很压抑，并非因为前行受阻，而是一种深深的无奈。国家有明令政策，不许律师介入代理有关国有企业改革改制的案件。修保同情这些下岗职工的境遇，也知道这样的上访并不能从根本上解决问题。它暴露的实际是改革的深层次问题，是各种社会矛盾的显现，但他只是一个普通的律师，他没有那么大的能量解决这些带有普遍性的社会问题，只能凭着一己之力，化解遇到的一桩又一桩个案。

第一节　被勒令退出代理的律师

吉林市印刷厂破产案，在当时是一桩很有轰动性的事件。

对于修保，介入这一桩案子，在为平民百姓代理代言的过程中，由最初的被动接受委托，到被威权勒令强迫退出，再到后来的顽强坚持，充满曲折和变数，是磨砺，是证明，他用自身的坚守，诠释了一个律师的职业精神和良知。

事发 1997 年 6 月。吉林市印刷厂被法院裁定破产，核定资产 2130 余万元，待企业整体出售折现后作为 1253 名职工的安置费，每人约得 1.7 万元。因企业迟迟没有整体出售，这 1.7 万元也就没有落实到每个职工头上。尽管 1253 名职工一夜之间没有了全民职工的身份，尽管 1.7 万元难以补偿他们一辈子为企业的付出，尽管有许多家的下一代因为同在这家企业也一同下了岗、生活暂时面临着困境，他们有怨言有牢骚有沮丧，但他们明白，这是大势所趋，谁也无力扭转，只能接受现实。他们等待着事情的进展，期待着领到这笔安置费后，重新选择谋生之路。

1998 年，企业破产一年后，1253 名下岗职工仍然没有领到安置费。

◎ 上访职工们在厂大门上挂出的横幅

这也能理解，企业没有整体卖出去，换不回来钱，急也没用，他们可以继续等。

几乎同时，他们却等来了另一个消息。21名"原厂领导班子"成员以自然人身份注册了一家新的公司，注册资金937万元。厂址还在原来的地址，领导们也都是原来的领导，连生产车间流程工序都没有什么大的改变，新公司用的都是已裁定归全体职工所有的企业资产。最大的变化，就是1253名原厂职工失去了全民身份，全员下岗，只有小部分人被重新聘用。

1253名职工愤怒了。面对权益受到侵害、国有资产被私人侵吞，他们不再沉默，而是全数走上街头，表达诉求，要求支付下岗职工安置费，要求注销"原领导班子成员"新注册的公司。据有关方面记载，这家企业的千名下岗职工围堵市政府大门就有二十多次。有关部门疲于应对职工代表、多方沟通协商，试图缓解事态，却都无助于平息职工们的愤怒，激起的却是更大的反弹。

在大规模上访的同时，职工们也试图通过法律途径维权。职工代表们联系多家律师事务所，也与多名律师接洽，但一听是涉及企业改制问题，且没有钱打官司，就没有人敢接这个烫手活儿，都一口回绝了。

职工代表们找到保民律师事务所，找到了主任修保律师和党支部书记孟宪贵律师。他们一连来了三次，因为修律师和孟律师没有一口拒绝，在倾听了职工代表们的申诉后，表示要研究一下案情，这让职工代表们看到了希望。职工代表们第三次来的时候，他们握着修律师和孟律师的手流泪了，他们说："如果你们再不管的话，我们就去北京，找全国总工会、找人大、找《焦点访谈》，总会有我们工人说理的地方！"

◎ 修保接待吉林市印刷厂退休老工人

◎ 修保走进下岗职工家中，倾听他们的诉说

　　修保和孟宪贵虽然同情上千名职工的境遇，但他们也知道，依据当时的政策，凡涉及群访案件是不准律师介入的。他们必须先一步请示司法局，才能给职工代表们以答复。这次，修保表态了。

　　修保说："你们的问题，要依法解决，要用法律保护自己的权益；大家都是下岗职工，生活困难，没有钱打官司，我可以免费代理。但不能进京群访，要相信法律会还你们公道。"

　　职工代表们答应了修保。此后一段时间，这批下岗职工再没有大规模聚集到政府群访，他们静等着修律师和孟律师帮助他们维权。

　　调查、走访、取证……走进下岗职工家庭，看到卧病在床的老工人，修保掏出几千元的捐助；到相关部门调查，修保自费阅卷取证；去工商局等政府职能部门咨询协商，修保不怕麻烦，一家一家地拜访……

　　修保还应邀参加了政府有关部门召集的由法院、工商、社保、司法局、原企业主管局参加的协商会。会上，修保拿出了关于此案的法律意见，并提出具体解决办法，供政府决策时参考。

尽管"原厂领导班子"借企业破产之机违规违法操作的事实很清楚，尽管政府相关部门采取诸多办法试图化解这场千人上访的事件，但事件的复杂和发展势态，还是令修保始料未及——

修保带着诉状和职工代表去法院要求立案，得到明确答复：该厂下岗职工讨要安置费一事，由政府负责处理；职工代表起诉新公司侵权一案，不予受理。

有人诬陷他"煽动工人闹事"，他也没在乎，坚信自己是依法维护下岗工人的权益。

令他没有想到的是，时任市政府主要领导，竟然听信诬陷，在大会上公开点名，说有个叫修保的律师"架诉""煽动工人闹事""他想干什么呀""把保民律师事务所关了"。尽管时任某区司法局长说明了事实真相并竭力为修保辩解，但那位市领导却置若罔闻，执意让修保退出。

当权威借用公权行使意志时，个人的力量真是微不足道，哪怕他是一名律师。修保无奈，只得抱憾退出代理此案。

但是，1253 名下岗职工的意志却是坚定的。他们不再寄希望于当地政府，也不再指望当地司法部门，他们要集体进京，向最高权力部门讨个说法。1999 年 1 月 26 日，近三百名职工聚集在火车站，准备进京上访。这样大规模的进京上访，对于当地政府及有关领导来说，无疑是重大压力，无论是社会舆论还是上级组织的评判，都是极大的负面影响。有关部门紧急调动人力，赶赴火车站，进行阻拦。下岗职工们对于相关部门解决问题的态度和能力已经彻底失望，根本不听劝阻。双方进入僵持状态。无奈之际，有关部门只能向上汇报，请求律师协助化解僵局。这时，有人想起了被勒令退出代理的律师修保。

修保接到这个求助电话，尽管心中有再多的不舒服，可事关近千名下岗职工的利益，事关社会的稳定大局，他还是带着所里十几名律师赶去了火车站。对于修保中途退出，职工们本就有着各种各样的猜疑和不理解，此时他又来劝阻，更是让职工们心生不满，个别工人指责他是政府的同伙，甚至直接将他推搡到一旁。误解，有时真的是最大的伤害，因为误解你的人，常常是你想真心帮助的人。修保的心疼了，眼泪蓄满了眼眶。他竭力不让眼泪掉下来，仍是苦口婆心地劝说，并承诺继续义务代理职工们的案子。修保的坚持、真诚、承诺还是奏效了，职工们渐渐平静下来。一个多小时后，职工们被他领回了律师事务所，在重新办理了免费代理手续后，职工们回家了。

劝回了准备进京上访的职工，但离事件的最终解决还有一段艰难的路。在那个行政体制不顺、长官意志盛行、人治强于法治、改革界限混乱的年代，这样一桩事实清楚的案件，而且有上级相关部门的明确指示，处理起来竟然还是一波三折。其间，修保承受着多方的压力，可想而知，需要多么强健的神经和心理素质，更重要的，是要有一颗为民请命的心。

两年后，终于有了结果：1253 名下岗职工如数拿到了安置费，新公司被工商部门依法注销。

事情的解决虽然迟了些，但终究有了令人满意的结果。下岗职工们为表达对修保和律师们的谢意，十元、二十元地凑了上万元，连同一封感谢信，送到保民律师事务所。

修保没收这笔钱，他说，我也是工人出身，现在比你们富有，这笔钱就送给那几家特困职工吧！

修保收下了那封感谢信。信里一共 123 个字，四字一句，显然是用心写下的："……修保律师，正气凛然；忠实维护，法律尊严；免费代理，青天再现；铲除腐败，惩办贪官；真理必胜，为期不远；依法治国，国泰民安。"

这是普通百姓的心声，又何尝不是他的心愿？

为了这一场官司，他付出了很多，精力、时间，还有心理，包括放弃代理可以让他挣钱的多起案子。那些不公正的指责和误解，曾经让他承受着巨大的精神压力。在值与不值的疑问面前，他不会用漂亮的语言来安慰自己，但是看到上千名下岗职工因为维权胜利而露出喜悦之色，他的心里是欣慰的。

这之后，修保又多次代理那些因企业改制而引发的职工遭受侵权、国有资产流失的案件，有的赢了，有的协商和解，有的无果而终……有时他是与某个强大的既得利益集团抗争，虽然身后有民心、有党纪国法助阵，却仍然显得势单力孤，他只能尽力而为……

如今追溯起来，可以说，修保和他的律师们，开创了全国律师介入化解信访工作的先河。

第二节　一桩没有结局的官司

1998 年的时候，傅敏（化名）还是一位中年女子，瘦削不高的身材，加上能言善辩的口才，使她显得很是干练。她原是吉林市某国有副食品商场经理，随着企业改制，价值数千万元的国有资产被整体零价"出售"给一家私营公司，她和她的 136 名员工都下岗了。尽管心里不舒畅，尽管"购买方"承诺的偿付原企业欠付职工的款项微乎其微，尽管"购买方"会如何安置他们还是未知数，但是大势所趋，像大多数下岗职工一样，他们也只能安于这生活的变故，等待"购买方"履行收购协议，然后开始新的生活。令人想不到的是，作为"购买方"的这家私营公司，接收企业后却不履行收购协议中承诺的偿付一百多万元欠职工款和安置职工的义务。职工们抱成了团，拒绝交出房照等法定文件。没有房照等法定文件，"购买方"就无法按照自己的意愿进行后续操作。于是，双方为争得自己的利益，开始了各种角力。

对于傅敏等一百三十六名职工来说，她们面临的是最实际的问题，领不到生活费，生活将陷入窘境，而他们辛辛苦苦几十年的付出，竟然归结为零，不仅国有职工的身份没有了，连最起码的生活保障也失去了，这是任谁也无法接受的现实。不久，一百三十六名职工开始了集体上访。领头人之一就是傅敏。他们围堵省市政府大门，集体冲击市人代会会场，给政府部门造成强大压力，也造成了极大的社会影响。从2003年开始，在市信访部门的指导下，职工们以企业留守处的名义向法院起诉，要求被告方履行"企业兼并协议"并立即给付拖欠的职工安置费。2006年12月27日，市中级人民法院判结此案，判决被告给付众职工合计欠款一百二十九万元，并判令原告应把价值四五千万元的原商场房证、土地证照等交给被告。职工们倒是认了这个"胜诉"结果，被告公司却拒不履行法院生效判决的给付义务，无奈之下，职工们又向法院申请了强制执行。同时，他们对当初签订的"企业兼并协议"的公正性和合理性也产生了怀疑，认为这是国有资产流失，遂又一次次地上访，一声声地表达诉求，可惜都没有最后的结果。沮丧和茫然之际，寒来暑往间，一百三十六名职工的上访之路竟然走了八年之久。

2009年9月29日，修保接到了吉林市委副秘书长陈淳的一个批件，要求他协助做好某国有副食品商场一百三十六名下岗职工长期上访事件的"息访"工作，并指令他为职工维权。修保第一次知道，有这样一群下岗职工，有这样一桩与国企改制有关的上访案。

陈淳是市委领导，但比他的官名更响的是"全国信访工作先进个人"等诸多荣誉称号。他长期从事访民的接待工作，将普通上访百姓视作亲人，为民请命，伸张正义，协调处理多起事关普通百姓的信访案件，赢得了百姓的口碑，并被中共中央组织部和中共吉林省委树为领导干部的楷模。陈淳在接受媒体采访时曾说，"从走上领导岗位的那一天起，我就有两个转变，一是由民变成'官'，另一个则是由社会的主

◎ 在全国维护职工权益杰出律师表彰会上

人变成社会的公仆。在我的心里，'公仆'的分量远远大于'官'的分量。"一个有着这样境界的官员，是值得尊敬和信赖的。陈淳能想到把这个案子批示给修保处理，也是因为修保为平民百姓打了很多维权官司，不仅有着很好的口碑，而且通过法律援助，替政府部门化解了不少上访案件。他相信，在其他律师都以种种借口推托的时候，修保不会。

是的，修保不会拒绝，这些年他一直致力于帮助平民百姓维权，这本来就是他心甘情愿的付出，何况，这次还是市委领导陈淳交办的案子。修保代理的案件，时常需要与负责信访的陈淳副秘书长请示和沟通，便常有接触，加之两个人行事、处人风格相似，更是惺惺相惜。修保也敬佩和信赖陈淳，自然愿意接受他的指示。尽管他知道，这种涉及国企改制的案子很麻烦，但他没有一丝犹豫。

2009 年 10 月 3 日，修保与傅敏等职工代表签订了义务代理维权手续。同时劝导职工们，再不能像前八年那样利用各种上访方式维权。

职工们欣然同意。他们相信修保，相信市里领导给他们委派的这位

大律师。他说的每一句话，都
是实实在在的，入情入理；他
待工人们像亲人和朋友，体
贴、同情、善解人意——

走访特困职工，修保拿出
自己的一万元钱，补助那些日
子窘迫的人家，希望他们过个
好年。

上诉，需要向法院交纳
七千三百元的费用，职工们连
平日的生活都捉襟见肘，哪还
能凑出这笔钱？修保为他们交
上了。

◎ 荣获全国维护职工权益杰出律师称号

调卷、立案、代理、出庭应诉，修保为该案所做的每一项，这些
下岗职工都看在了眼里……

这样一位好律师为她们代理案子，她们心里有了主心骨，有了希
望。那么这样一位律师的劝导，她们还有什么不能接受呢？他们不上访
了，都照修律师说的，要依法维权。

而不久后发生的一件事，更是让职工们感动得流下了眼泪。

针对职工们的上访案，时任某位市领导主持，在市委会议室召开
了专题会议，会议做出决定撤销政府原同意由被告兼并的批复，明确要
求由修保为某国营副食品商场众下岗职工做委托代理人，起诉违约方并
收回巨额国有资产及上千万租金损失，同时决定将收回的巨额财产归政
府所有，由政府重新安置众职工。

职工们决定重新起诉，以一方拒不履行、恶意违约为由，要求法
院判决解除"企业兼并协议"，双方返还财产。起诉书呈上去了，法院

要求原告方提供上百万的抵押物作为"诉讼风险担保"。企业的资产早已不在职工们的手中，"企业留守处"不过是个空架子，职工连生活费都无处落实，此时，又上哪儿去弄这上百万的抵押物？没有这个担保，法院就不给立案，那么她们的一切诉求，就等于空想。傅敏和职工们商量来商量去，欲罢不能，欲行无助，一筹莫展。

这时，法院送来了《民事裁定书》，里面清楚写着查封保民律师事务所的轿车，查封期限，其间不准

◎ 某国营副食商场下岗职工赠送的锦旗

抵押、出售等字样。职工们先还莫名其妙，不明白为什么要查封修律师的车。细问之下才弄明白，修保把自己刚刚购置的价值上百万的汽车，为职工们做了"诉讼风险担保"。

法院立案了。

接下来的案件审理可谓一波三折。案子从市中院打到省高院，直至最高法。修保和他的律师们数十次往返北京、长春和吉林市，自费调查取证，义务出庭代理。他有一种信念，他背负的是一百三十六名下岗职工的托付和市委领导要求挽回国有资产的责任。

事情远没有职工们预期的那样简单，修保更是想不到，此案的审理过程和结果会这样匪夷所思。一审法院以被告长期违约不履行"兼并协议"又拒不履行生效判决为由，判决解除"兼并协议"，但没有支持原告要求被告返还十年中用国企资产出租获得的上千万元租金。对此，双方均不服，上诉到省高院；半年多的时间，被发回重审；又经过一年

多，市中院再次做出与原判决相同的判决，双方再次上诉；再经过近一年，终审结果：驳回原告的诉讼请求，继续履行被告十几年拒不履行的 2006 年 12 月 27 日的判决，即兼并国企的私企是要从占有出租国企门市房所得的上千万租金中拿出一百多万元职工安置费用，那些数千万元的优质巨额国有财产就这样流失给了私人所有。在诉讼中，原告和被告双方的对峙，你来我往间，政府官员、司法人士、下岗职工、律师以及各色社会人物的现场表演和背后运作，凸显了一个经济社会的光怪陆离，有执着、有沮丧、有眼泪、有威胁、有背叛、有交易、有渎职……那是可以想象但却无法言说的内幕。

在陈淳副秘书长的支持和要求下，职工们再次向最高人民法院提出再审申请，结果被驳回……

时光的延宕，催人早生华发，也消磨人的意志。事态发展的局面甚至超出了某些市领导的耐受力，最终决定，放弃申诉……

尽管修保心中有诸多的不甘，他也只能放下。从 2009 年介入此案至今，已经过去了八年，如今，每次乘车或者步行路过位于主干道黄金地段的原商场旧址，看着被重新租赁出去的店面而且经营得红红火火，都会勾起他心中的失意……

案子似乎告一段落了，但还时不时地会被人提起，并围绕此案的前前后后做着各种文章，原告和被告、上诉方和反诉方，都没有忘记这个案子……

第三节　终止在北京奥运会前的铁路职工群访

2016 年 12 月 24 日。早上，修保刚坐在办公桌旁，手机就响了。修保接起电话，乐了，语气里竟然有些兴奋，说是老林啊，好久没联系了，挺想你的。电话那头显然也很高兴，寒暄过后说，一会儿带个朋友过去，咨询点儿事。

　　我此时坐在修保的办公室，我一直想找时间跟他好好聊聊，聊得系统一些深入一些，但是这个整块儿的时间实在难找。只要他坐在办公室，手机、座机就轮番地响，不约而至前来咨询的人，案件当事人，还有助手不时进来通报各方来电来函或者某个案子的进程或者开庭时间，所里律师汇报工作领取指示等等。常常是，办公室里会坐着几拨互不搭界的人，怀揣各种心事等候修保。修保一个一个地接待，一件一件地处理，鲜有空闲的时候，我只能见缝插针地问上几句。

　　今天也是如此。

　　修保接电话的同时，沙发上就坐着一位前来咨询的人，已经候了一段时间。

　　中间，一女一男又走进来。女的七十岁左右的年龄，男的年纪小些。老太太显然不是第一次来咨询，头几次都是独自前来，却怎么也听不明白修保的讲解，这回听了修保的建议请一位朋友相伴。这朋友倒是一听就明白，知道下一步该如何办理了，陪着老太太满意地告辞走了。

　　电话又响了。听对话内容，对方是市关心下一代工作委员会的负责人，两个人在谈有关律师进校园公益活动的事情，相约如何促成，并达成共识。

　　总算轮到那位等候了很久的人。这是某大学法学院院长介绍来的朋友，要咨询些法律问题。修保边看他带来的材料边询问，然后解释，告诉他应该如何办理。

　　送走这一位，修保刚刚坐下要与我说话，早上约好的那位姓林的朋友进来了。两个人一见面，一通握手拥抱，站在那儿旁若无人地寒暄起来。看情形是熟得不能再熟了，一时半会儿是说不完话的，我只好再次做了旁观者。从两个人的话头里，我听出兴趣来。这位姓林的朋友竟然也曾经是一位上访者，而且是当年很轰动的一起两千多铁路职工群访案的领头人之一。修保接触并帮助化解这起群访案时认识了他，竟然处得像老朋友。

我说出了自己的感觉。

修保说："当初我在代理他们案子的时候，有人说老林是我的亲戚，还怀疑我收了上访职工多少钱，不然怎么会那么卖力办案？竟然查了我一通，我真的很冤。"修保说完笑了笑，可我分明看出那笑中透出的委屈和无奈。

老林说："我们就是通过那个案子认识的。修律师不仅没收我们一分钱，取证调查来回吃饭路费啥的还往里搭钱呢。他真是实心实意地替我们上访人着想，要没有修律师帮助，那件事还不知道要闹多大呢！北京开奥运会之前，我们上千人差一点儿就闹到北京去。是修律师帮我们

◎ 修保与林耕野

依法维权，我一辈子都忘不了修律师。"

老林说着，从胸前掏出自己的身份证，和身份证放在一起的是一张名片，他拿给修保看。

修保惊讶地笑了，说："这张名片是我最早印制的，现在早用没了。没想到你还留着。"

老林说："我一直带在身上，和我的身份证件放在一起，是最珍惜的。今天朋友托我找个好律师，我马上就想到了你。"

说到这儿，想起了正事，修保问老林过来有何事。老林介绍了同他一起来的朋友，说有一个官司想咨询一下。

这位朋友从一进屋就站在一旁，笑着看他们俩寒暄，此时拿出法院判决的文书，说自己官司输了，不明白怎么会输，想咨询一下，还想知道有没有办法扳回。

修保认真研究了法院的判决，又听了这位朋友对案情的介绍以及中间的曲曲折折，然后告诉他，这官司输得不冤，因为你没有证据。法院办案讲究证据，你光凭嘴说不行，有取证的机会你没有抓住，只能认输。如果想上诉，就必须找到新的证据。

一席话，说得这位朋友心服口服，说："到底是大律师，几句话就给解释明白了。以前也咨询过几位律师，都说得含含糊糊的，让你不知道怎么办。"

修保的司机小军进来了，说到点儿了，该走了。

修保看了下表，抱歉地说："真的该走了，要去市政府开个会。"

我知道，今天是再没时间跟他细谈了。不过，这个老林倒是应该能说出点儿什么。尤其他们话头里透出的"铁路职工群访""北京奥运会"等敏感字眼儿，令我想一探究竟。

修保先走了，老林应邀留下来，接受了我的采访。

老林叫林耕野，五十多岁，善谈，也很开朗、爽直。从他的陈述

◎ 修保劝说某铁路局吉林工务段上访职工

中，我了解了这一桩陈年上访案的始末——

2008 年，这是一个至今令国人印象非常深刻的年份。那一年，因为举国上下都在以满腔的激情和积极的工作迎接北京奥运会的召开，所以被称为奥运年。

林耕野等上千名某铁路局吉林工务段的职工同全国人民一样，对即将在北京召开的奥运会充满了期待，他们相信，那一定是一个盛况空前的盛会。他们衷心祝愿奥运会能圆满召开，并愿意为此努力工作。当然，若有机会能亲临其境，感受奥运会盛况，并观看精彩赛事，该是件多么令人羡慕的事！他们都是铁路职工，铁路职工坐火车都是免票的。可惜，他们都有自己的本职工作，没有时间也没有机会，只能想想而已。何况，此时的某铁路局正面临着改革的重大关口，机构改革、经营方式改革、人事制度改革等等，让铁路职工这个最结实最稳定的"铁饭碗"也有端不稳的可能。如何打破铁饭碗，这是职工个人无法左右和掌控的，但职工们相信，无论怎样的举措，组织上都会考虑职工的切身利

益，为他们安排一个合理合情的去路。在猜测和期盼中的等待，足以让
人淡化对外面世界的关注。所以，他们不去想上北京看奥运会了，他们
关注着自己今后的去留。

不料，两千名职工等来的消息，是有的直接下岗待业，有的劳动
合同关系调整，而更不能接受的是，与他们重新签订劳动合同的，将是
远在几百公里外的图们市一家刚刚成立不久、经济实力并不雄厚而且是
挂靠在铁路局的民营公司。

职工们久久积蓄的情绪爆发了。他们是国家正式职工，他们为国
家的铁路事业做出了巨大的贡献，他们把一辈子的身家性命都托付给了
单位，怎么说下岗就被下岗，还像包袱一样被甩给一家前途未卜的民营
公司呢？

上千名被下岗被转移劳动关系的铁路职工聚集起来，分布在吉林
市、永吉县口前镇、蛟河市、磐石市等地的职工形成了一支庞大的上访
队伍，去铁路局、市政府、市劳动仲裁委员会，表达他们的愤怒和诉
求；而当诉求无人能够给出让人接受的解释、愤怒找不到发泄的出口
时，他们开始堵截列车、围攻铁路局办公场所、阻断交通，更有一名丧
失理智的下岗工人，竟采取极端手段，杀害了一位段领导，也将自己送
上了不归路。

林耕野是这一群职工上访大军的代表之一。出色的组织能力和能
言善辩的口才，使他在这些上访职工中有着很大的影响力。作为组织
者，那位走极端的下岗职工的结局，不能不令他和他的同伴们有所警
醒，也促使他们寻求能够解决僵局的途径。

不是没有履行过正常的申诉程序——

起诉状曾经递到两个县（区）级法院，却因为涉及国企改革或辖
区等诸多因素，被告知不能立案受理；

申诉状呈交给吉林市劳动仲裁委员会，却因为种种原因无法立案。

仲裁委那位临近退休的老大姐苦笑着说："我也同情你们，可是我真的没有办法。你们去省里告我吧，就告我不作为。"看着老大姐一脸为难的表情，林耕野他们哪还忍心告她？

可林耕野他们不相信这世上就没有说理的地方。他们一边想出各种方式发出自己的声音，同时，也在寻求法律的帮助，当务之急是请到一位肯为下岗职工代理的律师。

在四处的寻找咨询中，林耕野他们看到了保民律师事务所的牌子。是"保民"两个字让他们眼前一亮，有了指望。于是，他们贸然地走进了律师所，找到修保。

这一天是 2008 年 4 月 29 日。

职工代表们进到修保的办公室，几位老工人不由自主地跪在了修保的面前。修保忙不迭地扶起这几位老工人，让座倒水，请他们慢慢陈述。

听着林耕野和工人们含泪的陈述，以他多年的经验，修保立即判断这是一件极其棘手的案子。这些年，随着国有企业改革的深入，职工维权案件已屡见不鲜，仅修保经手的案子就有数十起，但每一起案子的代理都是那么艰难，每一个过程都是对精神的煎熬，也是对他律师生涯的拷问。但他从没想过回避，只要那些被侵犯权益的弱势的人们找到他，他就尽心尽责地帮助他们，无论需要经历多么艰难的过程。他的付出，也赢得了社会的口碑。2007 年，他曾获得"全国十佳维护职工权益杰出律师"的荣誉称号。那么这次，他知道，如果接下这个案子，他将面对的是素有"铁老大"之称的铁路部门，他要承受的压力是巨大的；而上千名下岗职工的群访已经在社会上产生了很大的负面影响，他如果牵涉其中，势必会影响到他的职业声誉。然而，此刻，面对着这些下岗职工期待的目光，感受着他们心中那一份焦虑，修保仍然决定接下这个案子。

◎ 修保（右二）接待某铁路局吉林工务段集体上访的职工

　　不过，修保有一个要求，他说，我为你们义务代理，但是你们不能再去上访，不能再冲动，一切都依法进行。

　　工人代表们答应了。随即，他们却透露出，此时已经有数百名下岗职工相约在火车站集合，还有一部分会在沿途各车站陆续上车，他们要去沈阳和北京上访，要在北京开奥运会期间，制造出影响，引起中央的注意。

　　修保急了，放下手头的一切事情，连中午饭都没吃，带着几位工人代表和所里的律师就赶往火车站。

　　车站广场向来是人群聚集的地方，可这些准备进京上访的职工还是很好辨认的。他们聚在一起，只带着简单的背包，着装上也很有特点。他们每人都有职工证，可以免票乘坐任意一列火车。这在过去是一种待遇，是令其他行业的人羡慕不已的特权，只是他们谁也没有想到，如今这张免票特权却要被用来进京上访，而他们心中无限向往的奥运会，也成了他们进京上访的质押物。他们很清楚，此刻进京上访，一定会在铁路局和社会上引起强烈反响，也许他们的诉求就会得到回应了。还有个别不知愁的职工说，即便上访没有结果，也就当是进京看奥运会了。

修保一走进站前广场，就看到了这些上访者，他没有时间一一劝说，只好找到一处高地，站上去，大声喊起来。

当时修保都喊了些什么，林耕野已经记不全了，大概意思就是请工人们不要去北京上访，北京正在准备开奥运会，国家办奥运会不容易，咱们都是中国人，不能赶到这个节骨眼上给国家丢脸。请大家相信他，他会义务帮大家维权。

有一句入情入理却又实实在在的话，林耕野却记得很清楚。修保说，北京办奥运会是国家的大喜事，就像谁家的孩子结婚办喜事，你同他再闹矛盾，你能赶在这一天找人家说理去吗？

是啊，咱都是本分人，国家正在办喜事，咱现在进京上访，不是给国家添堵吗？这也不是咱铁路工人能干出来的事。林耕野说："修律

◎ 某铁路局吉林工务段上访职工代表签订委托律师代理协议

师没说更多的大道理，但这几句话说得贴心贴肺，说得真好。我们这些准备上访的职工听进去了。"

一直看着职工们陆陆续续回家了，修保紧张的心才算放下来。他和林耕野等职工代表约定，下一步要依法维权，但要林耕野们一定做好工作，不再上访，而且保证不要大规模上访。保民律师事务所就是工人们申诉的"家"，有什么话就去找他说。

这之后几个月的时间里，修保成了这上千名下岗职工的代言人，他倾听他们的申诉和诉求，驱车几百公里去图们某公司调取证据材料，为他们写起诉状、申诉状，代他们找铁路局领导申请、找政府部门协调。

但是离解决问题还有相当一段距离。国企职工下岗，在当时已是吉林市这个国有企业占比很高的城市中一种很普遍的现象，涉及面非常广，问题矛盾比比皆是，可谓牵一发而动全身，解决起来障碍重重。何况，要纠正被上访单位时任领导的错误决定，也不是件容易的事。长官意志、官僚作风、自以为是加之其中掺杂的许多说不清理不顺的因素，形成层层阻力。而职工们的维权意识也在不断增强，一位时任某铁路局领导在恼羞成怒而又无能为力的情况下，便将矛头指向了修保，向有关部门控告修保。

修保面临着三项指控：1、煽动职工闹事；2、与上访人有亲属关系；3、收取代理费几十万元。

修保坦然接受了调查和质询。结论显而易见：修保代理职工维权，走的都是正常的申诉程序，还多次劝阻了职工的过激行为，尤其阻止了北京奥运会前的进京群访；修保与上访职工代表并无任何亲属关系，而且素不相识；作为律师接受委托，本应正常收取的代理费，修保全部免收。而且，案件所需收集证据、查档、复印以及带着几位职工代表往来图们的交通、车用加油、餐宿等，一共花了近万元的费用，都是修保自掏腰包。

修保的所作所为，在一般人看来实在费解。他的回答却很简单，看不得这些下岗职工的权益遭受侵害，还希望我们的社会保持稳定和谐。

林耕野说："你说修律师图的是啥？还不是人家有大境界？！"

林耕野又说："这事若不是修律师帮着我们依法维权，真不知道会闹出多大的乱子，也不知道得拖多长时间才能解决。"

幸好，这桩在当时很轰动的群访案并没有拖延太长时间，在吉林市政府的协调下，各方本着理解、互谅、自愿的原则，达成了协议，上千名下岗和转岗职工的权益得到了保护。群访案得到彻底平息。

这其中，修保都做了哪些协调，他又承受了多大的压力，这里面老复杂了。林耕野说："修律师肯定还做了许多工作，他付出的辛苦恐怕不能三言两语能说完的。除了我亲身经历和耳闻目睹的这些，其他的，我就说不清了。"

后来我又就此案问过修保，尤其想问清楚他当时承受的压力，他说，时间过去太久了，好多事都记不准了，不提也罢。

作者手记：

修保代理的这些企业职工上访案，大多数都以庭外和解作为结局。职工维权的胜利，也反衬出国有企业改制中存在的诸多短板。在为企业和职工解决法律纠纷中，修保有着很深的感触。许多企业法人法律意识淡漠，具体执行人也不乏法盲，加之暗箱操作、金钱交易、人情关系、渎职失职等等腐败现象，因而在企业经营尤其是企业改制过程中，常常造成企业间的法律纠纷，造成国有资产的流失，造成职工权益受损。至今尚未绝迹的国有改制企业职工上访，多数都是企业改制过程中漠视法律的后果。而一旦引起权益受到侵害的职工的强烈抗拒，往往又是政府

◎ 修保律师捐助困难下岗女工

出面做"和事佬"。而其实，有些群访事件是完全可以避免的，或者说本来就不应该发生。为此，修保曾向吉林省人代会提出了《建立在全省国企改制中安排律师把关的议案》。这是他的良好愿望，他希望国有企业改制都顺利，国有资产不再流失，国有企业职工不再成为改制的牺牲品，这需要国有企业改制必须严格按照国家的法律和中央政策施行，是透明的、规范的，而律师应该是一道有效的法律防线。

第八章 "吉林模式"：修保建了一座"桥"

作者手记：

上访，不是当今社会的特产，古已有之，只是叫法不同。为上访设立法规，也不始于当代，只是由于时代的不同、社会形态的不同，制定出的上访制度也不尽相同。我国汉代有"诣阙"制度，访民可以直接到最高统治者那里诉苦鸣冤。南北朝时期有"登闻鼓"，允许访民击鼓鸣冤；又有"肺石"，是效法周代设于朝廷门外的红色的石头，百姓可以击石鸣冤。（据《周礼》记载，"以肺石达穷民，凡远近茕独老幼之欲有复于上而长弗达者，立于肺石，三日，士听其辞，以告于上，而罪其长。"用现今的话来解释，就是孤寡、困弱、行动不便的喊冤者，地方官又不肯代为上报的，就敲击肺石，站在它的下面三天三夜，官员会出来见申冤者。）隋唐之后，建立了严格的上访制度，开始有了分级程序，自下而上，一级一级地上访，并出现了"越诉"的概念。清末和民国时期，司法改革将"民告官"从司法体系中分离出来，设立专门机构，受理访民上访案件。上访制度建立的前提，是承认人民有上访的权利，而最终目的，则是要巩固国家政权、维护社会的长治久安。

中华人民共和国成立后，信访的作用被视为党和政府联系群众的纽带和桥梁，是了解下层民众呼声的重要渠道。特别是改革开放以后，信访制度逐步完善，各级地方政府都设立了信访机构，专门接待访民。1989年，七届全国人大第二次会议通过了《行政诉讼法》，"民告官"从信访制度中分离出来。1995年颁布的《信访条例》，使我国的信访制度走向了法制化。而2005年《信访条例》的修改颁布，则是在深入分析新形势下信访工作的新情况、新问题的基础上，体现既要有效保护人民群众的合法权益，又要建立良好的信访秩序，把问题解决在基层，把矛盾化解在萌芽状态。

有了完善的法律制度，让人们的行为有了法律依据。而现实总是不让人乐观。一个新名词的频繁出现，可以说明一些问题。

维稳，即维持稳定，是非常具有鲜明中国特色的一个名词了。它其实属"公共安全"范畴，而公共安全则是个很宽泛的内涵，但在一个地方党委政府部门来说，维稳则特指那些此起彼伏的信访事件了。随着中国社会改革开放几十年间积累的社会沉疴逐渐发酵，发达的市场经济催生出光怪陆离的社会现象，相对滞后尚待完善的法律体系和制度，国有企业破产倒闭，城市大规模有序或无序的开发建设，农民土地承包流转，贫富差距悬殊，等等，各类社会矛盾的加剧，导致社会的不稳定因素也在不断增加。而行政体制改革的滞后和职能部门公权的腐败、司法的不平等，造成冤假错案和显失公允之事件，使得许多当事人被迫走上上访之路，群访、常年访、缠访、闹访等等，已是日常生活中司空见惯的现象，成为妨碍社会安全的极不稳定因素。在这些上访的人群中，亦不乏无理取闹、寻衅滋事、敲诈勒索之流，但不可否认的是，绝大多数人选择上访都是一种无奈之举。几千年延续下来的传统观念中，官本位和权大于法的意识根深蒂固，在国家已经走上法制化轨道的当下，祈盼"青天""官大一级压死人"的老理儿，仍然是相当一些老百姓的信条，即"信访不信法"。当他们的合法权益受到侵犯，当他们清贫而平静的生活被击碎，当他们信赖的身边的司法部门也不能为他们做主时，他们只能选择上访，希望能以自己微弱的抗争，赢得一个公道。但这种上访，尤其是群访事件，极容易造成社会的动荡和人心的不安。为稳定大局，维护公共安全，国家在人力物力财力等方面都做了大量投入。各地党委政府部门层层设立维稳机构，增派专门人员处理"维稳"事件，上访事件的多少和上访的层级被作为行政部门尤其是官员考核的标尺之一。为取得维稳效果，至少降低上访件数或者进省上京的上访人数，各级维稳部门也是无所不用其极，劝解、监管、恐吓、利诱；围、追、堵、截；感化、哄骗、收买、分化瓦解，等等，手段可谓花样翻新。但是，上访事件仍然层出不穷。如何从根本上解决这个问题，或者让事态处于可控范围，这是中央高层研究并正在逐步实施的举措，而且从公布的数据来看，已是大有改善。

一份公开资料很清楚地展示了这些年的成果："信访工作愈加公开，信访监督愈加严密，政府公信力更强了，老百姓的满意度更高了。记者获悉，2015年全国信访增量存量实现'双下降'，特别是全国信访总量下降了7.4%，进京上访量下降了6.5%。在全面推进依法治国的大背景下，法治信访改革正在向纵深推进。国家信访局有关负责人告诉记者，国家信访局还将继续推出一系列规范措施，健全信访法治体系。此外，信访立法进程正在稳步推进，现已列入国务院2016年立法工作计划的预备项目。"（摘自人民长安网2016年8月13日新华社记者白阳：《法治信访向纵深推进——信访改革三年看》）

作为一个律师，修保能够看到中央信访工作改革的力度和成果，但在多年接触的涉法涉诉的信访案件中，他更直接感受和接触到的是那些不断发生的名目繁多、花样翻新的上访事件。他能听到上访户的倾诉，看到他们哭诉、怨怼、诅咒和发泄。正是在接待这些上访人、化解一个又一个棘手的上访案件的过程中，他要不断地与各级政府职能部门、各级公检法部门或者公私营企业等单位打交道，他也感受到了这些单位或部门面对上访者时承受的压力、无法沟通时的无奈、手足无措时的尴尬。尽管各方都有解决矛盾的愿望和努力，但在有意或无意设立的心障、有形或无形的敌视面前，这个愿望就成了奢望，而种种努力也都成了无用功，甚至会产生相反的效果，将本就水火难容的关系推向极致。而这，却是谁也不愿意看到的结果。上访者难以回归正常的生活，而相关部门或单位也会越来越失去人们的信任，解决问题的希望就越发变得渺茫。

这样的局面已成为沉疴，却无良方根治。其实，修保本可以视而不见。他是律师，他需要有大量的案源，在增加职业收入的同时，也能让他和他的律师事务所名声大振。这些涉法涉诉的案子，大多还都是要通过司法程序解决的，他只要坐等委托人上门，无论是上访者还是被上访部门或单位，他接受了委托，收了代理费，就会尽心尽力地履行职责。这是大多数律师的基本工作状态，是正常的职业状态，无可厚非。也有个别心术不正的律师，唯恐天下不乱，极尽煽动之能事，鼓动或者怂恿上访者把事态闹大，给政府或公检法施压，他们好从中渔利，或达到不可告人的目的。这种人是平安社会的渣滓，修保极力抨击，言辞中很是不屑。

修保走的是另一个极端。他不能无视，也没想置身事外。他同情遭受了不公正待遇的上访户，也不愿看到相关部门或单位面临的窘境，他更不想这个社会时时处于不安定的动荡中。一个普通人的善良、一个律师的社会责任感，天衣无缝地镌刻在他的身上，他观察、思考，倾心寻找解决问题的途径。他知道问题的症结在哪儿，但他无力从根本上、从制度上解决问题。说到底，他只是一名律师，那么，他就做一名律师能够做到的，尽最大可能地化解一件又一件不期而遇的上访事件。正是在化解上访事件的过程中，一个更清晰的想法浮现在脑海中：上访群众与某些政府部门的对立，进而酿成社会矛盾，这之间其实缺少一座理解和沟通的桥。作为律师，有没有可能成为这样一座桥呢？

2010年，作为党外人士的修保当选为吉林市律师协会会长。

这之前，他已经获得了多个国家级的社会荣誉：全国劳动模范、全国五一劳动奖章获得者、全国维护妇女儿童权益先进个人、全国法律援助先进个人、全国十佳维护职工权益杰出律师、全国优秀律师，等等，2009年，还被司法部记三等功。

套用一句俗语，一个个荣誉的背后，是修保多年的付出。说明他的所作所为，受到百姓赞誉，被政府褒奖，也被业界认可。因而，当市律师协会换届之时，修保被选举为协会会长。这是一种荣誉和信任，但对于修保来说，却意味着更大的责任。当他思考着借用市律师协会这个平台，都能做些什么的时候，一个长久萦绕在心中的念头忽然变得清晰起来，他要在访民和政府之间搭建一座桥梁，一座沟通的桥梁。

修保找到吉林市司法局的领导，提出由市律师协会成立一个专为上访人提供法律服务的民办机构，该机构作为独立的第三方，免费为求助的涉法涉诉上访人提供帮助，在尊重上访人意愿的基础上，或走司法程序，或与相关部门协调沟通，达到化解信访矛盾的目的。修保连这个机构的名字都想好了：吉林市信访法律事务服务中心。

焦方柏时任吉林市司法局党委书记、局长，他是个有眼光也敢决断的领导，正是他力荐一个非党员律师做了市律师协会会长，他相信修保能够胜任这个职位。听了修保的设想和建议，焦局长当然高兴。连年累月层出不穷的上访案件，尤其那些久拖不决的涉法涉诉案件，像一块生在身上的皮癣，剜不掉抹不平，让相关部门奇痒无比的同时，也让被访部门常常有被打脸的感觉。若真的如修保所说，建立一个第三方机构，因与当事双方均无利害关系，能够站在公平公正的立场上，协调化解涉法涉诉上访案件，的确是一个相当有创意而且是有开拓性的举措；

修保既然能够想到，他就能做成，也只有他能够心甘情愿地去做这样的事。焦局长相信自己的判断，作为主管部门，没有理由不支持啊！

需要办公场所，焦局长拍板，将司法局办公大楼分出一层，无偿提供给"中心"使用，四百多平方米的面积，够敞亮。

如今已是"中心"行政部主任的张龙那时还是名实习律师，刚刚通过司法考试拿到律师证，按规定必须有一年的实习期才能独立办案。他来到保民律师事务所，跟着修保实习，他叫修保师傅。他敬佩师傅的为人也拜服师傅的办案水平，认定只要跟着师傅办几年案子，就会学到很多东西，积累些经验，很快就能独当一面，到时候找个可心的律师事务所，成为真正的执业律师。他一边跟着修保办案，一边看着师傅每天忙忙碌碌张罗着成立"中心"的事。他并不清楚师傅心里的那个"中心"是个什么样子，他也不会想到他能与这个"中心"有什么更深的瓜葛，他只是按照师傅的吩咐，为筹办"中心"做些具体工作，联系装修公司、买些办公用品、筹划挂牌仪式等。

忽然有一天，师傅跟他谈话，希望他实习期结束后能留下来，做"中心"的律师。张龙犹豫了。这段时间跟着师傅张罗"中心"的事，他知道了"中心"的主要服务对象就是那些拉横幅、挂拐杖、喊冤叫屈的上访人；这一时期跟着师傅接待办案，也接触了很多这样的当事人。一个律师，整天以这些上访人为主要服务对象，却接触不到正儿八经的案子，他还看不出真正的价值在哪里，这也不符合他对职业生涯的设计。

师傅给他讲解"中心"的作用，讲律师的社会价值，也讲"中心"未来的走向。张龙动心了，但他提出了一个条件，每周两天在"中心"、三天在所里。师傅答应了，师傅还笑着说，等"中心"办起来后，你手里的案子会办不完地办。

就这样，张龙留下来了。

保民律师事务所里的四位年轻律师，也都是这样加入"中心"的。修保又聘请了几位从法院、检察院退休的老法律专家和几名行政人员。"中心"的机构搭起来了，仅服务部门就有四个：咨询接待部、协调办案部、诉讼代理部、调解委员会。

人员和机构定下来了，经费怎么解决？而且是不菲的经费。焦局长犯愁了。司法局属事业单位，财政开支，不可能也拿不出这一笔钱来，他就是有心也无力。

修保说："我出。"

修保估算了一下，办公室装修、采买办公用品和设备、人员开支、办案经费等等，看得见的看不见的开销，第一年就得拿出二十六万。一下子拿出这笔钱来，也不是件容易的事，但为了维持"中心"的运转，他甘愿奉献了。

办营业执照，修保前前后后跑了两个多月。他要办的"中心"，无论从性质还是经营范围，都属特例，民政机关从来没办过，不得不为这个特殊执照层层请示。

2011年4月19日，"吉林市信访法律事务服务中心"正式挂牌成立。这天，在司法大楼前举行了隆重的仪式，揭牌、挂匾，热热闹闹的，声势造得挺大，吸引着路人的目光。当天，吉林市的各家媒体也对"中心"的成立予以报道。修保的意思很清楚，"中心"是国内第一家义务为信访人服务的机构，是一个公益性的民间组织，将来面对的都是社会上的平民百姓，他希望更多的人知道有这样一个机构，希望那些信访、上访、群访的人，能在第一时间想到有这样一个地方可以求助，在这里，有一群愿意为公益付出、为百姓服务的法律工作者。

挂牌仪式上，修保是笑着的，但他的心情很复杂。他太清楚了，今后，他和这个信访法律事务服务中心将迎接着一桩桩棘手的案件，他们要处理和协调的是一个个复杂的关系。他修了一座"桥"，走在这

"桥"上的，是形形色色的人，背负着沉重的包袱，会产生多大的重力，这座桥是否能承受住这重力，修保无法预见，他只能为自己鼓劲，无论如何，他要挺住。还好，他不是一个人，和他一同坚守的，有原吉林市人民检察院副检察长甄建国、原吉林市中级人民法院副院长张允海、原吉林市法律援助中心主任李登奎、原吉林市检察院反贪局侦查处处长张德轩、原吉林市检察院民行处检察员刘振山，还有保民律师事务所的律师等一干精兵强将……

案例1 动迁户群访：一触即发的危局

"我都准备好了煤气罐和汽油瓶，如果有人敢扒我的房子，我就点上汽油，和他们一起死在这里……"

说这话的是一位七十多岁的老太太。老太太的话引起周围群众的

◎ 修保与动迁村民

共鸣，七嘴八舌地喊着："就是打破脑袋我们也不搬家！"

这种在各种新闻报道上曾经出现的场面，如今活生生地在修保和律师们面前上演着。只是，他们不是拆迁者，而是来帮助这些被拆迁者的律师，在做现场调查和取证。面对激愤的动迁户们，修保意识到事态的严重，此案如果不能顺利化解，谁也无法掌控其发展方向，后果更是难以预料。

动迁户共二十户，涉及的人数近百人。这一起群访案已经闹了一年多了，他们曾经到省、市各相关部门多次上访，围堵市政府大门，在社会上引发极大的负面影响，可事情并没有得到有效解决，反倒越来越激化。这时，吉林市信访法律事务服务中心挂牌成立，四十多位动迁户代表便一起到"中心"寻求帮助。

案情并不是常规的动迁纠纷，而是涉及一桩历史遗留旧账。1985年，吉林市丰满区江南乡兴隆村创办了吉林市有色金属加工厂，并于1989年兴建三排平房作为职工住宅，所有权人为金属加工厂。2000年企业解散，这二十户由外村招雇的农民工没有得到任何补偿，只是仍然居住在此。2010年，区政府公益道路规划涉及此地，并做出拆迁决定。该村村委会告知二十户无条件搬离并不给予任何补偿。在遭到抵制的情况下，村委会将这二十户告上法庭，要求返还房屋。2011年10月18日，丰满区法院做出民事判决，二十户被告返还房屋。二十户被拆迁的农民工不服，上诉到市中院，却没有钱再请律师打官司。由此，二十个动迁户在鞠某等人的带领下，开始了一次又一次的群访。

简单的交谈后，修保大致了解了案情。凭着多年的接访和办案经验，他意识到这起群访案的复杂和棘手，便立即召集中心的法律专家和律师集体接访。主任修保、副主任甄建国、调解委员会主任张允海、协调办案部主任张德轩、咨询接待部主任刘振山和律师张龙、吴伟与四十多位上访村民聚集在中心会议室，一边倾听上访人的申诉，一边解答案

件所在诉讼阶段及维护自身权益应依据的法律规定。这样一场集体接
访，足见"中心"对此案的重视，在让动迁户明了法律规定的同时，也
让他们心里有了期盼。

　　之后，修保又将鞠某等上访户代表约到"中心"，一边了解案情和
上访户们的诉求，一边劝导他们不要再上访。这种劝导并不轻松。对于
动迁户们来说，没有养老保险、没有医疗保险，这栋破旧的房屋是唯一
安身立命的居所，眼看也要不保，他们怎么会轻易放弃抗争呢？他们也
知道上访不是办法，可若不上访，又有谁知道他们的诉求？谁会来过问
他们的窘境？谁会为他们今后的生活着想？修保理解这些动迁户的苦
衷，他像家人似的把道理掰开了揉碎了说：上访解决不了根本问题，只
能引起社会的不安定，过激上访还会触犯法律，那就更事与愿违了。这
事儿只能依法解决，如果不再上访，"中心"会义务为你们出庭打官司。

◎ "中心"主任修保和副主任甄建国接待动迁户们

◎ 修保和甄建国（右二）、张允海（右）在兴隆村与上访村民交谈

　　这样的谈话进行了三次，修保推心置腹、苦口婆心、晓之以理动
之以情的劝说，终于感动了鞠某等上访户代表，同意放弃上访。修保代
表"中心"与这二十户上访户签订了《息访代理协议》。

　　可是，案件的再审结果并不如当初所愿。虽然吉林市中级人民法
院采纳了修保和张龙、吴伟在法庭上的代理意见，做出发回丰满区法院
重审的民事裁定，但区法院再审，仍然判决二十名被告无条件将房屋返
还给兴隆村。二十名被告仍然不服，依法再次提出上诉。修保和"中
心"的律师第三次义务出庭代理诉讼。

　　动迁户们对法庭的审理结果失去了信心，也没有耐心等待法庭一
步步走完程序。他们聚集起来，酝酿着再一次把事情闹大，急眼了不惜
以极端行为抗法。修保和甄建国、张允海等闻讯后，立即驱车赶到兴
隆村，对这二十户动迁户进行劝导说服。这也就是本节开头时表述的
场景。

　　情势已经很是紧张了，如果得不到控制，将会酿成难以收拾的局

◎ 律师张龙（左）和吴伟（右二）现场为动迁户发放补偿款

面。而这二十户动迁所涉范围，正是吉林市南部新城东山区域的基础设施建设重点，作为市里的重大规划建设项目，对招商引资及城市形象有巨大的带动和提升作用，拆迁势在必行。为了缓解动迁户们的抵触情绪，修保带领"中心"的律师们一家一家地走访、劝导、说服，释法并明确地告知动迁户们，房屋财产所有权不属于个人，土地所有权也不是个人的，都是村集体财产，所以返还房屋是必须的，"中心"会帮助动迁户与相关部门协调，争取适当的搬迁救助款。南部新城建设已经到了关键时期，希望大家顾全大局，确保南部新城建设能顺利进行。

修保和律师们一边做动迁户们的说服劝导工作，一边与南部新城建设指挥部沟通，与吉林市中级人民法院协调，积极商榷化解方案。

在修保的斡旋下，2012 年 5 月 22 日，吉林市中级人民法院主持召开了案涉各部门的联席会。会上，修保提出参照国有企业职工房改前的拆迁补偿办法，支付这二十户集体企业职工每户救助款 7 万元。因为每户约二十平方米的房子，按市价也就是每平方米三千五百元左右。此款项由二十户所在区政府协调财政、民政等部门筹集，"中心"负责与二十户职工协商，并以平等民事主体身份与之签订息访救助协议。修保的解决方案得到了参会各方的认可，并形成决议，责成"中心"具体实施。

5月23日，在"中心"会议室，吉林市公证处现场公证，二十户动迁户代表与"中心"签订了《附条件息访息诉救助协议》。协议中承诺：撤回上诉；三天内全部迁出；不再因此事到任何党政机关及相关部门上访。

第二天，"中心"的两位律师张龙和吴伟便到银行建立专门账户，然后带着起草的《撤回上诉申请书》来到二十户动迁户家中，逐户办理搬迁相关手续。事情进展得非常顺利，二十户动迁户没有丝毫犹豫，分别在申请书上签字，心甘情愿地按上手印。

◎ 动迁户代表冒雨为"中心"送来感谢信

　　第三天，一场特殊的拆迁仪式在二十户拆迁户所在的兴隆村举行。市司法局、市南部新城建设指挥部、市中级人民法院、市公证处代表及"中心"全体成员来到现场，共同监督息访救助协议的履行。"中心"的律师们挨家查看搬迁情况，逐户发放救助款。

　　甄建国副主任亲自来到鞠某家，将存折交到鞠某手里。那一刻，鞠某激动了，连连表示感谢……

　　修保也来到了现场。此时他正因为胃出血住院治疗。常年接待上访，忙起来不按时吃饭、无规律的生活，使他患上了严重的胃病，这些日子，他是忍着病痛做各方协调工作，并最终促成了这样的结果。看着事情顺利解决了，看着动迁户们满意开心的笑脸，一种成就感油然而生。

　　动迁户们表达高兴的方式，就是放鞭炮，噼噼啪啪的鞭炮声，送

◎ 动迁户代表冒雨为"中心"赠送牌匾

走曾经的不快，预示着新生活的开端……

不久，这些动迁户代表请了秧歌队，一路走一路扭着，分别给吉林市中级人民法院、市司法局、市公证处和吉林市信访法律事务服务中心、吉林保民律师事务所送去了锦旗和感谢信。

一场即将爆发的危局得到及时化解，案涉各方皆大欢喜。作为第三方息访和维稳机构，"中心"显示了独特的能量和它的不可或缺。

案例2　母女接力上访：一起十五年缠访案的化解

2013年6月25日，吉林省政法委向吉林市信访法律事务服务中心转来一桩吴玉花（化名）母女上访案。

上访案的起始时间：1999年初；起因：吴玉花的丈夫工伤异地治疗费不能报销；诉求：向辽源市政府和辽源矿务局主张各项赔偿共计七百余万元。

吴玉花的上访可谓达到了极致。无论是时间还是方式，都令人咋舌：在北京天安门广场抛撒上访材料，接受美国、英国记者采访，携五岁的小女儿拦截时任国务院总理朱镕基的车队、十九次闯总理驻地……2013年年初，吴玉花终因心力交瘁病倒在床上，令人难以置信的是，她的大女儿王凤玲（化名）开始了"接力"上访，为此，宁可辞掉公职、离婚，并表示，这辈子不讨出个说法访出个结果，誓不为人……

为化解这桩缠访大案，吉林省纪检委书记杜学芳曾亲自担任专案组组长，指导化解工作。专案组做了大量调查协调工作，并对上访人一家给予了最大的安慰和帮助，但终因上访人对政府的"成见"太深并不听劝导，继续进京上访，不达诉求绝不息访。

看过辽源市信访局提供的全案卷宗材料，"中心"的律师们头都大

◎ 修保和张允海走进访民家中

了。知道省政法委转来的案子肯定会很棘手，但此案的难解恐怕超乎想象。在由"中心"全体律师参加的会议上，律师们对此案做了充分论证，并达成了共识：唯其难，才需要"中心"去参与化解，容易办的事，也不会拖到今天。会上决定，成立专家办案组，修保任组长，即刻进入办案状态，调查、取证，与有关机关沟通协调。

2013 年 7 月 25 日，修保和"中心"副主任张允海驱车几百公里来到辽源市，走进吴玉花的家。

吴玉花已经卧床，虽然语言表达有了障碍，但她的诉求丝毫没有减弱，态度依然坚决。她的女儿王凤玲曾是一名教师，戴着一副眼镜，表情文静，但那副镜片后，却透着倔强的神情。她思路清晰，语言表达也很到位，在表达意愿和主张上完全秉承了母亲的意志。修保和张允海耐心地听母女俩讲了三个多小时，中间不提一句反驳的话，让她们充分表达自己的主张和诉求。这是对一个人耐心的考验，更是对职业操守和责任心的考验。修保平日的急脾气在此时变得那么沉静那么随和，张允海退休前是吉林市中级人民法院的副院长，几十年的司法经历使他见多识广，加之他本来就是个脾气温和还有点儿幽默感的人，此时，他们不约而同地选择了倾听。他们很清楚此行要达到的目的，他们知道，只有让当事人充分地表达，充分地诉说，把憋在心里的话都倾倒出来，才能打开纠结的心绪，舒缓堵在心口的怨气，缓解对抗情绪。果然，一口气地诉说，母女俩酣畅淋漓地表达之后，变得平静了许多。修保和张允海开始说话了。他们用法理用实例用推心置腹的语气，一条条地为母女俩解释说明。他们并不奢望第一次见面谈过一次话，就能解决问题，但至少能让母女俩产生信任，愿意接受他们的帮助并尽快进入调解程序。

临走，修保拿出一千元钱，留给吴玉花，祝愿她早日康复。如同亲友探视病人，那一份温馨和情谊，足以暖慰人心。

第一次的接触，让修保对上访人的诉求有了充分了解，也摸清了这一对母女的脾气心理。他也知道，这一桩延宕许久的上访案，之所以难以化解，症结就在母女俩偏执的心态和对"非访打处"产生的仇恨。因为这种偏执，母女俩在制造一次次社会影响的同时，也让自己的生活完全脱离了正常轨道进入非常态，宛如一挂脱节的车厢，随时都有可能失控，后果虽难以预料，但一定是极其可怕。

这是修保最不愿意看到的局面。他费尽心血成立的"中心"，目的就是阻止或者尽可能减少这种结果的发生。

修保和"中心"的律师们再一次坐下来，共同商议此案的化解方案和步骤，并达成共识：此案应该启动信访听证程序予以化解。这也是"中心"在多年办案过程中，摸索出来的行之有效的化解疑难案件的办法之一，就是对重大、疑难案件或者长期缠访、闹访的无理访案件，在不涉及国家机密、商业秘密和个人隐私的前提下，邀请人大代表、政协委员、法律专家、社会各界知名人士召开听证会，让信访人充分发表意见，由听证人员向信访人员表述看法和意见，集体调处、化解矛盾。

会后，修保开始分步实施这一方案。

十三次的家访，无数次的沟通，修保与吴玉花母女的关系在一步步拉近，她们已经不再戒备，有什么话也都愿意坦诚地跟他说，对修保的劝导也不再反感。修保耐心地向她们解释她们的诉求为什么得不到法律的支持，激进上访引起的法律后果和应承担的法律责任。在与母女俩的交谈中，修保得知北京大学法学院教授张千帆曾经到辽源调查过此案，母女俩对张教授也非常信任。于是，修保专程赶赴北京，约见了张教授。两个人共同商讨了此案，达成了一致看法。修保约请张教授继续关注此案，张教授欣然同意。

从北京回来，修保便开始组织听证会，并在媒体上发布了"信访听证会公告"。专门为一桩上访案举办这样公开的听证会，这在吉林市可是破例的第一次，在全省也属突破。而最有特色的是，被邀请参加听证会的听证员中，还有一些特殊的"人民信访听证员"，就是已息访的老上访户代表。这些老上访户代表与信访人员之间有着相似的经历和遭遇，彼时彼刻的心理状态都能理解，因而相互交流沟通起来，更亲近也更能增加信任，劝解、开导起来，会达到更好的效果。

2013年10月17日上午，在吉林市信访法律事务服务中心会议室，信访听证会如期举行。与会人员有省、市人大代表，政协委员、各民主

◎ "中心"举行的听证会会场一角

党派人士、法律专家、知名律师、老上访户代表；辽源市信访局等部门、信访人王凤玲等一行十六人；北京大学张千帆教授及北京的法律专家、律师、记者等五人，共六十余人。

修保开场说："今天的听证会是我们民办公益法律服务组织召开的，大家共同帮助上访人一家化解纠纷。咱们就把这个案子，在阳光下晒一晒，让大家看看究竟谁是谁非，哪个诉求应该得到支持，哪些不应该得到支持。"

听证会历时四个小时。四个小时的会议，每个与会者得说出多少话？当然得先听王凤玲说。这个大规模的听证会，王凤玲是主角，必须让她充分表达自己的主张。然后，听证会成员分别阐述自己的观点，或以理讲法、以理释法，或以自身经历劝诫、开导。王凤玲听着看着，反应很冷静，并没有逆反。她知道这些参会的人是站在一个客观中立的立场上，没有歧视，没有偏袒，而是充满着善意，唯一的希望就是她们母女能回归理性。上访多年，她和母亲一直都被当作闹访、缠访的对象，见到太多的冷脸、戒备，许多人和部门对她们都是避之唯恐不及，从来没有这么多的人，这样充满耐心、充满真诚地坐下来，倾听她们的心声。此时，她的心理防线已经放松了。因此，在场的人们说什么怎么

◎ "中心"法律专家和律师倾听访民申诉

说，她都注意倾听，而且，听进心里了。她在会上表示，我与母亲的诉求不同，我只想我们一家人今后如何更好地生活，希望政府能给予我们一些生活补偿。

这次听证会后，王凤玲的心理预期降低了，重新提出了补偿诉求，由原来的七百万元，降为一百万元。

显然，这个诉求也超出了合理的范围，但毕竟听证会见效了，王凤玲开始能理性思考。针对上访人情绪和心理的变化，修保和"中心"的律师们又一次坐下来研讨，然后决定，通过"救助公证"的办法，来最后化解此案。

所谓救助公证，就是对事涉非政法单位、但又要求政法部门解决困难的涉法涉诉信访案件当事人，比如涉及企业破产改制、土地拆迁、工伤保险医疗等诉求，"中心"采取与事涉单位协商，先由"中心"与事涉单位签订"聘请法律顾问协议"，由"中心"指派律师担任事涉单位法律顾问，事涉单位提供法律顾问费；"中心"再与信访人达成附条件息访救助协议，并将法律顾问费全额以救助金的形式给予信访人，最后由公证机关进行公证，使信访人彻底息访。"中心"属民办非企业法人组织，上访人若是违反协议，"中心"有权利以民事平等主体身份追究其违约责任。这样做，既防止了政府部门或政法机关与上访人签订息访协议后上访人又复访情况的发生，又杜绝了上访人之间互相攀比救助金的现象。

这是修保和"中心"的律师们在多年参与化解涉法信访案件时摸索出的经验。在某些上访案中，事涉单位与长年访、闹访、缠访的当事人间之所以难以化解矛盾，原因复杂而多重。除此，也不排除还有两个显而易见的原因，即个别上访人在得到事涉单位的补偿并承诺息访后一次又一次失信，其实是摸准了涉事单位息事宁人的软肋；还有一种是上访人之间有意无意地互相攀比，而事涉单位唯恐连锁反应陷入窘境，只

◎ 听证会上，请访民申述上访理由

好一概拒绝补偿，结果是积怨日久矛盾日深。而"中心"作为第三方介入化解上访案件，针对不同案情采取的救助公证办法，则是在充分遵守法律赋予的规则的前提下，在各当事人之间寻求权益的平衡。"中心"无疑是这个平衡点上的一块稳压石。

2013 年 12 月 15 日，"中心"向信访人王凤玲送达了《信访权利义务告知书》。其中详细告知了信访人的四项主张所涉法律依据、诉讼程序、管辖法院等，也明确告知若再有违法上访举动应该承担的责任。这份表面看是公事公办的告知书，其实却是一项贴心的服务，它从律师的角度，在详细解答信访人的法律困惑的同时，还指出了解决问题的途径。它让当事人明白，事情可以解决，只要理智，只要依法，只要实事求是，只要抱着真诚和解的态度。王凤玲是一位有知识的女性，相信她能看懂告知书，并明白其中的含义，当她的心智回归理性后，事情就可以向好的方面转化。

果然，告知书送达后，王凤玲等再无进省、进京访，也再无违法、过激上访行为。

◎ 修保代表中心与访民签订"息访救助协议"

　　这是非常好的局面，也是彻底化解此案的最佳时机。修保和"中心"的律师们抓紧工作，数次前往辽源，面对面地劝导吴玉花母女，晓之以理动之以情；上百次电话沟通，释法、明理。与此同时，还要不断地与相关部门和涉事单位沟通。

　　那真的是一段艰难的过程，连老天也在考验人。有两次，在从辽源市返回吉林市的路上，天降大雪，高速封路，修保不得不驱车绕道而行，到家时已是后半夜了……

　　终于，时间到了2014年11月21日，王凤玲及其家属与"中心"签订了"附条件息访息诉救助协议"；并接受以"中心"名义给付王凤玲全家三十万元的救助金。签字现场，吉林市公证处现场公证，签字过程全程录像，保证了依法处理信访案件的法律效力。

　　至此，一起历时十五年、在全省乃至全国都有重大影响的信访案，通过修保和"中心"律师一年零五个月的努力，彻底化解。

这不是个轻松的过程。事先想过会很难，想过会有波折，也想过周旋于各方之间的劳心费力，却没有想到，当一切都摆在面上似乎明朗之际，还有诸多的潜在难题需要破解。修保也很清楚，作为中立方，"中心"要保证事涉双方或者多方的权益平衡，除了要依法依规，还要投入情感，投入智慧，投入时间和精力，而所有的努力，都必须出于真诚，还有责任。

案例3 夫妻联访：丧子之痛下的申诉之路

2016年1月14日上午10时，吉林市法律事务服务中心。赵云侠、杨忠和与信访法律事务服务中心主任修保正式签下了"附条件息访息诉救助协议"。

签字现场，一直参与案件调节的修保律师、张龙律师、吴伟律师等，见证了这一时刻；吉林市江城公证处的两名公证员按程序做了公证。

协议约定：信访人承诺，从此彻底息访、永不复访；"中心"律师承诺，继续义务为信访人出庭代理案件，依法定程序表达诉求。

签字结束，赵云侠握着修保的手说："修律师，要不是因为你为我们做了那么多，我不会签这个字。我要谢谢你。中午我请你们吃饭。"

中午，他们坐在了一起。一如每次见面，修保不会让赵云侠掏钱请客。看着赵云侠夫妇打开了心结，脸上有了笑模样，他很欣慰。一年多以前，当他第一次见到赵云侠夫妇时，他们正深陷在极端的情绪中。丧子之痛和对法院判决的不服，使他们面对每一个前来劝慰说服的人，都抱着一种戒备和敌视。赵云侠甚至说过，要以最极端的手段制造一起震惊全国的事件，还要拉上几个人陪着她一起死。这是一种多么深的痛苦和仇恨才酿出的情绪！如果一任这种情绪蔓延开来，无论对这一家人还是对于社会，都是一场灾难。

幸好，修保和他的律师们及时接手了这桩长达六年的上访案；

幸好，这一对朴实的夫妇，深陷丧子之痛难以自拔时，还保持着本来的善良。

是的，他们本来是普普通通的百姓，安分守己地过着本分的日子。丈夫杨忠和勤劳忠厚，靠着自己的劳动，虽挣不了大钱，收入倒也可以保证一家人的正常生活；妻子赵云侠开朗善良，相夫教子，持家有方；儿子赵凯懂事孝顺，自立自强。这样的一家人，本可以像大多数普通家庭一样，日子平淡却祥和温馨。

灾难，以毁灭性的撞击，突然降临在这一家人头上。

2009 年 7 月 5 日夜，赵凯应朋友之请，去一家网吧帮助维护秩序。期间，赵凯与未带身份证来上网的张某等五人发生口角。本是一件简单的冲突，不料却酿成了一桩命案。赵凯被张某等五人当场用尖刀刺杀致死。

很难想象赵云侠夫妇听到噩耗时悲痛欲绝的场景，这也是他们至今最不愿意回忆也最难以承受的时刻。儿子离开家的时候不是还好好的吗？儿子一声爸一声妈的问候音犹在耳啊，儿子已经有了女朋友，他充满灵动的年轻身影带给夫妇多少的憧憬啊！可是，一个鲜活的生命瞬间便消失了，儿子再也回不来了，哪一个做父母的能承受这样的打击呢？

可无论怎么悲痛，他们都必须面对残酷的现实。在确信儿子再也回不来的时候，他们还确信一点：杀人者偿命！

法院的判决下来了。一审法院以故意杀人罪判处主犯张某无期徒刑，其他四名被告被判处十一年以上有期徒刑。经长春市人民检察院抗诉后，又判决主犯张某死刑缓期两年执行。再审判决后，检察机关再次

◎ 签订息访代理协议现场

提出抗诉后，被吉林省人民检察院撤销。

　　这样的判决是赵云侠夫妇无论如何接受不了的。他们搞不清法院判决的依据是什么，他们就知道一条古训：杀人偿命。主犯张某必须判处死刑而且立即执行！

　　有法律规定的可以不判死刑的条文怎么了？我的儿子死了，就得有人偿命！

　　有长春市人民政府和榆树市人民政府授予赵凯"见义勇为先进个人"的称号又能怎么样？人都死了，有多少荣誉又有什么意思？

　　赵云侠夫妇怀疑公安机关的侦查过程违法，质疑法院判决量刑太轻，疑惑两级检察机关的相互矛盾，并就此开始上访。当然还有好多质疑的理由，但他们的目的只有一个，让杀人者偿命。

　　于是，一场"吉林省过激上访时间最长、驻京上访次数最多、上访方式最激烈"的事件，一次次地撬动着社会稳定的基石。

如今，签订了息访协议后的赵云侠夫妇，再讲述当初一次次进京上访的过程，已经平静了许多，却仍然令听者愕然，会不由自主地为他们捏一把冷汗。

那年除夕，为躲避地方截访人员，她曾在国家信访局附近的一座公共厕所内，躲藏了十多个小时。听着外面热热闹闹的鞭炮声，忍受着冬日的寒冷，内心的那种凄凉无法言说；

那一次，为了能有机会接近国家最高机关，赵云侠一大早就躲进国家大剧院附近的树林中。遇有巡视的卫兵，她就踢腿下腰地假装晨练，她普通的装束和平和的面容，毫不让人生疑；

最令人哭笑不得的是，为了制造更大的影响，有一次，赵云侠竟然用铁链将自己锁在了距中南海大门口不远处的一棵大树上。事后，值勤的卫兵讲述，看着她穿着一身迷彩服、肩上扛着梯子、腰上缠着铁链走过来，还以为是环卫修理工。

所有的举动，所有的上访，最终都是一个结局，被地方信访工作人员接回原籍。命案的一次次审理和她的一次次上访，其实一直都在画着圆圈，而且是个怪异的圈儿。而一次次激烈的上访，也使夫妻俩在有关部门都挂了号，成为重点管理人员，每逢重要节日或国家大事的关键节点，他们都被列为监视对象，一举一动都在人们的视线内，出行会受到限制，日常生活被人关注，甚至，身份信息证明上也都有了特殊的标记。

人的心理是很特殊的结构体，何时顺势何时逆向往往超出预设。多年的上访，除了让赵云侠夫妇的生活陷入困境，也让他们的心理产生了异常。不是没有想过放弃，也不是没有寻求安稳生活的愿望，但心中的那一份执念，总是让他们欲罢不能。而且，越是受到外界的压力或者另眼相待，越能激起潜意识中的反弹。"十八大"召开前的那些日子，正是敏感时期，敏感时期对那些敏感人员就得有特殊的关照。一旦这些敏感人员闹出什么事情来，那对于地方相关部门的领导或者工作人员来说，都将被追责，追责的结果当然会影响仕途，所以"严看死守"和"软化安慰"，都是正常的监管手段，只要能保证安全度过这段敏感时期。按照赵云侠夫妇以往的表现，毫无疑问要被列为重点人员。这一段日子，赵云侠还真没想进京上访，也向有关部门保证，不会外出。可她发现，在她家附近仍然部署了监管人员。她家住在平房区，狭窄的胡同，南北两个出口，一边堵上一辆警车，她出出进进都在人家的视线内。而且，这些监管人员一天"三班倒"，白天是管段儿警察，晚间则换成刑警。这样的布局摆明了是对赵云侠夫妇极端的不信任，两口子心里就有一股气，就较起劲儿来，谋划着如何突破"封锁线"。白天显然不能轻举妄动，管段儿警察跟他们太熟悉了，熟悉到可以坐在他们家里聊天或者躺在炕上小憩，熟悉到赵云侠都不好意思给他们惹事添麻烦。行动只好选在夜间。夜间值班的都是刑警或者从其他管区抽调来的警察，赵云侠不认识他们，不必顾忌太多。

那天晚上八点来钟，她朝着守在胡同口的警车走了过去。她身上穿着睡衣，脚上趿拉着拖鞋，手里拎着垃圾桶。走过警车的时候，她和车里的警察打了声招呼，然后，她去倒垃圾，然后，警察们就再也没看到她的身影……她成功脱离了警察的视线，但是，她没有去火车站，只是去了朋友家，消消停停地住了两天，然后，坦然地回家了。她其实也没想干什么，她就是要证明，只要她想走，谁也别想拦住她。

也许，此时的赵云侠只是在走一个过程，这个让她历经磨难的过程，告慰儿子的在天之灵，慰藉她的丧子之痛。她已经走了五年了，她不知道这条路还要走多长多久，这个过程消磨的是她的正常生活，反正儿子死后她就没有了自己的生活，她活着的目的就是要给儿子讨个公道，只要没有结果，她就要排除一切阻碍，一直走下去，哪怕撞得头破血流。

◎ 律师、公证员与赵云侠夫妇签订息访代理协议后合影

　　此时，吉林市信访法律事务服务中心已经运行了三年多。三年多的时间里，修保和"中心"的律师们化解了一桩又一桩涉法涉诉上访案件。在赢得上访当事人口碑的同时，也得到了被上访单位的认同，还被省市司法部门作为化解涉法涉诉上访案件的成功典型推介出去，这家第三方机构的影响渐渐辐射到吉林地区以外的地方。

　　2014 年 12 月 18 日，长春市中级人民法院苟穗宁副庭长专程来到吉林，带给修保一封长春市中级人民法院"关于商请介入信访工作的函"——

　　"赵云侠、杨忠和上访五年多，是吉林省上访时间最长、上访次数最多、最激烈的上访户，并多次进京上访，上访方式极端，花样翻新，如拦截省长、检察长的车辆，跳省委院墙，跳北京金水桥、冲击中南海，在天安门广场闹事、撒传单，在法院门前搭帐篷居住、滞留法庭等等，多次被北京警方拘留和遣返。"

信函最后说——

"经我院审理，被告人张某可能不被判处死刑，为防止赵云侠、杨忠和的行为可能造成恶劣后果和影响，宣判前，我们商请贵中心帮助我院做赵云侠、杨忠和的稳控工作，使其转变观念，接受事实，接受赔偿为盼。"

吉林省长春市中级人民法院

关于商请介入信访工作的函

吉林市信访法律服务中心：

我院审理的被告人张显波、王磊、齐大伟、刘兆海、姜慧超故意杀人、被告人贾文庆窝藏及附带民事赔偿一案，附带民事诉讼原告人赵云侠（被害人赵凯的母亲）、杨忠和（被害人赵凯的父亲）要求判处被告人张显波死刑，为此，赵云侠、杨忠和上访五年多，是吉林省上访时间最长，上访次数最多、最激烈的上访户，并多次进京上访，上访方式极端，花样翻新，如拦截省长、检察长的车辆，跳省委院墙、跳北京金水桥、冲击中南海，在天安门广场闹事，撒传单，在法院门前搭帐篷居住，滞留法庭等等，多次被北京警方拘留和遣返。赵云侠还多次说，如不判处张显波死刑，她就要制造震惊全国的事件，且不是她一个人死，要找几个人陪着一起死。

经我院审理，被告人张显波可能不被判处死刑，为防止赵云侠、杨忠和的行为可能造成恶劣后果和影响，宣判前，我们商请贵中心帮助我院做赵云侠、杨忠和的稳控工作，使其转变观念，接受事实，接受赔偿为盼。

此函

二〇一四年十二月十八日

◎ 长春市中级人民法院关于商请介入信访工作的函

听苟副庭长详细介绍了本案情况，看着信函末端鲜红的法院公章，修保很清楚事件的严重性，更清楚事情的棘手，不然长春市中级人民法院不会发出这样一封商请函。他不敢保证他和他的"中心"的介入一定会达到稳控的目标，但他发自内心地希望能帮助赵云侠夫妇，他同情他们的丧子之痛，也理解这一对原本厚道的夫妇何以会走上这样极端的上访之路。凭着这么多年与上访者打交道、调解涉法信访案件的经验，修保知道，最重要的，是要用真诚打开赵云侠夫妇的心结，用真心感化，用行动帮助，让他们回归正常生活。而这，也是他当初创办"中心"的初衷。

修保毫不犹豫地接下了这个案子。他在"中心"内组成了专案息访工作组，自任组长，组员有张龙律师、吴伟律师。

与以往一样，修保和律师们又一次坐在一起，对这桩特殊而又复杂的上访案做深入研究商讨。事先，他们已经调阅了引起这桩上访案的命案以及法院的审理卷宗。此时，法理剖析，条文研读，判案依据，程序疏理，逐一研讨下来，最终达成共识：由于本案五名被告人之间到底是谁造成的赵凯致命伤无法确定，五名被告共同实施了杀人行为属混合犯罪行为且有自首情节，所以此案主犯确实有不被判处死刑立即执行的情节。那么，下一步，就是如何疏导赵云侠夫妇的心理，让他们能够理智面对现实，接受法院的判决结果。

如何开始化解呢？以目前的情势，最重要的是要阻止赵云侠采取激烈手段的行为或念头。如贸然打去电话或者直接上门造访，以赵云侠的心态和情绪，肯定会被拒之千里，下一步就不好进行了。最好的办法，是慢慢地做浸润似的工作，可眼前的事态又不允许有这样从容的时间。这时，修保想到了一群人，一群因为卖粮被骗而上访的一百多名榆树市农民。当初为了帮助这些受骗农民，他曾专门驱车前往榆树市，跑公安、法院，帮助协调，最终化解了这桩上访案，农民们对修保充满感激。此时，修保想起他们，想他们就在榆树本地，接触赵云侠会很方便。他也相信，只要打个电话求助，这些农民会毫不犹豫帮他。果然，当他打电话找到这些农民的领头人李红贤和刘春玲、说出自己的意图时，他们二话不说，表示坚决照办，当天晚上就聚集了十多个人，前往赵云侠家。

修保在电话里嘱咐他们，一是劝服赵云侠放弃采取极端行动报复社会的念头；二是向赵云侠夫妇介绍修保的为人和事迹，为他下一步接触赵云侠做个铺垫。平日低调的他，此时倒允许这些中间人高调展示他获得的种种荣誉，讲述他义务帮助上访人的事儿，提醒赵云侠上网查阅他的事迹。他的目的只有一个，让赵云侠相信他，相信他会真心实意地帮助她，进而肯接近他。

修保达到了目的。过后，当他给赵云侠打过去电话时，赵云侠接了，说知道他，还说上网查了他的事迹，原来他真的有个姐姐被杀了，也是上访了好多年。赵云侠虽然没说太多，但至少没有拒绝他，而且两人有了同病相怜的感觉，用赵云侠的话说是"同路人"。这就是好兆头。

这之后，修保与赵云侠之间的沟通，就很自然顺畅了，短信随时传送，电话几乎每天都有，有时半夜三更赵云侠都会打来电话，显然她是睡不着，想不开，心里难受。修保听她在电话里发泄、哭诉，抱怨、诅咒，然后劝说、安慰、解释、分析。他的首要目的，就是说动赵云侠同意与他见面。

　　终于，一个月后，赵云侠同意见面了。那天，赵云侠和丈夫来到了保民律师事务所。修保和张龙律师、吴伟律师一起接待了夫妻俩。事先，三人定好了策略，那就是不管赵云侠夫妇说什么怎么说，都不要反驳，由着他们尽情发泄。那一场谈话，对于赵云侠夫妇来说，可谓痛快淋漓，面对着三位和蔼又有耐心的律师，他们敞开了心扉，把多年来积蓄的哀伤、怨恨、委屈、愤怒和着眼泪，一同倾泻出来。那种丧子之痛、悲痛欲绝的情形，令人心碎，让人同情。三位律师一边倾听、记录，一边陪着流泪。

◎ 修保接待赵云侠、杨忠和夫妇

中午，修保早早地安排了人，订下了吉林全聚德烤鸭店的包间、从家里拿来了茅台酒，三个人又一起陪着赵云侠夫妇，边吃边喝边唠。此时，他们俨然是最熟悉最亲近的人了，已经无话不说。赵云侠甚至毫不避讳地说起，她曾经几次徘徊在小学校或者幼儿园的围墙外寻找报复的目标，终因不忍伤害无辜而罢手，听得修保心里发悚。好在，话说开了，赵云侠的心结已经开始松动了。这是让修保暗暗庆幸的。

这之后，将近一年的时间里，修保与赵云侠都保持着密切联系，赵云侠对他的信任也与日俱增，称呼也由原来的"修律师"改称"大哥"，并不再提要报复的事。修保很清楚，虽然眼下赵云侠放弃了报复社会的念头，却仍然坚持要求"判为首的杀人者死刑"，若不打消她这个执念，一旦法院再审判决下来，难保她不再一次走向极端。当务之急，是在法院开庭前，做通她的工作，让她明白法理、相信法律，更要相信，人生之路还很长，生活下去就有希望。

为了燃起赵云侠夫妇对生活的希望，修保说动他们领养一个孩子，以慰丧子之痛。他特意安排曾获得过"中国好人"荣誉称号的刘凤英陪同夫妇俩去了她开办的孤儿院。

除夕夜，修保给赵云侠夫妇发去一条短信："收到众多拜年短信，大哥心里挂念你俩。法律是不会因某个人而改变的。愿你们随着新春的到来，过上新生活，忘却仇恨过好后半生。大哥就算帮不了你们实现诉求，也是你们夫妻一生的朋友。"

为了化解这桩上访案，修保和张龙三次前往榆树市，十多次往返长春，与省检察院、省高院协调沟通，义务为赵云侠夫妇出庭代理案子，中间的曲折真是一言难尽。而这同时，修保还要不断地与赵云侠通短信通电话，安抚她的情绪，仅手机短信就发出了近百条，通电话时长累计数十个小时。

好在，修保和张龙律师、吴伟律师的付出，赵云侠夫妇都看在眼里。过往的这些年，因为这个案子所经历的种种，让他们对律师已经没有什么好印象了，而修保们的所作所为改变了他们的看法。赵云侠说："修律师，你们是我见过的最好的律师，你们才是我们老百姓的律师！"

修保相信，只要肯真心付出，就一定能换来真情。他用一颗火热的心，焐热了赵云侠夫妇已经冰冷的心，点燃了他们重新生活的希望。

夫妇俩终于表示不再上访，并与"中心"签下了"附条件息访息诉救助协议"和"律师义务代理协议"。

一桩"吉林省上访时间最长、上访次数最多、上访方式最激烈"的事件，就这样化解了。

法院审理结束了，赵云侠夫妇认可了法庭的判决结果，同意并领取了司法救助金。此时，距修保接手化解这桩上访案的时间，刚好一年。

当一切都尘埃落定之后，赵云侠和杨忠和夫妇专程来到了吉林市，来看望修保。夫妻俩走进修保的办公室，拉着他的手，感激的眼泪止不住地流了下来。

临走时，赵云侠打开了手里的一个大包，露出里面一捆一捆的钱，说，这十万元是他们的心意，请一定要收下。就算是你们三位律师的代理费，这一年多你们为我们搭进去不少钱了。无论修保怎么拒绝如何解释，夫妻俩都是不依。修保不得已将其他律师喊过来，帮着劝说，仍然不奏效，不收钱，他们就不走。几个人拉扯间，装钱的包散开了，一捆一捆的钱掉在地上。双方僵持着，足足一个小时的时间过去了。最后，修保无奈，拣起地上的一捆钱，从里面抽出了六张百元钞票，说，这六百元我留下，今天张龙律师没在家，改天我代你们用这六百元请律师们吃顿饭。这样行了吧？（第一次修保请赵云侠夫妇吃饭花掉了六百多元钱，赵云侠念念不忘，多次提起。修保也就参照这个标准抽出了六张钞票。笔者。）

◎ 修保、张龙（左一）、吴伟（右一）与赵云侠、杨忠和夫妇合影

　　夫妻俩也无奈了，只好点头同意。

　　后来，修保让秘书将这六张钞票单独放在了保险柜，并付上一纸说明，记述了这笔钱的来龙去脉。现在，这笔钱仍然原封不动地放在那里，偶尔打开保险柜，看到这笔钱，都会让修保想起这桩案子，进而感慨不已……

案例4　千人群访："老少乐保值储蓄"违约这十年

　　是什么样的事件，能牵动社会最敏感的神经？

　　是什么样的缘由，能让成千上万人连续十年不断上访？

　　又是通过什么样的努力，法院终于在近期审结了这桩案例？

　　说起来，这已经是二十多年前的事。二十多年前，这是件事情，还不是案子，在吉林市影响挺大。

二十多年前的一天，吉林市最权威的媒体《江城日报》刊登了一则建设银行吉林市支行"开办老少乐保值储蓄"的公告。

公告称："此种储蓄是为解决广大职工的后顾之忧，解决个体工商户老有所养，帮助中青年安排好晚年营养费和子女上学、婚嫁之费用的一种保值储蓄业务。此种储蓄以300元为起点，存期为3年、6年、9年、12年、15年和18年。银行将根据国家规定的3年整存整取利率和当季的保值补贴自动计息，计息后将利息转入本金，继续生息。"

这样的公告内容，谁看了会不心动呢？参加了此种储蓄，老人晚年有所养，中青年无后顾之忧，子女上学、婚嫁所需费用均有了指望，真可谓名副其实的"老少乐"。为了让动心的人们更加明白会有多少得利，公告中还特意举例说明：如果储户存入300元，18年后可得本息共计10319.40元。

公告发布的时间是1989年。那个年代，300元对于普通人来说，是个不小的数目，而18年后的10319.40元，则更具有诱惑力。

于是，市民们纷纷拿出积蓄，投入到"老少乐保值储蓄"。尽管等待获利的时间有些长，但能让自己的生活增加一份保障，也是件值得期待的事。在那个年代，对于没有更多生财之道的普通市民来说，这也是一种理财，何况，这还是一种"保值"的理财，何况，这是银行推出的产品，是让人深信不疑的国有银行。

18年的时间实在有些太长。18年间，世界已经跨进了新的世纪，时代也发生了变化，国家的经济生活日新月异。当年参加"老少乐"的储户们平添了18岁的年华，生活早已不似当年，但那笔已经增值的储蓄，是他们相守的契约，契约是不会随着时间改变的。

这一年，是2007年。

储户们拿着当年签下的契约，到银行营业厅领取契约中约定的款项。

但是，他们被告知：银行当年发行的不是 18 年定期保值储蓄，而是 6 个月 3 年期定期储蓄的结合。18 年中，国家调整了利率并取消了保值率，银行无法按照当年公告上的举例说明承兑本金和利息，现在，每 300 元本金只能承兑 1000 元。

这算什么呢？当年签下的白纸黑字契约，如今不算数了吗？堂堂国有银行，怎么能出尔反尔呢？当国家政策调整时，银行就有义务公告通知储户，为什么要等到 18 年后开始兑现时才告知？18 年的热心等待，换来的就是这么冰冷的失信吗？

储户们的愤怒可想而知。他们与银行窗口的职员争辩，与大堂经理争辩，但是毫无作用。也难为这些银行的办事人员，他们不过是听令行事，却无权改变上级决策，面对情绪激动的储户，他们也爱莫能助。

为了争取自己的权益，储户们多次与银行方面协商，都无功而返，最后，只能求助于法律。2007 年，他们向某区法院提起诉讼。储户们坚信能赢这场官司，白纸黑字的契约在手，当年银行在权威媒体发布的公告在手，这是再长的时间也淹没不了的证据。

法院立案了，开庭审理了。最后结果，储户们的一万元诉讼请求没有得到支持，判决给付本利一千元多结案。

大失所望的储户们没有气馁，一审官司输了，不是还可以上诉吗？区法院给判输了，市法院不是更有权威吗？他们不相信，这场黑白分明的官司，就因为银行部门嘴大，就判出黑白混淆的结果吗？

但是，储户们再没有机会上诉，也再没有机会提起诉讼，因为，省高院向下级各法院下达一项指令，不再立案受理任何"老少乐保值储蓄诉讼案件"。

储户们只是普通百姓，他们弄不明白也没有机会弄明白省高院为何会发出这样一份指令，更想不清楚这其中的深层次原因包含着什么道理，国家的经济政策、社会的经济生活都是宏观视野，法律保护着政府机构和国家企业正常运转，那么老百姓的权益呢？

2007年开始，吉林市的众多储户不约而同地开始向中央纪委监察部、国家信访局邮寄上访信件和举报材料；相约多次聚集在省人大、市人大、市政府和中国人民银行吉林市分行表达诉求，直至围堵政府机关和建设银行。这样的情景，断断续续间持续到了2011年，其影响已经蔓延到全省以至全国。

2011年6月27日，对于储户们来说，应该是个特殊的日子。这一天，储户纪伟东、车鸿钧、史玉芳相约来到吉林市信访法律事务服务中心寻求帮助。他们很幸运，这天，修保正陪同时任吉林省政法委书记金振吉视察"中心"工作。几位信访人的到来，让金书记的视察有了直观印象。而对于这几位信访人来说，能直接面对这样级别的领导陈述自己的诉求，是他们上访多年来梦寐以求的机会，可谓意外之喜。事情也果真如他们期待的那样。金书记听了他们的陈述后，当场做出三点指示：一、这是典型的应依法定程序解决的信访案件，信访部门依法无权处理，应按民事诉讼程序解决；二、建议由"中心"代表信访百姓与建设银行协商解决，国家政策调整，大家应当支持和理解；三、协商不成，由"中心"指派律师引导上访人依民事诉讼法通过法定程序解决纠纷。金书记当场将省、市法院领导叫到面前，指示要严格依法立案受理。

金书记的话，让在场的几位老上访户激动不已，眼泪都禁不住了，此时话语已无法表达心情，他们不约而同地鼓起掌来……

"中心"的介入，无疑使储户们有了新的盼头。消息传出去了，人们奔走相告，一时间，先后有六十八人次来"中心"咨询，寻求帮助。对于具体办案的修保、张德轩、张龙、史壮等律师来说，这件涉及人数众多、时间久远而且社会影响极大的案件，化解起来并非易事。而在法院不予立案的前提下，要说服储户们放弃以上访或其他激烈方式表达诉求，就更是难上加难了。首先，要让储户们相信，"中心"会竭尽全力帮助他们；第二，要让储户们相信，走法律程序才是化解纠纷的最佳方式；第三，要让储户们清楚，任何过激的上访和类似举动，最终伤害的都是自身，对于问题的解决毫无益处。

这样的说服是很见耐心的。无数次的约谈，苦口婆心的劝导，终于说动了这些储户，同意不再以过激方式上访。这一个过程，竟然耗费了两个月的时间。

同时，"中心"指派的律师与中国人民银行、建设银行的协商工作也在进行，但却不见成效。此路不通，只好走最后的民事诉讼程序了，立一起普通的"储蓄合同纠纷案"。

那么，下一步，便是到法院立案了。张龙律师帮助储户们写好了诉状，办理了义务代理手续，便同原告来到吉林市船营区法院立案大厅，但却被明确口头告知：不予受理。

可是，公民享有请求国家维护自己的合法权益的权利。法律赋予了当事人在其权利受到侵犯，或者权利义务关系发生争执时，具有进行诉讼的权利！

修保明白，要让化解工作向前推进，第一步，他和"中心"的律师们，必须得为储户们争取这合法的诉讼权。为此，他们查阅了大量规范性文件及司法判例，先后向吉林省政法委领导和省人大发出案件工作请示报告，向省、市、区三级人民法院发出应依法立案的法律建议函件七封，有记载的到省、市、区三级法院沟通协调达二十二次之多。

2015年，在省政法委的纠正下，法院终于立了一个代表性的个案。

从修保和"中心"接手代理这桩"储蓄合同纠纷案"，到法院通知立案，时间已经过去了四年。

2015年9月，法院终于开庭审理此案。法庭上，张龙、史壮律师说明了双方储蓄合同的合法性，列举了相关法律法规和相关证据等等。

然而，这桩事涉上千人的案子，这桩以强势的国有银行为被告的案子，这桩让修保和律师们耗费多年心血的案子，也是让众多上访储户充满期待的案子，一审结果：败诉！

储户们别提多么沮丧。他们对法律质疑、对法院失去信任，还有的委托人对修保也失去了信心。

一位七十多岁的老人当面提出要求，换律师，从北京请维权律师。

这是委托人的权利。修保可以阐述自己的态度，表明对后续审理的信心，但他不能左右委托人的选择。他静候其他委托人的决定。

现场，持两种态度的人各说各的理由，情绪都很激动。最终，坚持请"中心"律师继续做代理的一方占了上风。

修保笑着对那位老人说："开庭时你一定要去旁听，看看我们到底敢不敢为你们讲话。"

这是缘于满满的自信。

2016年5月23日，市中级人民法院对纪伟东等诉"老少乐保值储蓄"违约一案进行二审，修保、张龙再次为储户们义务出庭。

法庭依然是那么庄严，法庭里的气氛依然是那么紧张而严肃，审理的程序依然是那么一丝不苟。举证质证后，开始法庭辩论。修保作为原告代理律师发言。从庭审查明的本案事实，依据《中华人民共和国合同法》和国务院颁发的《储蓄条例》中有关储户权利保护条款之规定，修保提出，本案原被告双方储蓄关系事实清楚，证据充分，依法应受到法律的支持和保护。被告方在明知国家储蓄政策调整后，如认为双方储蓄合同有变化不能如约履行，就有义务公告通知原告变更或解除储蓄合同，其故意违约不作为，依法必须承担违约责任。

2016年8月16日，吉林市中级人民法院终审宣判，支持原告的诉讼请求，判令被告建设银行依照储蓄合同向原告给付存款本金和利息合计10319.40元人民币。

◎ 张龙律师（左二）在接待"老少乐"上访人

　　法官宣布闭庭。旁听席上的人还没有走散，那位曾经要求换律师的七十岁的老人，走到修保和张龙面前，跪地叩谢。

　　修保急忙扶起老人，他受不起这沉重的一拜。

　　这场官司赢了，这一桩涉及千万人的上访案尘埃落定，从此，这些上访人解开了一道心结，将回归平和安稳的生活。

　　此时此刻，修保的心是轻松的。

作者手记：

　　"中心"自成立的那天起，受理案件就源源不断。归总起来，案件的来源有四个渠道：一是信访群众主动来"中心"寻求法律帮助；二是涉事司法部门委托"中心"参与化解的案件；三是相关政法委交办"中心"协调办理的案件；四是吉林市区域外有关部门求助"中心"化解的案件。

　　截至 2016 年 6 月，"中心"共受理各类涉法涉诉信访案件 595 件，结案 410 件，接待法律咨询 2100 余件、5900 余人次，同信访人签订息访服务、代理协议 410 件，息访人数达 3200 余人，通过无偿服务为信访人免除律师代理费近百万元。"中心"在为平民百姓代言、化解涉法信访案件、维护社会稳定和公平正义方面，发挥了卓越的作用。这一点，守家在地的吉林市和吉林省两级政法部门获益良多，并深刻认识到"中心"或类似"中心"机构的重要性。早在"中心"刚刚成立不久，吉林市政法委就多次组织市直政法部门开展专题调研，建立了政法部门与"中心"的配合协调机制，出台了《关于协调办理涉法涉诉信访案件的若干意见》；2013 年 4 月，吉林市中级人民法院与"中心"联合制定了《关于共同化解涉诉信访案件的实施办法》（2014 年 10 月，双方对该办法进行了二次修订）；2014 年 9 月，吉林省政法委联合省公、检、法、司五部门，下发了《关于律师参与化解涉法涉诉信访案件工作的指

◎ 吉林市信访法律事务服务中心成员参加"志愿者在行动"活动

◎ 访民带着介绍修保事迹的报纸慕名来到"中心"寻求帮助

导意见》。吉林省政法委在转发 2015 年 6 月中央政法委《关于建立律师参与化解和代理涉法涉诉案件制度的意见（试行）》时同时提出，全省各地要认真总结吉林市信访法律事务服务中心的息访经验，发挥律师在化解民间纠纷和信访案件中的特殊作用。这些规范性文件的出台，显然是在对"中心"工作经验总结的基础上形成的，将律师参与息访工作提升到一个新的高度。

"中心"接案越来越多，律师们的工作强度越来越大，办案所需经费也相应增加，但对当事人的服务包括代理诉讼，均是无偿的。对于一家民间机构，所有的经费包括人员工资，从何而来？最初的支出都是修保个人奉献的，经费非常紧张，每个办案律师的工资仅有两千五百元、专家们的工资也才两千元。律师和专家们有境界讲奉献，他们不会计较收入的高低，但这终归不是久远之事。那么，如何保证"中心"持续运转下去？吉林市委、市政府曾经考虑由财政拨款资助，可这样一来，"中心"作为"民间第三方机构"的性质就变了，又成为政府供养的部门，那么如何保证"中心"不偏不倚的立场、如何让上访人相信"中心"的公正、如何体现"中心"服务上访人的宗旨，都将被人质疑。何况，这也有违修保创立"中心"的初衷。

吉林市委、市政府领导研究出了一个解决的办法。

修保作为吉林市政府的首席法律顾问，十几年来为政府及各职能部门代理上百件各类案件，保护政府利益近十三亿之多，但从来没有要过律师服务费。根据吉林省物价局和吉林省司法厅制定的律师业务收费办法的规定，政府应付的法定代理费竟有一千七百多万元，这是吉林市财政局委托审计得出的数字，还不包括其他业务服务费在内。如果政府将这笔钱每年以律师代理费的名目拨付给"中心"，名正言顺也理所应

◎ 上访人与"中心"签订息访代理协议

◎ "中心"召开的听证会现场

当。"中心"用这笔钱支付运转费用，既切割了"中心"与政府的关系，又保证了它第三方的地位。

这样的方案，能让政府和"中心"共赢；当然，这也是修保的自愿奉献。有了经费，"中心"这个公益性法律服务组织才能运转下去，并能长久服务于民。这，是修保最大的愿望。

市财政将这笔款子分解开来，每年拨付一百八十万元，"中心"靠这笔款维持着正常运转。"中心"行政部主任张龙律师还记得"中心"初创时的事。他和吴伟律师去采买办公用品，花每一笔钱都掂量几个个儿，左挑右选、跟商家砍价，就是觉得这钱是修主任自己掏出来的，不能大手大脚地花。对这每年一百八十万元的拨款，张龙律师很乐观地算了一笔账，这笔钱能花到 2022 年。

随着"中心"影响的扩大，"中心"的经验也开始在全国司法系统产生影响。2014 年 8 月 6 日，最高人民法院领导带着全国二十二家省

◎ "中心"调解委员会主任张允海接待当事人

高院的信访部门领导来"中心"调研。调研结果一致认为，这样一种由律师和法律专家组成的机构，从第三方角度评鉴上访案件到底是上访人有理还是法院有理，对于人民法院来说，是化解社会矛盾的新途径。修保和他创立的"信访法律事务服务中心"无疑为化解"中国式维权"，探索出了一条崭新的路子。

2015 年 8 月，在全国律师工作会议上，中央政法委书记孟建柱在讲话中特别表彰了吉林市信访法律事务服务中心和吉林保民律师事务所在解决信访问题上发挥的作用；2015 年 11 月，中央政法委在推广落实律师参与化解信访案件制度的"济南会议"上，把"中心"的经验定义为化解涉法涉诉信访的"吉林模式"，并向全国推广。会上，中央政法委副秘书长王其江介绍修保息访的"吉林经验"，他现场点名，让修保站起来同大家见面。与会的是全国各省公、检、法、司的负责人，共有四百多人，而修保是仅有的几位律师界代表之一。坐在台下的修保毫无准备，听到点名站了起来。他听到了现场的掌声，这掌声令修保很是激动。接下来，王其江又说，涉法信访需要像修保这样有家国情怀的大律师协助我们涉事政法机关去化解，广大信访民众需要我们广大的律师去帮助他们依法维权。只有把信访矛盾解决好，社会才有和谐稳定。让我们大家对修保这个能为平民百姓义务服务的大律师再次表示感谢。会场再次响起热烈的掌声，而且持续很久，这是赞赏、肯定、表彰，也是鼓励……

根据中央政法委的部署，新华社、人民网、《中国青年报》《法制日报》《检察日报》等五家媒体专程到吉林市调查采访"吉林模式"，并将形成经验材料公开报道，为中央政法委的决策提供舆论支持。

2015 年 11 月 4 日上午，吉林市委二号楼会议室，五家媒体首先进行了联合采访。会议室里坐满了人，除修保和"中心"的律师代表外，市政法委、市司法局、市中级人民法院、市委宣传部等相关部门领导悉数出席；而最惹人注意的，却是被专门请到现场的十多位上访户代表。

◎ "中心"协调办案部主任张德轩接待当事人

◎ "中心"咨询接待部主任刘振山接待当事人

这十多位代表，都曾经因为各种缘由走上上访之路，又都是在修保和"中心"的帮助下息访，大部分的案子已经化解，个别的案子正在依法办理中。他们今天要回答一个共同的采访问题："中心"在化解涉法涉诉信访案件中的作用。

会议的程序是事先规定好的。首先由修保代表"中心"简单介绍情况，然后是市政法委、市司法局、市中院相关领导谈"中心"在化解信访案件中的作用和重要性，最后，便是由曾经的上访户代表发言。前两项都进行得中规中矩，轮到曾经的上访户代表发言时，秩序和发言的内容便不再按照规定动作了。事先举办方担心，这些代表都是普通的老百姓，在今天这样官方的场合，而且是有一定级别的会议上，他们会不会怯场以致造成冷场？会不会紧张而词不达意？会不会借题发挥趁机再翻旧账？

◎ 吉林省委书记巴音朝鲁（左一）视察"中心"，修保介绍情况

现场情况却完全破除了这种担心。这些上访户代表毫不怯场，争先恐后地发言；他们表述清晰，不翻旧账不纠结于自己的个案，只说他们想说的。但会议主持人仍然时不时地要控制局面，因为他们发言超时了，因为他们的发言没有围绕"中心"在化解上访案中的作用，而是异口同声，都在说修保的好。他们用自己的亲见亲历，讲情节讲细节，有的很琐碎，有的很啰唆，互相还抢话头，但都讲得动心动情，说到激动处，就禁不住哽咽流泪。有的上访户代表不仅哭，还当众给修保深深地鞠了一躬。修保坐不住了，一个劲儿地打断他们的话头，提醒说："别说我，说'中心'，说'中心'的事。"

我曾经参加过无数次的会无数种类型的会，但凡官方会议都是千篇一律按部就班，谁先说谁后说，谁可以长篇大论谁只能简短说明，谁重点强调谁最后补充，都是有规矩的。这样的会议套路司空见惯味同嚼蜡，坐在会场也是勉为其难。可今天这场官方组织的会议却令人兴致勃勃，充满期待。实在是因为有了这些曾经的上访户代表，你不知道下一句他们能说出什么。他们无视规矩，忽视了程序，只是想表达对修保的感激和赞誉，这种表达完全发自内心，是一种按捺不住的情感。我又想到那一份由数十位普通百姓联名按了手印推荐修保当人大代表的信，那代表的都是人心，是老百姓的口碑。

社会需要修保这样的好人，需要像他这样不图名不图利、一心为普通百姓代言、为政府和百姓架起沟通桥梁的好人。因为有了修保，才有了"吉林市信访法律事务服务中心"，因为他的人品和胸怀，才能凝聚起一批有善心有品性的法律专家和律师，共同垒铸着社会稳定的基石。这一"吉林模式"无疑值得推广，值得效仿。当然我们更寄希望于司法的公正和公权部门在行使权力时的公平，以最大限度地减少或杜绝公民上访案件的发生，但在现阶段，我们真的需要大力推广"吉林模式"。可以设想，如果真如所愿，类似"吉林市信访法律事务服务中心"这样的机构能在全国铺开，那对于普通民众和各地方政府及公权部门来说都是极大的福音。

2016 年 10 月，修保再一次向吉林省人民代表大会提交了一份代表

◎ "中心"全体会议

◎ 群访户代表为"中心"赠送锦旗

建议——《关于成立公益性法律服务组织推动律师代理司法申诉制度的
建立和用地方立法解决我省涉法信访问题的建议》，并后附《吉林省律
师参与涉法信访工作条例（草案）》。这是修保根据"中心"多年来参与
化解信访案件的工作实践、反复斟酌、近百次修改后提出的建议，旨在
发挥律师的专业能力，将公民的"信访"引导到"信法"上来。该项建
议曾获得四十六名省人大代表的联名，分别在2015年和2016年提交给
省人代会。再次提交，修保又做了修改和完善，他就是希望通过以地方
立法的形式，在吉林省先行先试，从源头上彻底化解地方信访难题。

修保认为，国务院有一部《信访条例》，规定了解决信访问题的总
体框架，但随着社会的快速发展和新增问题的不断出现，国家法规有其
局限性和滞后性，需要用地方法规来完善其可操作性。而他提出的这部
《吉林省律师参与涉法信访工作条例（草案）》具备一定的可行性和可操

作性。他希望引起有关部门足够的重视，尽快提上立法日程，通过修订完善，早日出台。

修保有点儿心急。

距离中央政法委决定向全国推广"吉林模式"、距离五家新闻媒体联合采访已经过去一年多的时间，吉林市信访法律事务服务中心还在正常运转。

在吉林省，各地市都成立了类似"中心"这样的机构；在全国，类似这样的机构也陆续成立了一些，但运营方式各异。那么，是不是可以这样说："吉林模式"可以推广，却无法复制？

毕竟，修保只有一个。

第九章　公道人心：公益律师的窘境和姿态

作者手记：

　　修保做律师，做得很累。因为这不仅是职业，还是他的事业。

　　2016 年 12 月，修保领到了退休证。对于一个律师，这倒不意味着远离职业；对于修保，保民律师事务所和"中心"仍是他的事业平台。但这毕竟是一种标识，提醒他人生已经过半。人到了这个年龄段，便会时时地回味过去，修保也不例外，尽管他每天还一如既往地忙碌，甚至较之以往更加忙碌。难得的清静时刻，他会抚今追昔，扪心自问时，他很坦然，他尽力了，或许不能让所有的人都满意，但他用自己的努力和付出把这项事业做到了最高境界，他也因此获得了诸多的荣誉，几乎国家所设立的各类最高荣誉奖项，他都领了回来。证书和奖杯堆了满满的一卷柜，多得他都说不清是什么荣誉是哪个部门颁发的。当然这不是他的初衷，但荣誉的获得，是对他几十年职业生涯和人生价值的认定，因而，他珍惜，也知足，但让他感觉更多的是压力。"大律师""平民律师"是口碑，不是身份，更不是权力。有时候，他会因此失去更多，甚至常常会让自己陷于一种被动或者窘境。

第一节 "中心"化解不了的一桩案子

修保被人告了。

当律师这么些年来，他一直都是为别人打官司，为别人维护权益，这一次，他惹上麻烦了，他得准备为自己打官司。修保在吉林市、吉林省乃至全国都是名人。2016年初召开的全国政法工作会议和全国司法工作会议，修保作为全国仅有的几位律师界的代表受到特别邀请，这在新中国成立以来尚属首次。每年一次的全国政法工作会议，只有公、检、法、司和省级政法委一把手才有资格参加，修保不过是一名普通的律师，却能受到特别邀请参会，可见修保的知名度了。他被人告上法庭，自然受到关注，尤其他还是一名公益维权律师，内中情由令人充满

◎ 修保捐助困难群众

好奇和猜测。

按着《中华人民共和国律师法》的明文规定，律师只能维护委托方的利益，不允许律师在代理案件中为对方维权。由于很多人不懂得法律的这种规定，导致一些诉讼当事人对自己对方的律师不理解甚至产生仇恨。

告修保的，正是修保代理的一桩案子的对方当事人。

这还是吉林保民律师事务所第一次当被告。

修保把刚刚接到的法院传票和诉状递给我看，"非法滥用诉权恶意诉讼"的字眼非常刺目。修保淡定的态度和从容的心态，说明了他的自信，然而，话语中偶尔露出的苦涩和苦笑，又透视出面对一种怪异的社会现象和人性扭曲时，作为一个正常人的无奈和哭笑不得。

修保所以被人提告，缘于八年前他代理的那一桩某国有副食品商场下岗职工上访案。时间已经过去了十多年，他非常不愿提起这桩令他充满遗憾和失落的案子，但其实，他从来就没有摆脱这桩案子的阴影。当年的被告方一直不满足于既得利益，不依不饶地四处上访，到处投递告状信，还在全国"两会"期间进京上访。被对方状告，修保并不在意，在为自己的委托人争取权益的同时，自然要得罪对方，每个当律师的恐怕都得面对这样的结果，不足为奇。待官司了结，双方再无瓜葛，即便有再大的怨怒，也是各自消化了。修保却遇上一个偏执的对方，将怨恨发泄在一个律师身上，并誓要把他告倒为止。这就是修保的晦气了。他可以视而不见充耳不闻，但这位上访者搅动起的尘埃，雾霭般地影响着你的生活环境、工作氛围直至事业目标时，就再不可能漠视了。修保多次试图解决，尝试通过朋友找他谈话、沟通，但却遭到拒绝。修保曾经化解过无数起的上访案，无论多长时间、多么复杂的上访案，他没有为难，更没有退缩，只有这件摊在自己身上的上访案，竟令他束手无策。

修保知道，这件案子撼动不了什么，他该干什么该怎么干，依然如故，只是要提醒自己注意人身安全。

但有的时候想起来，心里便格外地不舒服。

修保有充分的自信，于法于理于情他都无愧于任何人，但他真不敢保证就一定能赢这场官司。当然每个做律师的都不敢保证自己打的官司准赢，但对于他来说，当了二十多年的律师，经手代理的案子数不胜数，尤其是那些无偿代理的"冤枉""错案"，他在法庭上的慷慨陈词，他在庭外的据理力争，他在当事人面前的仗义执言，使他在有意无意中得罪了太多的人。他相信法律是公正的，但他也清楚，执行法律的是人，这其中就充满了变数。

接到法院送达的立案通知书的当天晚上，修保失眠了，不是害怕输了官司，他觉得自己就这样被人告上法庭有些滑稽。当他以一个公益维权律师的身份站在被告席上时，对于他意味着什么？对于像他一样的全国的公益律师又意味着什么？辗转反侧之间，他忽然对自己这些年来走过的路产生了疑问，他开始质问自己到底图什么。几十年来，他所付出的智慧心血，他所付出的财力精力，他所遭遇的不平难堪，连他自己也说不清了。他只知道作为公益维权律师，在这个法制还不完善的社会，他所走出的每一步，都是那么艰难、那么坎坷。是的，他看到了那些长年上访的百姓，在他的帮助和周旋下，满意地回归了正常的生活轨道；他看到了被上访户缠得焦头烂额的政府官员在他的调解下如释重负的笑脸。没错，他赢得了百姓的赞誉，也获得了官方的认可，有百姓自发地为他请功，有政府授予他的一个又一个国家级的荣誉……可这些，真就是他奋斗了大半生而要得到的结果吗？如今，他却将以被告的身份站在法庭上，公理会站在他这一边吗？

修保哭了，仿佛几十年积聚下来的委屈全部涌上了心头，眼泪汹涌般地流了下来，竟然遏制不住。除了父母去世，他从来没有这样流过

◎ 修保接待求助者

泪，也从来没有流过这样多的泪。

当然，第二天出现在人们面前的修保，仍然还是那个精力充沛的修保。当他再次面对前来求助的普通百姓时，他还是毫不犹豫地照例接待；还没有了结的案子，他还得继续处理；需要与各个部门协调沟通的事情，他仍然不厌其烦地解释、说明甚至恳求。

修保说："当律师的，有人告你是正常的，无人告就不正常了；对手告是正常的，委托人告自己的律师就不正常了。"

想清楚了这一点，他坦然地应对这场官司。

陈淳听说了修保被告的事。正是他时任市委副秘书长时在文件上批示请修保介入这桩上访案的。此时，他给修保打来电话，说："这件事情的前前后后我最清楚，我会为你作证。"他又说："如果你输了这场官司，那社会真就是没有公理了。"之后，这位已经退休的前市委副秘

◎ 修保接待寻求帮助的上访人

书长亲笔写了十二页的证实材料，提交给了吉林省政法委、省检察院、法院等相关部门。

法院审理那天，修保没有出庭。他坚信自己的所作所为，不屑于与对方对簿公堂；他也坚信法律的理智和清醒，会为他和像他一样的公益律师做出公正的判决。

法官当庭驳回了原告请求。

接到消息的修保，没有惊奇，也没有兴奋，一笑了之。

但是他知道，这件事情还没完。

第二节　好口碑不等于好人缘

毫无疑问，律师是个得罪人的职业。尤其像修保这样的律师，经常代理的是维权案子，是与公权或职能部门对簿公堂据理力争的案子，尤其修保还是个原则性极强容易冲动的人。

修保清楚，作为律师，这不是个好性格。同样做律师的儿子常常在他临出庭前发来短信，提醒他不要激动，要控制好情绪。他笑笑，有一种温暖人心。

然而，他还是常常控制不住。在为民工讨工伤医药费的时候，他揪过私企老板的脖领子；对个别明显枉法的法官，他当场警告："如果敢枉法裁判，我就控告你！"为抗议对自己当事人的不公正对待，他中途愤然退庭；他精准的法理陈述和口才表达，有时会让对方哑口无言陷于难堪；发表代理意见时，他会出人意料地找出对方的漏洞，令案子的情势突然逆转；还有时，他看不惯个别代理人唯利是图和不择手段而不屑与之为伍……这样的一个修保，无论他怎么不情愿，也无法避免得罪人，得罪的还常常是手中有点儿权力或有本事能置他于难堪之境的人。

有人说：查他。抓住把柄就把他送进去！

所以，修保做任何事都小心翼翼，中规中矩地行走在法律的框架内，从不越雷池半步。他的律师事务所纳税非常规范，每一笔支出收入，都必须有正规票据，因而他的纳税情况清晰透明，从来没有不良记录。有一次税务部门例行查账，新上任的一位税务官对修保的纳税信誉虽有耳闻，却未免质疑，便带着查账组一连六天蹲在律师事务所的财务部门查账，那仔细、认真的工作态度令财务人员不安起来，急忙来请求修保出面，说哪怕请税务人员吃一顿饭认识认识，你连面都不露我们做财务的也不好跟人家沟通。修保却仍是态度坦然，嘱咐财务人员摊开所有的账本接受检查。结果，所有的账目往来一清二楚，笔笔有根有据，就连当事人不要发票的也都把票开出来交税了。那位税务官服气了，说："当了这么多年税务官，年年月月查账，却从来还没查过没有问题的账。"临走，税务官提出见修保一面，修保这才出面了。

还有人放话，凡是修保代理的案子，"能赢的"拖延时间不办，

"可能输的"马上下判。

"能赢"或"能输"显然是种通俗说法，行内行外人一听都能明白，只是"能赢"或"能输"有时却是可以人为操作的，这其中就有了玄机。姑且不说这人会如何断定修保的"该赢"还是"该输"，只在这办案的时间上稍稍摆修保一道，也会让他有苦说不出。至少会让当事人怀疑找他代理自己的案子是否得力。曾经有个案子，某市一个群访案，选出王某某等十名代表。一次进京上访，去了五个代表，回来后，却被抓了十个，罪名是"聚众扰乱社会秩序"，因为此前这十人曾经围过政府。十名被告的家属找到修保咨询，谈话中表示要组织家属进京上访。修保和所里的律师研究了案情后，为阻止这些家属进京上访，便决定无偿代理。开庭的头一天，他带着十名律师赶了上百公里到某市去准备出庭。当晚，某市司法部门领导得知后找修保谈话，请他把十名律师带回去，修保自然回绝。第二天，修保的车就被交警扣住了，而且，他和律师们连法院的大门都进不去，与门岗交涉，还被威胁要拘留他。争吵间，法院院长出来了，很开明地放他们进去参加庭审。结果，十名被告还是被判了刑。后来委托人连个电话都没给修保打过来，因为他们听人说，找律师找错了，如果不是修保代理，这案子就判不了。显然，委托人把输官司的账记在了修保头上。

修保也遭遇过被委托人中途换掉的事情。

这件事是我整理他过去的录像资料时发现的。那一大堆光碟是从他的书柜里翻出来的，都是他参加各类社会活动、授奖仪式、接受表彰或者媒体拍摄的专题报道等，有的已经损坏完全无法观看，有的图像模糊一看就是年头太久了，显然他也没有刻意保管。其中的两张光碟有声无影，而且录的都是同样的内容，明显是复制品。里面一个男声一个女声，听了两遍，我判断出，女的是案件被告的姐姐，被告是这个女声的妹妹，似乎涉嫌贪污或者挪用公款；男的则是某司法机关的工作人员，一位某处长。两个人的对话，就围绕一个问题，如何能让被告获得轻判。那位处长极力怂恿被告的姐姐换掉律师修保，说只要聘请另一位某律师，我保你这个官司会有不一样的效果。无论被告的姐姐如何追问，某处长一直不肯明说，只是暗示会比修保代理结果更好。某处长解释他不能明说的理由，说谁也不能保证最后的审判结果，但你如果听我的，我就会做些工作。被告的姐姐一再强调已经与修律师签了协议，修律师是省人大代表，挺有水平的，修律师都开始准备了，换掉他怕不太好说。某处长还是那一番话，某处长没有强迫的意思，某处长只是表明态度，如果不换律师，下面的工作就不好做了，那后果你们自己担着。最后被告的姐姐表示，明天就去跟修律师解约。

听完录音的第二天，我问起这段录音的事。修保很茫然，说没听过这段录音，里面讲了什么？我转述了录音内容，修保似乎想起来了，说是有这么个案子，被告的姐姐、姐夫找的他。

我问："最后把你换掉了吗？"

修保说："换了。"

我问："他们说了什么理由？"

修保说："那个案子证据不充分，我准备按证据不足做无罪辩护，但无罪放人好像很难，因为在庭前和公诉方交换意见时争议很大。当事人有权换律师，人家说换，不管什么理由，都得接受。"

我问："那你当时没听听录音的内容？"

修保说："没有。我不知道当事人家属录了什么。"

我问："他们跟那个处长通电话，怎么还会想着录音？"

修保笑笑："说，只能说这个当事人有法律意识，怕将来和被告人说不清，当事人比较谨慎吧。"

我又问："他们怎么会把这个录音交给你？"

修保说："不知道。我后来知道判决被告有罪而且判得还很重，家属认为上当了，让我告某处长违法逼她辞退律师。"

我问他："你告了吗？"

修保说："我还从来没自己举报或者告过哪个司法工作者，也从来不背后怂恿当事人去告法官、检察官。我对法院、检察院有意见都是公开提，司法座谈会或者人代会上。所以有的代表给我起个网名叫'黑脸'。"

说回到这段录音，修保又说："能理解。谁家摊上这样的官司，都想有个好结果，挖门盗洞地四处求人找关系，有啥手段用啥手段。"

仅凭一段录音，而且录音中那位处长都是用暗示或者模棱两可的话，让人无法确定这其中的枝枝蔓蔓是否涉及交易。但相信每一个听过这段录音的人，心里都会有一个清晰的判断。你可以不说，但不证明没有这样的事情。

现在，修保也很有自知之明，有人找他代理，若是因为他的名声和身份而让当事人遭遇不公进而影响到审理结果，他会婉言推掉，哪怕有高额的代理费也不干，他说律师代理案子不能只为了挣钱。好在，修保不用担心是否再能接到案子。他的手机随时随地会响起来，他的办公室也随时都会有人造访，找他或求他代理。就是那些曾被他得罪过的人，那些想要把他"送进去"或者给他脸色看的人，一旦遇到疑难案子，无论是个人的还是官方的，还都找他或者往他这儿介绍。

面对每一个找到他寻求帮助的人，修保都要说明三层意思：第一，你来找我为你提供法律服务，我很荣幸；第二，仗义执言、维护公平正义、维护当事人的合法权益，是律师的职责；第三，我的能力有限，但我会把你委托的事当作自己的事情来办。这三句话已经成为修保标准的服务承诺，更成为他做事的准则。有一次，修保因痔疮发作做了漏管切除手术，刀口足有十一厘米长，他不能活动，只能躺在病床上静养。第三天，他的一个当事人来电话，告知原定的开庭时间提前到明天。做手术前修保把所有的工作以及代理的案子都排好了时间，却没想到这桩案子的开庭时间提前了。修保只能告诉当事人，他因事无法出庭，他会委派一位律师代替他。这位当事人是一名普通女工，被单位领导打伤反倒当了被告，她也因此差点自杀。在吉林市妇联的帮助下，她找到修保。修保答应免费做她的代理律师，使她增强了打赢官司的信心，没承想，到了关键时刻修保却不能出庭了。不明真相的她立时哭了起来，边哭边恳求修保无论如何都要亲自到庭，她说："如果你不出庭，我的官司就肯定输了。我连死的心都有了。"修保最见不得别人的眼泪，当事人的哭诉很容易就能刺痛他内心最柔软的那个地方。他当即答应一定亲自出庭。医生的坚决反对，并没有阻止他的决定；怕家人阻拦，他干脆瞒过他们。第二天，他躺在出租车的后座上赶了五公里的路准时来到法庭。他把两个椅子并排摆在一起，中间留条缝，他小心翼翼地坐上去，一坐就是两个多小时，刀口被挣开了，血水流了一地。闭庭时，他已经站不起来了。回来后他不得不又做了二次手术。官司打赢了，当事人兴奋之余得知修保的身体状况，再一次哭了，这次是被感动哭了。

一个有着这样境界的律师，怎么会不被人信赖呢？

修保有着悲天悯人的秉性，那一份善意和爱心，随时随地都会显现出来。他看不得普通百姓受苦受委屈，遇见了便想着帮一把，所以很多义务代理的案子，都是他无意中捡来的。有一次去医院为一位追捕歹徒时受伤的民警捐款，看到同病房的一个年轻患者和他的父母一脸愁容，便关心地打听起来。

原来年轻人是一位农民工，叫于冬明，在建筑工地做吊车工，吊车突然折断，他从二十多米高的半空中摔下来，送进医院抢救，好歹算抢回了一条命。可是，高额的治疗费却让这个农民家庭难以承受了，而开发商、建筑商和吊车出租单位，却相互推诿责任，谁也不肯为受伤的农民工支付医疗费和赔偿金。从家里拿来的几千元积蓄，两天就花完了，下一步别说治疗，连吃饭都难了，若不是同病室的病友和家属你一顿我一顿地帮着，一家人恐怕早就支撑不下去了。

听着于冬明一家人的哭诉，修保按捺不住了。他掏出身上仅有的一千元钱，交给这对老夫妻，告诉他们："我是律师，我会义务帮你们打官司，讨回医疗费和赔偿金。"

修保带着律师事务所的律师开始介入此案，工商局、建委、公安局、检察院、建筑工地来回奔波，调查证据，协调关系，申诉理由，四个多月的努力，终于使施工责任单位为于冬明支付了全部医疗费，又依法讨回了四万元的赔偿金。对于这个困苦的农民家庭来说，这无异于救命钱。一家人捧着四万元赔偿金，流下了激动和感恩的眼泪。此时，修保的心是满足的，他为此付出的时间、精力和金钱，便都值了。

有一位丁老太太，信佛，每天都要对着佛像参拜。她将修保的照片摆在了佛像旁。有一天她的侄儿来看她，见到佛像旁修保的照片，便问这是谁。丁老太太告诉侄儿，这是个好人，是我们下岗职工的救星。佛祖保佑他平安。侄儿是个社会人，与一位包工头来往密切。不久，这位包工头因为修保得罪他而要找一帮人去律师事务所"修理修理"修保，巧的是，包工头找到了丁老太太的侄儿。老太太的侄儿一听要报复的对象是修保，便不肯去，说："我大姑说了，修保是个好人，咱不能打人家。"包工头非常恼火，劝不动人去，又下不来台，便将老太太的侄儿打了一顿。后来，报复修保的事儿也就不了了之了。

事后，丁老太太把这事讲给修保听，老太太说："佛祖会保佑好人，好人自有好报，我天天替你念佛。"

修保感激老人的善意，他也愿意相信佛祖能庇护天下所有的好人。

但修保仍然时时地有着一种势单力薄孤独无助的感觉，面对邪恶势力，面对谩骂诬告甚至人身威胁，他常常被动承受或忍受。他的手上留着一道十多厘米长的疤痕，那是被一帮片刀手砍伤后留下的。事发地点是一个私企大老板的办公室，事发时还有执法人员在场……如今伤口早已愈合，但每每想起来他的心都是痛的，是钻心的痛，痛得他不愿再开口讲述当时的情形。

修保不怕得罪人，更不怕得罪一些权势人物，他相信邪不压正的铁律。而最让他感到委屈和难堪的，是他想帮助人家却被人家误解，这种事又往往都是他自找的。他倡议并组建"吉林市信访法律事务服务中心"，干的就是自找麻烦的事，宗旨就是为那些无助的普通百姓维权，或者为了帮助那些上访户走上依法维权的渠道。这么多年下来，他已经数不清自找了多少麻烦，麻烦解决了，当事人满意，相关部门或个人满意，能够看到他们的笑脸，修保就有一种成就感，那是一种无需掩饰的成就感。然而，当被人误解尤其是被他真心想帮助的人误解时，他有心无力只能眼看着事态恶化时，那种失落或委屈，也会让他眼含泪水，不由自主地生出挫败感。

2016年7月27日的上午，修保放下手头的其他事务，急急忙忙地驱车前往吉林市铁路投资开发公司的办公大楼。他偶然听说，有几个动迁户因为房屋拆迁与该公司未谈拢条件，激愤之下占据公司会议室长达一个多月的时间。在劝阻协商均无效的情况下，公司选择了报警，警察将以寻衅滋事为由拘捕带头者。修保很清楚这意味着什么，长年从事接访息访工作，与众多的上访户打交道，他遇到太多这样的情形了。他立刻与警方沟通，希望暂缓出警，给他留出两天的时间去做那几个动迁户的工作。他除了带上几个助手，还特意邀请了正跟他见面的当事人——几位来访的上访人。

我也一同前往。

中心现场是公司的会议室。通往会议室的步行楼梯的栏杆上搭晒着毛巾、衣物、床单等；会议室的桌上、窗台上堆放着各种生活用品，

◎ 劝导现场

◎ 劝导现场

地上铺着几块毛线毯子，旁边放着两张行军床。床上躺着两位七十多岁的老太太，其中一位显然是中风患者。屋子中间摆着长长的会议桌，墙上挂着投影幕布，还说明这里曾是会议室，但显然这个会议室如今被这些动迁户作为了临时住处，也是他们的"战场"。他们的房屋被动迁了，他们提出的条件得不到满足，相对于开发公司来说，他们是弱者，没有别的能力抗争，只能采取这种极端的手段，占据公司办公场所，以逼迫对方就范。只是他们没有想到，无论他们有理还是没理，这种做法本身已经触及刑律，会被对方抓住把柄反制。修保不愿意看到这样的情形，他清楚这些动迁户的处境，他希望能先劝说动迁户们放弃这种极端方式，免得被追究刑事责任，然后他会义务帮助他们维护合法权益。

两位老太太茫然地看着修保一行人。修保试着问了几

◎ 被占据的公司会议室

◎ 被占据的办公场所

◎ 修保邀请寇桂荣（左）一起劝说上访者

句，那位中风的老太太躺在床上，显然是说不出话了；另一位岁数小些
的，比画着说自己听力不行。这两位老太太肯定不是带头的，而是被作
为了砝码。

带头的是两位中年女人。看见修保一行人，她们的情绪激动起来，
认定修保是和公司一伙的，是公司请来的说客，就为了诳骗她们离开
"战场"。修保们无论如何解释劝说，这两个女人就是咬住一个理儿：公
司不答应条件，一切免谈！

与修保一起来的人中，有一位妇女名叫寇桂荣，曾因对占地补偿
不满意而多次上访。当年修保也劝她要依法行事，她却没有听劝，结果
因过激上访被公安机关处理，此时刚在修保协调下获释不久。修保请她
出面，也是想让她现身说法，帮助做好这两位动迁户的说服工作。寇桂
荣也真的推心置腹地劝说好久，无奈，这两个女人根本听不进去，她们

言辞激烈，出言不逊，拒绝沟通，逼得修保说出"好汉不吃眼前亏"的俗理，却仍无济于事。

修保无奈了，平日伶俐的口齿此时笨拙起来。他苦笑着，眼里含着泪水，那是被人误解后的委屈和心有余而力不足的抱憾。他怀着善意而来，却被他想帮助的人敌视，这是他最不愿意也最无法接受的局面。

修保无功而返，回来的路上脸色阴沉着，连连叹气。他知道等待着这两位带头者的结果是什么。他还是不甘心，他请求寇桂荣晚上再尝试着去劝说一番，拿着法院给她的判决书。他说，算老弟求你，你们之间有共同的经历，或许会有效果，不能眼看着她们以身试法。寇桂荣毫不犹豫地答应，说我不为别的，就为老弟你是个好人，是真正为咱们老百姓做事的好人。

寇桂荣的努力也失败了，第二天，警察还是带走了其中一位带头者，另一位闻风跑了。被带走的这位一进拘留所就后悔了。修保听说后，又与警方沟通，看能否先放人，待他慢慢做些协商工作。

修保就是有着这一份执着。他见不得平民百姓受苦，总是力所能及地想要帮助他们，哪怕一而再再而三地被误解。这是骨子里的平民情结，还有一种侠义之心。

每年的春节，他都能收到上千条的问候短信，其中四百多条，都来自他曾帮助过的上访户，这让他感到欣慰。

人大代表候选人推举期间，会有民众自发地签名推举他做人大代表，那一个个各异的字体和鲜红的指印，令他感动不已，虽然明知这不会有什么作用还或许起反作用……

这是百姓的口碑，是他人生价值的最大回报。说起这些，修保感觉很欣慰，所有的委屈和失落，便都烟消云散了。

修保其实很容易满足。

第三节 被放弃的律师代表大会选举权

修保是个真性情的人，喜怒哀乐均形于色。他容易激动，也容易冲动。他知道作为律师这不是好性格，但有的时候就是控制不住，真是应了"江山易改，本性难移"这句古语。

修保最近的一次冲动有些闹大了，竟然是在全国律师代表大会上。与会的律师代表来自全国各地，每一个在业界都不是等闲之辈。修保作为吉林省律师界的代表，还被选为大会主席团成员。如同任何一个行业的代表大会一样，选举事项是非常受人关注的。也如同任何一次选举，选举的结果也都是可以预料的，基本不出意外。但这一次，出情况了。

网上有一篇属名刘桂明（民主与法制杂志社的总编）的文章是这样讲述事情经过的——

话说2016年4月1日上午，大会进入最重要的常务理事选举环节。此时，大会主席团正在酝酿候选人名单。看起来一切正常，各位主席团成员只要不表示异议或是鼓鼓掌，就算是通过了。不料，在此前任何一次换届大会中从未发生的一幕出现了。作为来自吉林省的主席团成员，修保律师首先对程序提出了异议。修保律师认为，只是提前半个小时才给各位主席团成员提供候选人名单，这在程序上存在严重瑕疵。在修保律师看来，应该是前一天晚上就将候选人名单提供给主席团成员和代表。对此，修保律师强调他已经失去了作为主席团成员的意义，并表示立即退出主席团。

有一位在场的主席团成员，后来用了"拍案而起、摔门而走、扬长而去"三个成语形象地描述了修保律师退出主席团的现场情况。至于是不是这种情况，我不在现场不便进行过多的现场描述。但是，我们可以想象得到，当时的修保律师一定很生气，当时的其他主席团成员一定很意外，当时大会主持人一定很尴尬。

很显然，修保的举动虽然造成影响，但改变不了选举的结果。至于他明知自己的行为无济于事，为何还要一意孤行，只要了解修保的人，也就不以为奇了。

作为律师，修保对法律的尊重和理解是非常到位的。这也就是为什么一旦在现实中遭遇违法或者枉法之事，他就禁不住怒火中烧，甚至不顾一切地要表达自己的意见。令修保难以接受的是，律师应该是最懂法明法用法的，而由律师们参加的全国律师代表大会的选举，却是这样地无视法律，他跻身其间，体验不到法律的意义，也无力改变什么，那么他作为代表的职能也就等于零。

律师应该是最神圣的职业，律师也应该是最遵法守法的人。

为捍卫法律的尊严，修保不惜得罪业内人了。

当时在场的人用"拍案而起、摔门而走、扬长而去"来描述修保退出选举的举动，让人能够想象出他的"潇洒"，但谁人能理解他心中的失望？

熟悉修保的人听说了这件事，得出两种结论：一、这举动也只有修保能做出来；二、修保如果不这样做，也就不是修保了。

的确，修保就是律师界的一个另类。他可以放弃挣大钱的案子，整天忙碌于为平民百姓义务维权；他不热衷于结交公权部门，为自己的律师职业铺路，还总是有意无意地得罪某些权势人物或单位；他无暇代理正经官司，却四处奔波地化解什么信访案件……在业界的某些人看来，这就是不务正业。

修保不以为然。这么多年走下来，讥讽、嘲笑、不屑，他承受得太多了，已经见惯不怪。他不奢望同行们都去做公益律师，这是他选择的道路，并不适合每一个人，他唯一的愿望，是能被理解，被认可。在全国，像他一样的公益律师还有很多，他们被社会认同、被百姓们口口赞颂，同样，也应该受到同行们的尊重，也应该成为律师界的代表，具有标识和引领性的意义。但是，现实却总是不如人意。在这次全国律师代表大会上，很多杰出的公益律师都没有入选理事，有的竟然连代表都不是，这其中的问题不值得质疑吗？

其实，这也是修保在选举时生气退场的原因。

修保是幸运的。他被吉林省律师界推举做了代表，还进入了主席团，结果，他自己放弃了。

第四节　一个好人和一群好人的缘分

2015 年 10 月 26 日的下午，一位六十多岁的老大姐领着一位中年男子来找修保。修保见到她，一口一个大姐地叫着，很是亲热和敬重，然后向我介绍说她是刘凤英。听到"刘凤英"的名字，我立刻想到了一个人，细问之下，确认了眼前这位刘凤英，正是那位在吉林市家喻户晓的道德模范。

刘凤英曾经是一位教师。三十五岁那年，她被确诊为癌症中晚期。从那时起，她选择了一种超常的生活方式——用帮助别人来浓缩自己的生命价值。她组建了吉林市爱心救助家园，吸引了五千多名大学生和各界爱心人士聚集在她的周围，常年救助福利院十三家、养老院十五家、贫困村屯六个、贫困山区小学六所、抚养孤苦儿童五十一名、资助贫困学生四千多人、救助贫困人口三万多人。她是孤儿院的爱心妈妈，是敬老院的忠实义工，还是山区贫困学校的编外辅导员。她的善行义举，感动了无数吉林市人，也因此，她获得了"中国好人""吉林好人""吉林市道德模范"等荣誉称号。在一家电视台为她做的专题报道中，解说词这样介绍她："她就像漫山的蒲公英，用朴实、坚毅、无私、奉献的精神，在平凡的日子里传播着感天动地的人间大爱。"

眼前的刘凤英已经是六十七岁的老人，仍然精神头很足，快人快语。修保说，刘大姐做了那么多善事，活得很充实很有精神头，根本看不出是癌症病人，而且还是晚期。

"好人自有好报，这是老天眷顾。人还得多做好事啊！"

修保用这样接地气的话，来表达对刘凤英的敬重，也足见他心底的那份善根深厚。

修保与刘凤英相识，是在 2012 年，两个人一同参加了省里的"道德模范"表彰会。当他得知刘凤英因为做好事，反倒被人诬陷当了被告时，当即表示要为刘凤英做代理，而且分文不收。那一次开庭，时任吉林省精神文明办公室主任的谢文明也来旁听，就是要为好人助威。刘凤

◎ 刘凤英（中）参加吉林市道德模范志愿服务协会活动

◎ 律师张龙参加吉林市道德模范志愿服务协会活动

英赢了，用修保的话说，做善事被人诬陷，如果官司输了，那真是没有天理了。话里明显有着惺惺相惜的意思。

刘凤英向修保介绍与她一同来的中年男子叫魏剑英，说有一桩官司，魏剑英是原告，起诉某单位拖欠装修工程款，明天就开庭，想请修律师出庭代理。修保问清了，不过是一桩五十九万元的欠款纠纷，债务关系很清楚，没必要花大钱请他出庭代理。修保说我让别的律师帮你代理吧。刘凤英和魏剑英却执意要请修保。说话间，刘凤英说，魏经理也是咱们"道德模范协会"成员，信佛，不抽烟不喝酒，经常帮助协会做些善事。修保的眼睛亮了，说："既是这样，你也是个好人，又是刘大姐介绍来的，我答应替你出庭，代理费就不用给我了，你捐给'道德模范协会'，给孩子们交学费吧。"

魏剑英高兴了，一口答应下来。

　　这是修保接手的一桩正常的民事纠纷案，我感兴趣的，是他们口中的"道德模范协会"，而且因为魏剑英是会员，修保便欣然答应为他代理出庭，并瞬间谈好了捐款事项，可见这是一种善的聚合。我问起"道德模范协会"的事。

　　原来，修保是吉林省道德模范、全国助人为乐道德模范提名奖获得者，多次参加表彰会。与会的除了领导，便都是"道德模范"，这么多的好人聚在一起，散发的全是正能量，也有苦恼，也遭受过不公，互相交流起思想和积德行善的事，便有共同的感受、相似的心理。他们每个人都在自己力所能及的情况下，向周围释放着一份善意，若是能把这一份份的善意聚合起来，将会产生巨大的善的能量。修保想到了，就想实施，把想法落到实处，与吉林市委宣传部和市精神文明办公室负责人沟通，一拍即合。于是，起草章程、向民政部门申请登记等，2012 年 8

◎ 吉林市道德模范志愿服务协会部分人员合影

月，"吉林市道德模范志愿服务协会"成立起来，修保当选为会长。修保在他起草的协会章程中，表明了协会的宗旨，即号召全市道德模范联合起来，开展弘扬中华传统美德、援助社会困难群体、奖励见义勇为人士、同时为道德模范志愿者们排忧解难等。

"吉林市道德模范志愿服务协会"旗下聚集了八百七十五名会员，全国道德模范提名奖和"中国好人"、省级道德模范和"吉林好人""江城好人""江城孝子"就有四百多人，其他的都是志愿者。修保在"信访法律事务服务中心"的办公地点，为协会专门辟出一间办公室，设了专职秘书长。协会自挂牌起，便经常发起和从事着各种慈善活动。需要经费时，常常都是会长修保掏腰包，他有时间也亲自参与活动。刘凤英说，修律师的钱也都是辛辛苦苦挣来的，可他做慈善非常慷慨，什么时候需要，只要说一声，不说二话，那是个大好人。言语中，对修保充满

◎ 吉林市道德模范协会成立大会

了敬意。正是她，曾经联络了几百名"江城好人"一起签名，推举修保当全国人大代表，当刘凤英高兴地把那厚厚的签字册准备呈送到有关部门时，被修保给拦下了。

刘凤英是协会的副会长，她与修保谈话，自然离不开协会活动，还有她正在做着的事。他们说起吉舒镇孤儿院里的二十个孤儿和十五个老人，说起"家园"里的老年残障康复院，说起一块养老院用地被人非法占用得想办法要回来，还说起要帮上访人赵云侠认领一个养子的事……

我听着他们的闲聊，不禁有一种奇怪的感觉。这种慈善的话题或活动，在他们来说，就是家常嗑，是日常的工作状态，是共同感兴趣的事业，听起来那么自然，毫不张扬。这便是一种天性的流露吧？

在各类活动场合，我还见过协会的其他几位骨干。他们每个人都有各自的生活轨迹和事业圈子，而共有的善良天性、甘愿付出的品德、助人为乐的精神，又让他们拥有了一个共同的身份——志愿者。

马新英，吉林市道德模范志愿服务协会的党支部书记、副会长，一位干练、漂亮的女性，性格开朗直爽，吉林市信访局副局长，而且是现职。她获得过许多荣誉："全省模范法官""省三八红旗手""省政法系统十佳模范干警""全国百名人民满意调解法官""全国优秀女法官"等等，还荣立过个人一等功。她当了二十多年的法官，曾任吉林市丰满区法院副院长、执行局长。她当法官时总结了一个行之有效的"五心调解法"，即爱心、耐心、细心、诚心、热心，她还向社会承诺：不满意找院长。一个敢于做出这种承诺的法官，需要多么强大的职业自信和道德境界？在马新英审结和处理的两千六百多件各类案件中，无一件上访，无一件错案，调解率达百分之八十五以上。这需要超高的审判水平，还得有非凡的职业道德。此后，她调任吉林市信访局副局长。马新英在法院副院长任上就主管上访，六年时间里，累计接待涉诉信访二百余件三千余人次，息诉息访率达百分之九十八以上。把这样的人用在信访局副局长任上，真是知人善任了。按常规，主管上访工作的副局长，除了领导、协调责任，一般只负责接待、处理重大疑难上访人和案件便可以了。而她只要没有会议，就几乎天天都待在信访局的接待大厅，直接面对上访人。没有人这样要求她，马新英是给自己额外增加了负担。她对上访人的热心和耐心，沿袭了她的一贯作风。试想，如果像马新英这样的法官或者信访官员能多些再多些，那么修保和他的"中心"需要处理的涉法涉诉上访案件就会少之又少。而这样的人，能与修保站在一起，也就毫不奇怪了。当她听说刘凤英还没有"社保"时很是着急，她跟修保商量，怎么能帮着协调一下，为刘凤英找回社保关系。她说："刘大姐净想着为别人做奉献了，咱们也得帮着她解决实际困难。咱们协会应该做这项工作。"

还有一位副会长叫吴国龙，是一名警察，现任吉林市强制隔离戒毒所副所长、副政委、纪委书记。他从 2003 年开始，除了做好本职工作，坚持义务普法。他自费购买了几千本法律书籍免费赠送听众，在吉林地区六百二十多所各级各类学校，做报告六百五十多场。各校领导想派车接送他，或者表达谢意送礼品、备晚餐，甚至想以各种方式付讲课费、车油费、润笔费，他都一一婉拒，分文不收。他还坚持七年资助一位孤寡老人的生活直到她去世，资助了五十多名贫病交加的中小学生，累计捐款几万元。他先后荣获全国先进工作者、全国"五一劳动奖章"、全国特级优秀人民警察、"中国好人"，吉林省优秀共产党员、吉林省特等劳动模范、吉林省十大杰出人民警察、吉林省精神文明建设先进工作者、吉林省优秀志愿者标兵，吉林市道德模范、"江城好人标兵"等荣誉；并当选第十届全国人大代表，以及中共吉林省第八、第九次党代会代表。我第一次见到他时，还不认识他，只是远远地看见一身警装的他给修保敬了个标准的警礼。他们在电梯前相遇，近处又没有别人，这个礼却是那么庄重和标准，足见他对修保的那份敬重，也可感受到这位警察的职业自豪感了。听吴国龙和马新英聊天，说起有些人对他们的误解和不理解，也能感觉到他们内心的苦涩。不过，话头一转，吴国龙说："不管别人怎么看怎么说，咱们该咋干还咋干就是了。"这一份真诚和质朴，着实令人起敬。

吉林市道德模范志愿服务协会中，净是这样的一群人。这样的一群人聚在一起，是缘分，是能量，是一个城市的福音。

补记：

2016 年 11 月 2 日上午，上访人徐天林来到修保的办公室。但他跟修保谈的却不是有关他上访的事，而是要建立"农民维权工作室"的想法。这倒引起了我更大的兴趣。

徐天林算是老上访户了。因为自己承包的山林被人借故砍伐，他又不认可政府给予的补偿数额，便走上了上访之路。这一访就是十年，进京、上省城、去市政府；接受省电视台"乡村频道"、央视"第一时间"的采访；还跟"焦点访谈"的记者谈了二十来分钟，后来被当地领导给劝停了下来。他成了上访专业户，在本地和进京的上访人中都有名气，却给当地政府造成极大的负面影响，政府部门对他是无可奈何。徐天林不是没想过走法律程序，找律师代理，人家一听是有关农村山林承包问题，便不肯接手。后来，当地政府领导把修保请去了，想请修保帮助化解徐天林常年上访案。就这样，他们认识了。修保给他分析案情，讲解法理，劝导他正确维权，他渐渐听进去了。二审上诉时，修保亲自出庭，义务为他代理。法院最终将他一审被驳回的诉讼请求改判，支持了他的林权承包合同。徐天林感激修保律师，他知道，如果没有修律师劝导他、帮助他依法维权，他的维权之路还不知道要走多久。

徐天林也开始反省自己。他本来是个好木匠，在当地做家具是很有名的，家境也还不错，却因为上访，彻底改变了自己原来的生活。十年的时间，老伴为他揪心伤神，得了一身的病；因为上访，欠了十多万元的"饥荒"，儿子二十九岁了还娶不上媳妇。细想想，如果当初认了政府补偿给他的三十万元，这十年里，他干点儿什么不好？也不至于把自己的生活弄到这个境地啊！还有，这些年的上访路上，他结识了许多上访人，大家在一起聊的时候，很多人都有这样的想法，都觉得不值，可就是为置这一口气，把自己的生活搞乱了。

徐天林的可贵之处在于，他不仅反省自己，他还看到了更多上访人的困境。他说，很多上访人尤其是农民，他们的利益受到侵害，却表达不清自己的诉求，只有一种"蛮劲儿"、认死理儿，面对接待上访的工作人员，他们说不清道不明的，看着都让人着急。

修保对徐天林的影响，不仅仅是他不再上访了，修保义务为上访人依法维权、扶弱济困的事迹很让他感动，也让他萌生了一个想法，那就是要为像他一样的农民兄弟维权。他念过几年书，也自学过法律，头脑清醒，表达清楚，在上访人中有一定的影响力，许多上访人写申诉材料都找他。他要效法修保，建立一个"农民维权工作室"。这样，当农民的权益受到侵害时，再也不用到处上访了，他会代他们依法维权。

徐天林再次去找当地领导时，已经不是以上访人的身份了。他跟领导提出想要学习修保律师、建立"农民维权工作室"的想法，领导自然是大喜过望，当即表示支持。上访十年来，这是徐长林第一次有了被人尊重的感觉。

今天，徐天林来找修保，就是谈他建立"农民维权工作室"的设想。他说，需要一个办公场地，他看好了镇政府旁边一个闲置的房子，如果能免费借用，他的工作室就可以挂牌了。

修保当即表示，他可以去跟当地政府领导沟通，看看能不能谈下来，建"农民维权工作室"是个好事，你如果缺钱，我还可以资助一些。一定要让农民们有尊严地维权。

徐天林自然是喜出望外了。

第五节　修保就是保民律师事务所的品牌

为采访和了解修保，近三年的时间，我出入保民律师事务所已成
自然，对这个地方已经有了一种亲切感。

干净整洁的走廊，两壁悬挂着已故著名书法家刘廼中先生的隶书
墨宝，小的斗方、大的横幅，大大小小有五六幅，书写的都是修保的格
言，有的是他在各种场合讲过的话，比如，"保护平民百姓的合法权益
是律师提高社会地位的基础，只有人民群众说你好，你才是一位称职的
大律师"；再比如，"保护公平与正义是保民律师所的宗旨"等等。老
书法家是吉林省书法家协会名誉主席、西泠印社会员，书法和篆刻在国
内书坛享有盛名，他的墨宝市场价格不菲，是藏家和书法爱好者热捧的
艺术品。修保不在书法圈内，并不知道行情。时年九十岁的老书法家给
他打来电话，说要写几幅字感谢他，他还不知为何如此有幸。细聊起
来，才知道，修保曾经义务代理的一桩案子的当事人与老书法家是远
亲，案子审结，当事人非常满意，与老书法家说起来，对修保的感激溢
于言表。老书法家便主动给修保打来电话，表达了心意。老书法家的墨
宝展示在一家律师事务所的公共空间，为律师事务所平添了文化品位。

走廊上还有一处显眼的地方，便是保民律师事务所的各位律师的
介绍。省优秀党务工作者、所党支部书记孟宪贵，市劳动模范路永红、
市优秀共产党员邵红微、李奎军、李长安，副主任王志海、周玉浩、闫
春梅、刘树芬、王志光、卢庆元、于冬梅、张龙……依次数下去，有
五十多位。

◎ 修保为群众做义务法律咨询

老话说，不是一家人不进一家门。保民律师事务所的律师，不管大律师还是小律师，都有一个特点，就是热心公益。这自然有修保影响和引导的因素，另一方面，也是意气相投。修保在决定进新人的时候，往往都会征求一下"老人"的意见，他把新人能否被大家接受、能否融入这个群体作为一个重要的考量条件，而能被大家接受，最重要的就是人品和德行了。修保倡导的原则，就是组织认同、事业认同、感情认同、环境认同。

修保对律师事务所的管理也自有一套办法。他建立了严格的规章制度，从日常行政管理、律师执业要求、团队协作能力、人员录用标准、违规违纪的处罚等等，都有章有法。更为独特的，是修保制定的"所主任同合伙人及律师之间公平合理的分配制度"。在 2017 年 1 月 1 日刚刚修改制定的《吉林保民律师事务所服务管理制度改革和长远发展规划》中，对于该项条款是这样规定的："本所永远坚持律师所创建投资人与全所律师之间相互无剩余价值的公平互利原则，创始合伙人、合伙人和律师相互之间在承担所内公摊费用上一律平等，主任不占有剩余价值。除公共行政支出和管理费用逐步实现全所律师人均平等承担外，创始合伙人不提留收取其他律师任何费用，继续实行提留不足由主任承担制度，全体律师的提留如有剩余归律师提留人个人所有并决定其用途。"

　　这条规定，沿袭了修保一贯的办所思路，公平互利。细究起来，这其中仍然是他毫不做作的自我牺牲和奉献。他打破了一般律师事务所的收益分配模式，建立起良好的激励机制，为旗下的律师们营造了一个更加宽松、自在的执业空间，让他们心无旁骛、尽职尽责地服务于当事人。用律师路永红的话来说，在保民所没有剥削，人人平等。

　　修保对保民律师事务所的律师提出的唯一一项特殊要求，就是热心公益、主动投入化解涉法信访案件中来。

◎ 修保为监狱在押犯人解答法律问题

修保以他的影响力和榜样的力量，创建了一支甘于奉献、敢于担当的律师团队。

有的时候，为了一桩复杂案子或者法律咨询活动，修保会带领他的律师团集体出征。对话、调解或者法律咨询的现场，修保坐在正中位置，他的团队成员一字排开分坐两边，那气场是足足的。律师们各有专业所长，民法、刑法、行诉法、劳动争议、婚姻、经济纠纷，等等，问题涉及哪个方面，哪个有专长的律师就出面解答，条分缕析、句句在行，彰显了一个团队的风貌。

刘树芬律师，退休前曾任某区政法委副书记，在任时，她就非常了解修保在公益事业上的付出，也敬佩修保的为人和能力，退休后，她毫不犹豫地加入了保民律师事务所，自然就加入了修保所倡导的公益事业。她说，修主任就是那个扛旗的，这面旗的后面永远有一批追随者，跟着他的脚步往前跑。

女律师路永红也是这样一位坚定的追随者。

路永红律师的从业经历也是个特例。她二十八岁时从国有企业下岗，在社会上打零工，一年后通过了全国律考，而此前她的大专文凭还

◎ 保民律师事务所的律师进社区以模拟法庭形式普法

◎ 保民律师事务所律师进校园开展普法活动

有本科文凭，也全都是通过自考获得的。对于一个律师来说，此前的社会经验和生活阅历，无疑是她宝贵的积累，也奠定了她的人生观和价值观。2007 年 1 月，她来到保民律师事务所的时候已经是个成手，她需要这样一个有良好声誉的平台，需要一个自由度大的空间，选择保民律师事务所似乎顺理成章。她敬佩而且理解主任修保的所作所为，她认为他们的价值观和人生观有着极大的相通之处，她很自然地便融入了这个集体。如今她已经有了自己的律师团队，俗称 308 团队，因为她的办公室编号是 308。她带领这个团队追随着主任修保，自觉自愿地做着公益活动、为当事人提供各种法律服务。

　　路永红是保民律师事务所与吉林市总工会建立的"职工法律援助中心"的主办律师之一。这个中心经常接受市总工会的委托，为处于弱势的劳动者通过法律维权，事涉用工、工伤、加班、福利等等的纠纷，这样的案子每年都得有百八十件，而她至少要经手三分之一。她曾经为

◎ 律师路永红在龙潭区人民法院做法律援助工作

一位客车司机与一家大型运输企业的工伤赔偿案代理再审、上诉，最终争取了七十二万元的赔偿金额；还为了一位工人与雇佣单位的劳动关系争议，打了四年的官司。四年的时间里，官司一审、再审，反复折腾，当事人却始终相信她，不离不弃。她的职业态度，让委托人佩服；她所在的律师所的牌子，让委托人坚信不疑。这越发地激起她的自信和勇气，也让她越挫越勇，最终争议双方达成庭外和解。路永红说，为职工维权，真不是钱多钱少的事，有的时候，就是不甘心，凭着一份责任，还有职业的自信，本来不该输的官司，她就一定要坚持到底。

每每有当事人来所里咨询或者签约，路永红就领着他们在所里转一圈，看看所里的办公环境、办公氛围，走廊上悬挂的各种荣誉奖牌等，她在给当事人以信心，同时也是一种"炫耀"。这种自豪感，发自内心，是由衷的。她一直认为，自己的成长是在来到保民律师事务所以后，这个独特的平台，给了她施展的天地，也改变了她的人生格局。她在一步步向修保靠拢，那是她的榜样。

修保是第一届"江城十佳律师"，她在第二届评选时获得此项殊荣。

修保每每将疑难、复杂的案子分给她来做，她总是能尽心尽力，完成得无可挑剔。

修保注重在媒体上宣讲法律知识，对市民进行普法教育，后来工作太忙实在顾不过来，便由她接手。她一年撰写二十多篇稿子发在报纸上，还在网上开博客、专栏，在吉林市电视台做了十多期专题讲座。

近两年，路永红很热衷地在做一件事，就是排演小短剧，下基层进行普法宣传。小短剧一般是模拟法庭审判，选取典型案例，都是民众在生活中经常遇到的事件。她自编自导，有时客串出演审判长，其他演员都是所里的律师，有的专演法官，有的演原告、被告，还有本色出演律师的。有时间，她就带着她的演出班底，去社区、去企业、去学校演出，去年一年，就走了桦甸市区、夹皮沟金矿，还有吉林市区的保险公司、清源社区、光明社区等，还请各司法部门的人来看。有时还根据现场观众情况临时改写剧本。这种宣传是直观的，寓教于乐，很受欢迎。修保一开始没太在意这件事，几次去了现场看演出、看观众反应，发现

◎ 律师王月走进社区宣讲法律知识

这真是个普法的好形式，他大力赞赏，并掏出钱资助，每个参演的"演员"补贴一百元，钱不多，却是个姿态；道具、服装、车马费、餐费等，都由所里开销。修保的支持，无疑让路永红她们很开心，也很有成就感。今年，路永红还准备继续这样演下去。

在这样的一个律师事务所从业，自然有着事业的认同感和归宿感。

修保无疑打造了一块品牌，保民律师事务所独具的文化意义，使它有着强大的向心力、凝聚力，在普通民众中的影响力日渐增加，在业界，它更是个特例。2015年2月，吉林保民律师事务所被中央精神文明建设委员会评选为"全国精神文明单位"，在全国近三万家律师所中，这是迄今为止唯一的一家；也是新中国成立以来律师行业唯一一家"全国精神文明单位"。

修保制定了一个目标，将保民律师事务所建成"百人所、百年所"。

这目标很长远，却也很实际。这是他的愿望，又何尝不是一个社会的愿望？

◎ 保民律师事务所的律师走进社区

◎ 保民律师事务所全体成员

作者手记：

《论语》里有一句话，叫"德不孤，必有邻"。德，其实是一种崇高的境界。修保的德行，涵养了他的个人魅力，进而凝聚起一群正直、充满爱心和甘愿奉献的人，形成了一个巨大的能量圈，辐射着善良和爱，让我们的身边充满着生活的温度。用一句最通俗的话来评价，修保是个好人。修保的好，出于天性，自然流露，毫不做作。他会坚持为冬天无处觅食的鸟儿投食，所以他家的窗台外常聚集着一群喜鹊或麻雀；他对身边每一个需要帮助的人施以援手，他的亲戚、老家的村民、红阳煤矿的老同事，他念旧，也念情。修保的好可以辐射到各个方位，每一个有意无意中接触到他的人，都会感受到他身上那一股超强的正能量，并深受感染。

《孟子》里也有一句话："故君子莫大乎与人为善。"原意为有道德的人最优秀的特点，就是帮助天下人行善。善，是人最基本的秉性，所谓"人之初性本善",历尽人世,穷极一生,我们其实都在竭力守住这一份善,更多地留住这份善,不让其被世俗沾污和淹没。修保的善良,却在这纷纷扰扰善恶交加的世俗社会中,保持真诚和纯粹。"为人以善,德济天下",这是修保的修为,当他将个人的意愿,化为一个集体行动时,那就是一种社会的力量,是一种社会的风向。

尾声　谁是终裁

作者手记：

　　我似乎已经很熟悉修保了。近三年的跟踪采访，我们成了无话不谈的朋友，他可以敞开心扉，展示他心中最隐秘的世界；他也不用装点自己，无论生活工作日常交往，都是自自然然。我很庆幸，我认识了这样一位毫无矫饰的人，坦荡，真实，直爽，而且还很随意。我把我看到的、听到的，还有感觉到的修保都写了出来。其实我不想写什么先进人物，尤其不想写那种让人仰视的高大上的人物，就想写我认识的一个人，一个有点儿职业特点的人，写发生在他身上的故事，尽量写出他的喜怒哀乐，写出作为一个普通的人，他的生活状态和生命姿态，让人可感、可知、可亲、可信。我尽力了，但我仍觉得意犹未尽。面对他丰富的精神世界和超常的处世姿态，我仍然无法穷尽笔墨，也许，这便是境界上的差距了。

　　我禁不住想起第一次见修保时的感觉。之前已经通过市委宣传部打了招呼，便径直去了他的办公室。路上还在想象着他是个什么性格的人，如何介绍自己怎么解释意图用什么说辞劝说他接受采访。然而，这些所有的设计和想象，在见面的那一刻，都被他的爽快、自然、随和冲淡了，令我这个比较拘谨的人不由自主地放松下来，很自在地和他交流，听他讲解，或者，只是随便聊聊。

修保是一个极富感染力的人。这是我的直觉。

我与他约定，我的采访是开放式的、体验式的，不做任何安排，我随时来随时走，你该干什么就干什么。有时间我们就随便聊聊。

结果我发现，他其实很少有时间随便聊聊。见到他的时候，他差不多都是在与人说话，或者打电话，而无论是在电话里还是面对面，所谈的不是打官司就是上访案，都不是轻松的话题。让人不能不产生疑问：每天生活在这样的负面情境之下，需要有多么强的神经和心理承受力，才能让自己的生活和心境保持在正常状态下？

修保说，每天回到家里，都不想说话，白天说得太多了。

但是第二天一上班，就有许多事要做有许多人找上来，他便依然如故，进入周而复始的工作状态。

修保曾经是个有着二十多年烟龄的烟民，烟抽得很厉害。母亲生病住院的时候，也担心他的身体，嘱咐他要少抽烟爱护身体。修保答应了，即刻将烟和打火机掏出来，当着母亲的面扔掉了，此后，再没有抽过一支烟。烟瘾发作的时候，那种百爪挠心的折磨，足以摧毁人的任何承诺，但修保挺过来了。这其中有对母亲的孝顺，同样需要顽强的意志。

去年冬天，我曾经跟随他驱车几百里前往另一个城市参加庭审。早上四点出发，天还是黑的。半夜时下了一场大雪，楼顶、树木、街路都是白的，在街灯的映照下，反射着幽光。雪还没来得及清理，车轮轧过路面，发出嘎吱嘎吱的声响。街上没有行人，只偶尔能遇上一辆清雪车，在轰隆隆地作业。到达高速公路收费口时，我们的车被拦下了，告知雪大封路，车辆禁止。从收费口望出去，高速公路上黑黢黢，果然没有一辆车。不走高速，开庭前就赶不到，他这个代理律师岂不是要让当事人失望？修保急了，来不及穿上大衣便下了车，跟交警请求关照。就

◎ 在全国劳模表彰大会上留影

见他一会儿跑去收费口，一会儿跑回来取律师证，又跑回去跟交警和收费员说明情况。他身上只穿着一身律师职业装，寒风刺骨，脚下又一跐一滑的，身子就禁不住缩着。司机小军急忙拿着大衣追上他。好歹，交警放行了，收费员一句"注意安全"的嘱咐，令人有了些温暖。驶上高速公路，车在雪地上小心前行着，三个多小时的高速路程，直到驶出目标站收费口，都没有看到第二辆车。进城的路同样被积雪覆盖，好在天亮了；好在，我们准时赶到法院。开庭了，各就各位，履行例行程序。公诉方是检察机关，修保作为被告的辩护律师，对案件的审理程序提出异议。主审法官面无表情，与左右两位助审法官交流一下眼神，拿起法锤一敲：休庭。下次开庭时间待定。

我愕然。起个大早、辗着冰雪路面、赶了四个多小时的路程，开庭时间不到十分钟！就这么完事了？我问。

修保苦笑着说，法官有决定权。

回程时，修保的脸色就不太好，很疲惫，当然也跟心情有关。高速路面的积雪被清理掉了，车应该走得很顺当。不料，半路上司机小军就发现了问题，车好像总要熄火。小军说肯定是排气管被雪糊住了，一冻一化的，发动机就不好好玩活了。走走停停了几次，未免就让人担心，忧虑这车是否还能再启动，是否需要叫拖车了。修保上来犟劲儿，换到了驾驶位，亲自操纵起来。车重新打着了火，启动了，一路再没有停下。

在修保的身上，总是有那么一股不屈不挠的劲头，只要他认准是正确的，他就会坚持下去。

能成就大事的人，都不缺乏这种超越常人的意志。这么多年的律师生涯，修保走的，就不是一条寻常路，中间的坎坷、挫折、误解甚至威胁，他都顽强地承受下来，靠的就是这种意志。

说到底，修保还真不是一个普通的人。

◎ 接待农民工代表

2017 年春节刚过，我再一次走进吉林保民律师事务所。

聊起过年，修保很开心，说大姐、二姐、三个妹妹、两个弟弟带着家人都聚在了他的家里，三代人老老少少十多口子，都很高兴。然后，他拿出他的手机，手机的屏幕上，是仅有两岁的小孙女的照片。他说，在外面怎么累受了什么委屈，回到家里一看见大孙子、小孙女，就都忘了。修保说话时，一脸的幸福，也一脸的享受。

修家已是一个大家族了。父母在世时，修保是出了名的大孝子，还获得过"江城百名孝子"的称号。父母去世后，修保便是这个大家庭的支撑和核心。他用爱、亲情，关照着每一位亲人，家庭生活困难的，他随时给予资助；年轻人没有工作的，他想办法安排；岁数大不能工作又没有经济来源的，他干脆供养着。修保很自然地做着这一切，他带给这个家庭的，还不仅仅是生活上的关爱，更树立了一种家风，爱和责任。他用率先垂范的榜样力量，引领着亲人们的人生之路。让修保引以为自豪的一件事，就是在他的引领下，弟弟修成、儿子修志玉、女儿修乃玉和妹夫均走进了律师队伍，修家可以称之为律师之家了。

弟弟修成在某职能部门为官。修保告诫他，不能以权谋私，不要搞关系，不干净的钱不能拿。你喜欢车，大哥给你买；买房子，大哥资助你。修成记着大哥的嘱咐，为人为官都谨守本分。他曾经所在的一个单位有人涉贪腐窝案，纪检部门逐一找相关人员谈话，他坦然面对，底气十足，甚至敢跟纪检人员叫板。他跟大哥讲起这件事，很轻松，也很庆幸，他说："大哥，我现在更理解你说那番话的含义了。"

在党中央高压反腐的态势下，官场似乎是个高危行业，行走其间，弟弟能做到洁身自好，这让修保很欣慰。

在朋友圈，修保常说，为民者，应当交一个医生朋友，他会为你的身体健康护航；为官者，应该交个当律师的朋友，他会时时提醒你，不要触碰法律的红线。这是修保的名言，他愿意以此告诫所有的为官者和朋友们。

　　这个春节还有两件事，让修保一悲一喜。

　　年初二，吴伟律师来家里拜年了。这个年轻的律师非常能干，跟着修保一起办了很多漂亮的公益案子，不怕苦也不怕难，不图名不为利，无论是业务能力还是为人品德，都无可挑剔。他是吉林市律师协会涉法涉诉信访案件专业委员会副主任，曾获得吉林省优秀志愿者、吉林市优秀律师等荣誉。他是"中心"初创时的元老，也是修保非常倚重的一位律师，疑难棘手的案子，需要自我牺牲、义务付出的案子，修保都会想到他，他也从无怨言，凡是交给他的案子，无论大小，都全力以赴，最后总能交出一份令人满意的答卷。修保已经把他当成自己的左膀右臂。他希望自己的身边能多一些像吴伟这样的律师，随着"中心"为平民百姓依法义务维权的名声远扬，接到的案子越来越多，很多还是外地外省的上访者慕名而来，真有些应接不暇。除了几位老法律专家，修保把儿子修志玉和律师所的年轻律师都带了进来，张龙、吴伟、史壮、王月、于恒姝……这些热爱公益的好青年，已成为"中心"的中坚力量。为平民百姓依法维权的法庭上，有他们仗义执言的身影；化解上访大案要案，有他们奔走于事涉部门的足迹……一群年轻的律师，活跃在公益司法事业上，成为吉林市律师界一道亮丽的风景，璀璨生辉。修保寄望于这些年轻的律师能大有作为，更希望这支公益队伍不断发展壮大。

　　然而，吴伟是来跟他辞职的。这让修保非常意外。此前没有一点儿征兆，年前吴伟还为谭海宽的伤残赔偿案代理出庭，法庭上的表现非常出色，案子也很快要审结了，他怎么会在这个时候辞职呢？吴伟参与了"中心"的创建，那个时候一个月只有一千五百元的工资，他都没抱怨过，而现在工资已经提到了八千元，他反倒要离开？化解上访案很麻烦、很棘手，吴伟也从来没退缩过。那么，会是什么原因呢？

修保想留住他，虽然他希望吴伟有更好的前程，更称心的事业，但一个好的公益律师非常难得，何况他是"中心"的骨干律师！

修保拿出一瓶茅台酒，两个人对坐，边喝边聊。酒到酣处，情到深处，吴伟终于说出了辞职的原因：他接到了恐吓电话，那人说，让他小心点儿，你不怕是不？我知道你家住哪儿，知道你的家人是干什么的，知道你的孩子上哪个幼儿园……

吴伟跟修保学说着这通恐吓电话。他说："这么多年做律师，也不是没接到过恐吓电话，没怕过。可是，这个电话……他威胁要报复我的家人、我的孩子！我可以为维护法律公平为平民百姓仗义执言，可我不能让我的家人和孩子的安全受到威胁！我又不能违背良知，只得选择离开……"

吴伟哭了。

修保的眼睛也湿润了。

吴伟说的，是肺腑之言，道出了一位公益律师、一位敢于仗义执言的律师的苦衷，修保感同身受。公益律师，尤其是像他们这样为平民百姓依法维权的律师，收入低、办案难，常常被误解，更不时受到来自各种邪恶势力的人身威胁，残酷的现实导致很多律师不愿意踏足公益领域，也不断导致公益律师人才的流失，而留下来的，则是靠着超常的毅力和意志。当金钱和地位都不在他们的人生选项之中时，唯有价值——追求人生的价值，是他们最高也是最终的境界，但偶尔扪心自问，或者相互谈论起来，这理由只能拿来自我安慰，显得有些阿Q，无法为外人道，咀嚼起来，便有了番苦涩滋味，咂咂嘴，还得自己咽下去。律师张龙就说过，有的时候心理也不平衡，但看到老百姓满意的笑脸、上访者感恩的眼泪，也挺欣慰的，吃再多的苦受再多的累就都忘了，下次遇到这样的事，还愿意付出。做好事，真的上瘾！所以他现在代理的案子几乎全部都是"中心"受理的，他也早忘了当初与师傅约定的三天"所里"两天"中心"的工作日程。

修保为有这样一支年轻的律师队伍而自豪。因为有了他们的追随和协助，才共同创造了律师化解涉法涉诉上访案件的"吉林模式"，他希望这支队伍不断扩大，更希望这支队伍是稳定的。他们真的不图名不图利，但需要人们的理解和支持，也需要世俗社会的认可。修保曾经利用各个机会各种场合，为从事公益的律师们呼吁，应在授予荣誉称号、推选人大代表和政协委员以及各类社会职务方面予以优先考虑，这一方面是对公益律师人生价值的充分肯定，另一方面也在社会上营造尊重公益律师的风气，从而吸引更多的律师加入到公益事业中来。

那么，公益律师及其家人的合法权益和人身安全又如何保障呢？参与化解各类涉法涉诉上访案件的律师，他们所代理的案件，常常不可避免地要得罪人，有时甚至是孤身一人与邪恶势力面对面，谁又是他们身后坚强的靠山和后援？

2016 年 7 月，中共中央办公厅、国务院办公厅印发了《保护司法人员依法履行法定职责规定》。规定要求，对于干扰、阻碍司法活动，威胁、报复陷害、侮辱诽谤、暴力伤害司法人员的行为，要依法迅速从严惩处。这是针对法官、审判辅助人员及其近亲属的威胁、侮辱、骚扰和暴力侵害事件增多的现状而颁布的。2017 年 2 月 7 日，最高人民法院发布《人民法院落实〈保护司法人员依法履行法定职责规定〉的实施办法》，进一步健全完善法官、审判辅助人员依法履行法定职责保护机制。该《办法》明确规定，法官因依法履行法定职责，本人或其近亲属遭遇恐吓威胁、滋事骚扰、跟踪尾随，或者人身、财产、住所受到侵害、毁损的，其所在人民法院应当商请公安机关依法处理，必要时先行派遣工作人员采取保护措施。显然，随着这道被称为"法官保护令"的《办法》的落实，对法院工作人员的关心爱护不再停留在口号或政策层面，而是实实在在的措施。

什么时候，能有一道"律师保护令"，成为律师尤其是公益律师们的安全保障呢？

修保有这种渴望，但他没有这个能力保护他的律师们，甚至，他连自己的合法权益和安全都无法保障。至今，他手上那道醒目的伤疤还时时警醒着他；至今，他还是一个被人无理缠访的对象直至以被告身份接到法院传票！他有能力也有办法为别人化解涉法涉诉的上访大案、难案，但轮到自己，他显得无能为力，他只能面对、只能承受。

看着泪流满面的吴伟律师，修保黯然神伤。他还能说什么呢？只能含泪再次给吴伟斟满杯。

那一个晚上，两个人喝掉了一瓶酒。

春节过后，吴伟律师离开了吉林保民律师事务所，离开了"中心"，他选择了一家有三个人的律师事务所，当一名普普通通的律师。

同是这一个春节，另一个消息却让修保异常高兴。在北京做律师的儿子，同意回到吉林市，加入他的保民律师事务所，也像他一样，当一名热衷公益的律师。

修保告诉我这个消息时，那掩饰不住的喜悦，立刻冲淡了刚才谈到吴伟律师离职时的低沉情绪。

这真是个令人欣喜的消息。

已在北京做了多年律师的修志玉曾经不理解父亲热衷于为平民百姓奔走呼号，曾经为父亲时常得罪人而担心，曾经为父亲容易冲动的脾气而忧虑……父亲已经过了退休年龄，却还在坚守着他的事业，固守着心中的信念，无怨无悔地付出，他到底图什么？父亲若是想挣钱很容易，凭着他的名声能力会很轻松地挣着别人眼中的大钱，可这些年，他不知推掉了多少这样的案子，也数不清随意捐出去了多少钱，他又是为什么？图个好名声吗？父亲的名气已经够大，差不多荣获了国家级、省级、市级所有的荣誉，可以说，再无可求了，尽管这不是父亲奋斗大半辈子的目标，但这毕竟是一种社会认同，是衡量一个人事业成就的标识。

这些年，修志玉也时不时地跟着父亲修保一起办案，利用在北京工作和居住的便利，一些需要与最高法、最高检或国家各职能部门沟通协调衔接的信访案子，他就会介入，常常需要他北京市、吉林市两头跑。尤其是一些进京上访案，他会和父亲一起经手，为平民百姓维权，为做上访人的息访工作共同努力。他曾和父亲一起承受白眼委屈诬蔑谩骂，也亲眼看着父亲受到人们的爱戴、尊敬、跪谢、礼拜。每每这一刻，也让他非常感动，这就是事业上的成就感，就是人所追求的人生价值吧？

公众面前的父亲，永远都是那么意气风发、精神头十足，他是成功者，是强者，是刚正不阿的斗士、扶弱济困的善人、重情重义的汉子；可他回到家里，退回属于自己的空间时，儿子修志玉、也只有修志玉能看到感受着父亲疲倦的身孤独的心无所寄托的情感，他更清楚，父亲对亲情的那一份渴望和眷恋……

父亲需要他，父亲坚守的事业也需要他。

修志玉明白，是该回来了！

2017年3月，又到了全国"两会"前夕，也是进京上访事件的高发期。一些长年困扰各级政府部门的上访、闹访、缠访案件，包括新发生的上访案，上访人都会选择这个时间段进京，以期引起更大的关注。因而，越来越意识到"中心"息访作用的各级政府部门，也会选择比较棘手难办的上访案，与"中心"接洽，寻求"中心"的帮助，希望能在敏感时期到来之前化解掉。以我对修保工作状态的了解，要介入这些上访案，还要接正常的代理案件，加之他越来越多的社会活动，这一段时间恐怕是他最忙碌的。年前，为吉林市龙潭区桦皮厂镇党委请托的"为一百三十五名农民工讨工钱"的案子法院已最终裁决、进入最后拨款阶段，修保还在一步步协调；桦甸市政府请托化解的"因地产商房产被查封而殃及的五百户买受人聚众闹访案"也签订了"息访代理协议"回归司法程序……我很想知道这几起息访代理案件的进展情况，还想知道新的一年，修保又有什么新的动作。我打通了修保的电话。

修保却在北京。

2月25日，修保就带着修志玉和张龙等七位"中心"的律师和法律专家到了北京。此前，吉林市委主管副书记亲自调度，将四件常年驻京上访的重点案件交给"中心"化解。此时，有三个上访人正在北京，另一位也随时准备进京。接到市委转办函后，修保立即组织召开"中心"会议，研究决定，成立四个息访专案组，每组均由一名法律专家和一名执业律师组成，立刻启程进京，协助相关单位做好信访人的息访劝返工作。修保在电话里告诉我，做了两天的工作，两位常驻北京十几年的上访人已经同意息访，返回吉林市；还有一位在北京随女儿生活的上访老人，已经派修志玉去接触。

修保的语气里很有成就感，但随之就变得感慨，他说："看着两位上访人都是七十多岁的老人，只带着一个包裹，居无定所，衣衫褴褛的样子，真是心疼，听着他们的哭诉，我都忍不住陪着掉泪。回去后，我们马上义务替他们代理申诉，不能再让老人过这样的日子了。"

我能想象出修保说这番话时的表情，感伤、凄然、惆怅、愤懑……在这三年的接触中，每每在参与、处理上访案件时，面对无助的上访人或者涉事的部门单位，常常看到他这样的情绪转换，也常常听到他义正词严的抗辩。我有时会产生错觉，有时觉得他的身上充满了强大的正能量，没有他化解不了的问题；有时又觉得他是那么势单力孤，面对很多场面时，显得无奈、沮丧甚至茫然……

　　从北京回来不久，修保和律师们便开始介入化解从北京劝返回来的两位上访人的案情。修保亲自带队，去蛟河市走访徐真和（化名）、去吉林市龙潭区看望雷丽荣（化名）。去谁家都不空着手，带着一颗真诚的心，赢得上访人的信任。不久，两位上访人分别与"中心"签下了《息访代理协议》。

　　第三位上访人叫郑春雨（化名），八十一岁，桦甸市人，因政府拆迁问题上访。老人是山东人，闯关东来到桦甸，至今一口的山东话，也有着山东人的耿直和倔强，认准了理儿就不肯轻易改变，从1995年开始上访至今。他随女儿在北京居住，去国家信访局上访更是便利，隔三岔五便去领表登记。修志玉上门与他接触，告诉他吉林市有一个"信访法律事务服务中心"，专为上访人义务服务，他可以通过"中心"表达诉求。老人的女儿上网搜寻，果然看到关于修保的事迹，还有"中心"的介绍，动心了，主动给修保打来电话，想求助"中心"帮忙化解老父亲的上访案。

◎ "中心"召开的又一场听证会会场

2017 年 4 月 5 日下午，郑春雨老人专程从北京赶回吉林市，来到"中心"，参加"听证会"，四个女儿一起陪着他。四个女儿无论年龄大小，个个有颜值，看着也都精灵有气质。郑春雨上访的二十三年间，女儿们成年成长起来，都有了自己的事业，这本该是个幸福的大家庭，老人有资格也有理由享受天伦之乐……

"中心"的法律专家和律师们都坐好了。修保主持听证会，开篇就说很高兴，说在电话里只知道来两个女儿陪着，没想到一起来了四个。感谢你们对"中心"的信任。今天就是要听听你们的申诉，把你们想说的想表达的诉求都说出来……

听证会开始了……

这样的听证会只是"中心"举办的无数场听证会中的一个。

今后，这样的听证会还会时常举行。

这次去北京接访的经历和效果，让修保有了新的感慨，也有了新的想法。到北京后，修保才知道，很多地方政府都专门有一个机构，竟然常年驻在北京，随时准备接访、截访、劝访，可对于一些老大难的上访户，常常又是束手无策，因为这些上访户根本就不买他们的账，一次劝走或者截回了当地，下次还会来。而作为一家民间第三方机构，"中心"律师的出场，在与上访人的接触中，保持着不偏不倚的中立态度，赢得了上访人的好感；同样也被常年上访拖累而急于解脱的上访人，愿意有这样一家单位这样一群律师，来代替他们表达诉求，代替他们与事涉部门交涉，最终达成一个解决方案。这就是"中心"的桥梁作用啊！

在京期间，修保和他的律师们获邀，到中央政法委主管的刊物《长安》杂志社参加座谈会。在会上获悉，2 月 23 日，国家司法部和国家信访局发布了《关于深入开展律师参与信访工作的意见》，显然，最高机构已经看到了律师在参与化解信访案件中不可替代的作用。这部意见的发布，无疑是对律师参与信访工作、维护社会稳定提供了坚实的政

◎ 修保律师

策支持。这让修保有一种倍受鼓舞的感觉。紧接着，他就决定了做一件事，与国家信访局协商建立"吉林市在京信访案件联运化解机制"，从为涉法涉诉信访人员解决实际法律问题的角度，探讨"律师进京协助接访、专案代理义务服务"的创新模式。

修保是在为吉林地方政府和百姓排忧解难，焉知这样的一个构想，这样的"吉林模式"，不能成为一种"全国现象"？

修保的眼界已经不仅仅局限于吉林市。

人的心胸有多大，就可以成就多大的事。

修保有一帧照片，是站在北京人民大会堂照的，胸前挂着荣誉奖章，大小不一，形状各异，已经缀满了胸襟，亮闪闪的⋯⋯